Valeria Szebinski

Basti und der Tod des Physikers

Buttenheim, 2019

TWENTYSIX – Der Self-Publishing-Verlag
Eine Kooperation zwischen der Verlagsgruppe Random House und Books on Demand
© 2019 Szebinski, Valeria
Coverbild V. Szebinski
Herstellung und Verlag: BoD – Books on Demand, Norderstedt
ISBN: 9783740734213

	Ankunft des Lesers	5
1	Der Augenschein	6
2	Sorgen eines Chefs	10
3	Zuflucht in der Kneipe	16
4	Frankfurt - Milano via Mexico	21
5	Eine täuschende Idylle	26
6	Am Boden ist alles besser	32
7	Ein unglaublicher Reisebericht	35
8	Kein Grund zur Panik	45
9	Ein Privatmann sammelt Puzzlesteine	49
10	Machthaber ohne Macht	54
11	Ein Chef sinniert	59
12	Freund und Helfer	66
13	Tatortinspektion	71
14	Ein Schuss auf die Pressefreiheit	74
15	Zuflucht in der Küche	82
16	Gefahr für Sebastian	87
17	Ein Kommissar ist ein schlechter Kunde	91
18	Fury bei der Arbeit	96
19	Zwei Männer und ein Toter	98
20	Nairobi	109
21	Ein Chef ist skeptisch	125
22	Die Wiege der Menschheit	130
23	Sturz der Gewalt	139
24	Der Mensch lebt nicht vom Brot allein	143
25	Flucht in Daressalam	148
26	Finale furioso	161
27	Ein Minister meldet den Erfolg	173
28	Die Liebe aber ist das Größte	175

Sie kommen aus den Löchern, die Ratten
den Zeitlöchern der braunen Seelen
Das Böse darf wieder ans Licht
Hass verdunkelt die Sonne
Ich bin stolz, ein Böser zu sein
Böse ist gut, zischt zwischen den Zähnen.
Rede ich von ...?
Rede ich von ...?
Rede ich von ...?
Ich rede – Schweigen tut weh!
Sie kommen aus den Löchern, sie dürfen böse sein.
Sie sollen böse sein... kreischt die
Menge, die später nichts getan hat.
Ich bin stolz, ein Böser zu sein
Man muss doch mal vergessen
Braun ist die Au
Orange hängen die Haare aus dem Maul
mit weißen Punkten
Fliegenschiss
„Das darf man doch wohl noch sagen!"
Böse Republik Deutschland?
Nicht mit uns

                                            Sebastian Bach

Ankunft des Lesers

Es ist unglaublich, dass erwachsene Menschen, reife Menschen, gebildete Menschen, moralische Menschen, also Menschen wie Sie und ich... na, um es kurz zu machen: Haben Sie nichts Besseres zu tun, als genüsslich zu verfolgen, wie Menschen sich gegenseitig nicht nur nach dem Leben trachten, sondern ihre Mordlust in die Tat umsetzen? Kommen Sie sich dabei nicht irgendwie moralisch minderwertig vor? Als würde man Nazis bei ihrer Menschenjagd zuschauen. Vielleicht machen Sie es sogar wie ich und genießen dazu ein gutes Gläschen Wein... Ich bin inzwischen bei meinem dritten. Da wird man vertraulich und geht auf „du". Also...

Weißt du noch, wo wir stehen geblieben sind? Ach ja, wir saßen gerade. Bei einem Krimi, der gut ausgeht, sitzt am Ende meist auch jemand. Andere liegen häufig bereits. Meistens im Grab, der Held manchmal auch im Bett, und dann nicht immer allein..

Ich war gerade dabei, dich mit deinem anderen Ich zu konfrontieren. Du bist ein erwachsener, reifer, gebildeter und zu allem Überfluss moralischer Mensch und plötzlich greifst du zur ungeschminkten Darstellung von Brutalitäten. Das bereitet dir auch noch Lust! Bevor du dies in der nächsten Sitzung mit deinem Therapeuten besprichst, lass dir gesagt sein: "Ich verstehe dich!" Auch in mir gibt es diese dunkle Seite. Meistens sind es viele Seiten; ich lese sie am liebsten, wenn es draußen dunkel ist. Und wenn es noch dunkler wird, schreibe ich sie. Ich bin also ein Mensch wie du. Wie schön, dass wir uns so gut verstehen.

Jetzt willst du hinein ins Blutbad und Gemetzel; als Zugeständnis an dein besseres Ich soll es literarisch anspruchsvoll sein, psychologisch tiefgründig und deiner Kombinationsgabe schmeicheln. Ich sag dir gleich: Du kommst nicht drauf, wer es war. Aber damit du nicht allzu frustriert bist, verrate ich es dir schon zu Anfang: Ich war's.

Leider, teurer Freund, schreibe ich dieses Buch nicht in Ich-Form. Du wirst doch noch ein Weilchen zu knabbern haben, hinter welcher meiner fiktiven Personen sich das Böse, laut EAV bekanntlich immer und überall, versteckt. Irgendwie bedeutet dies für uns Krimileser einen zusätzlichen Genuss. Hedonisten sind wir doch alle!

Hedonisten sind dir egal: Du willst wissen, wie es losgeht. Ich will auch nicht mehr viel drum rumreden. Nur das eine noch: Es ist ein ganz normaler Krimi. Mit ganz normalen Menschen. Also Menschen wie dich und mich. - Hat dir schon mal jemand gesagt, dass du normal bist? Ich sag es dir: Du bist normal; und trotzdem irgendwie außergewöhnlich und einmalig. Viel zu schade, um Opfer eines Mordes zu werden. Opfer beim Mord, das sehen wir linksliberalen Typen so, sind nicht nur die Toten, sondern auch die Täter.

Zum Glück gibt es eine Identifikationsfigur: Das ist der Sebastian. Seine Freunde nennen ihn den Spötter. In ihm steckt etwas von dir und von mir. Du wirst dich freuen, eine seelenverwandte, in ihrer Tiefe grundanständige Persönlichkeit kennenzulernen. Also, wenn du willst, dass dir nichts passiert und du doch mittendrin steckst, dann stell dir vor, du wärest Sebastian. Sein besseres Ich natürlich. Sebastian steht gerade vor der Tür seines Freundes Christian. Mit dem solltest du dich lieber nicht identifizieren. Warum nicht? Das erfährst du in

Kapitel 1:

1 Der Augenschein

Nichts rührte sich. Sebastian klingelte zum zweiten Mal, diesmal nachdrücklicher, an Christians Wohnungstür. Keine Reaktion. Seltsam. Er war pünktlich, höchstens ein paar Minuten zu spät, die Pflichtminuten, um seinem Ruf als ewiger Zuspätkommer gerecht zu werden. Da war er gewissenhaft; auf seine Unpünktlichkeit konnte man sich verlassen. Man konnte sogar die Uhr danach stellen. Ist verlässliche Unzuverlässigkeit dann doch Verlässlichkeit?

Heute früh war Brunch angesagt. Christian war sicher schon aus den Federn und hatte bereits geduscht. Die Zeitung steckte nicht mehr im Briefkasten. Bestimmt studierte er sie gerade. Darüber hatte er die

Welt vergessen und nahm nichts mehr wahr. Das passte zu diesem vergeistigten Physiker.

Sebastian kramte nach dem Wohnungsschlüssel, den er benutzte, um in Christians Abwesenheit nach Post, Zeitung und zu schauen. Blumen? Schluck, seine schwache Seite; Blumen lieben es gar nicht, wenn man zu spät kommt; vor allem, wenn es sich um ein oder zwei Tage handelt... Das Schloss ging wie immer schwer. Vorsichtig drückte er die Tür auf und trat er ein.

Vorsichtig! Noch vor wenigen Wochen wäre er unbekümmert mit einem frechen Pfiff in die Wohnung gestürmt, aber die Zeiten hatten sich geändert. Sein Blick wanderte schnell durch den Raum, tastete Türen und Schranknische ab. Er schaute zurück auf den Flur, dann hinter die Tür. Fast lächerlich kam er sich vor, aber seine Angst vor ihnen schlug seine Angst vor Lächerlichkeit. Als er sich sicher war, dass er allein war, schloss er die Tür hinter sich.

Das Zimmer war unberührt. Die leichten Gardinen verschleierten nur wenig die Silhouette der gegenüberliegenden Uni. Der Straßenlärm der Altenhöferallee hing leicht wie Blütenduft zwischen den Wänden. Im dunklen Regal standen ein paar Bücher, eine Imitation des Behaim-Globusses, ein Spielzeugflugzeug und eine Schreibfeder. Das wirkte sehr gediegen. Dazu standen frische Blumen auf dem gläsernen Tisch. Die Kissen auf der Couch lagen wohlgeordnet. Der Schreibtisch...

Man nannte Sebastian den Spötter. Sollte ihn sein Spott schützen? Spotten, um nicht durch das Unerwartete verletzt zu werden? Angst vor seinem eigenen Schrecken? Träfe ihn das unvorbereitete Ereignis nicht zu tief? Sebastian war nicht unvorbereitet. Und doch erschrak er und wollte nicht sehen, was er sah, wollte nicht wahrnehmen, was er gefürchtet hatte. Christian saß an seinem Schreibtisch. Im Lederstuhl mit der hohen Lehne war er die Ruhe selbst. Sein blasses Gesicht strahlte Frieden aus. Ewigen Frieden, grinste Sebastian in sich hinein, bevor ihm übel wurde.

Sein Magen begann zu rebellieren, aber sein Verstand befahl Ruhe für den ganzen Körper. Er musste sich in der Hand haben, auch seinen Bauch, auch seine Gefühle. Er ließ seine Augen vorsichtig durch den Raum wandern, bevor er sich zu seinem Freund wagte.

Es tat ihm weh, seine Gefühle zu bändigen, aber er musste kühlen Kopf bewahren. Seine Augen tasteten das Bild ab, das sich ihm bot: Die Pistole in Christians Hand zeigte auf das Regal. Seine Augen blickten starr auf den Monetdruck an der Wand. Wäre da nicht der dunkelrote Fleck an seiner Schläfe gewesen, so hätte man ihn für ruhig, aber wachsam halten können.

"Verdammt!" dachte Sebastian. Aber es war ein Fluch der Trauer. Er hatte gewusst, dass es passieren könnte, aber es war nie von seinem Verstand in sein Herz gedrungen. In seiner Gefühlsvorsicht hatte er es sich bildlos ausgemalt, um auf diese Situation vorbereitet zu sein.

Nun, unvermittelt mit der Unerbittlichkeit des Todes konfrontiert, waren seine Gefühle nicht wirklich darauf vorbereitet. Er spürte den Schock und merkte eine Art Betäubung, die sich nicht auf sein Denken, aber sein Fühlen legte. Er dachte glasklar. Die Gefahr ließ ihn bis aufs Äußerste wachsam sein; seine Gefühle, seine Traurigkeit waren gedämpft, nachdem der erste Schmerz wie ein scharfgeschliffenes Messer ihm in die Brust gefahren war. Sein Verstand übernahm die alleinige Führung.

"Tod, wo ist dein Stachel, Hölle, wo ist dein Sieg?" Er kannte dieses sarkastische Bibelwort. Hier war der Stachel des Todes, der in ihn eindrang. Aber das Gift müsste er bekämpfen. Und die Todesbringer?

Sie hatten Christian also gefunden, kurz vor dem Ziel abgefangen. Der Freund hatte ihn viel wissen lassen, er war immer nur wenige Schritte hinter Christians Erkenntnissen gewesen; aber die letzten Tage fehlten ihm doch. Da hatten sie nicht miteinander in Kontakt treten können. "Aus Sicherheitsgründen!" hatte Christian gesagt. Sebastian musste bitter lächeln. Diese Sicherheit war wohl sehr einseitig gewesen. Nichts ist sicher, außer dem Tod, der ist todsicher, so hatten es ihm seine Lehrer an der Uni gesagt. Doch auf diese

Sicherheit wollte er vorerst noch verzichten. Wussten die anderen von ihm? Von ihm als einem Mitwisser Christians? Hatte die Gegenseite doch etwas mitbekommen von ihren Kontakten, wusste etwas von ihren Nachforschungen, vom Austausch ihrer Ergebnisse? Heute Nachmittag wollte Christian ihn auf den neuesten Stand bringen. Am Telefon hatte es geklungen, als wäre ihm ein Durchbruch gelungen.

Vorsichtig blätterte Sebastian in den Briefbögen auf Christians Tisch. Den obersten brauchte er nicht zu lesen. Er würde ein Abschiedsbrief sein. Gebrochenes Herz, betrogener Mann, was auch immer ihnen eingefallen war. Sie waren einfallsreich wie Hedwig Courts-Mahler; einfaltsreich, wie es Karl Kraus formulierte. Spuren in eine richtige Richtung fand er hier nicht mehr. Die Blätter unter Christians "letzten Worten" waren leer, auch keine Abdrücke einer Kugelschreibernotiz von einem entfernten Blatt. Selbst auf dem zweiten Blatt war nichts zu sehen. Dabei hatte Christian den Brief doch angeblich hier geschrieben. Alles wirkte tödlich konstruiert. Aber was hatte er erwartet?! Das Lösungsmodell für einen 50-Minuten-Krimi? Material für Peter Falk, Hercule Poirot und Sherlock Holmes im Wettstreit?

"Junge", sagte er sich, "wie kannst du in dieser Situation Witze machen?! Schau bloß nicht in den Spiegel, sonst haust du dir noch selbst eine runter." Aber es gab noch etwas zu tun. Christian sollte hier nicht einfach sitzen bleiben. Auch er hatte ein Recht auf Würde. Es würde zwar zunächst alles andere als würdig werden, aber er konnte hier nicht verwesen, bis den Nachbarn der Atem des Todes in die Nase stach. Sebastian nahm sein Taschentuch, um Fingerabdrücke zu vermeiden, hob den Hörer ab und wählte.

"Im Klausenstück 33. Hier ist ein Mord geschehen."

Ohne die Frage nach seinem Namen abzuwarten, legte er wieder auf. Die Polizei würde genug unbeantwortete Fragen haben. Auf diese eine kam es auch nicht mehr an. Wenn er selbst im Hintergrund bliebe, erhöhte dies seine Lebenserwartung. Er schaute sich noch einmal um, um sich den Raum einzuprägen, eine innere Fotografie mitzunehmen.

Dann ging so geräuschlos, wie er gekommen war. Doch die Angst und die Beklemmung, die in ihm aufgekeimt waren, nahm er mit sich auf die belebte Straße, die ihm wie ein Film vorkam. Alles war distanziert, alles war unwirklich, nichts hatte Teil an dem Erlebnis, das er eben durchgemacht hatte... Seine Gedanken schweiften zurück in seine Jugend; der erste Joint, der erste Trip, da war die Welt um ihn herum auch so unwirklich real; ein Film, in dem man herumspazieren konnte, als einzig reales Wesen zwischen Lichtern, Farben und Menschen. Real nur du selbst, irreal wie ein realistisches Gemälde die bewegte Welt um dich herum. Und zu dieser irrealen Umgebung gehört auch der Tote. Der tote Freund! Kann ein Freund irreal sein? Nein! Aber ist nicht jeder Tod irreal? Es bleibt doch keine Wirklichkeit mehr, wenn der Tod eingetreten ist... In solche verschraubten Gedanken kann einen nur der Tod bringen, dachte Sebastian und lief wie benommen weiter.

Nun? Macht es dir Spaß, das zu lesen? Kribbelt es dich? Nein, so gefühllos bist du nicht. Aber wenn es dir wie mir geht, dann willst du, dass wenigsten hier die Gerechtigkeit siegt. Komm, trink einen Schluck trockenen Rotwein. Morgen liest du wieder vom Sieg des Unrechts in der Zeitung. Heute soll die Gerechtigkeit siegen. Ihr Held heißt Sebastian. Seine Eltern nannten ihn nach dem großen Komponisten, nicht nach dem Heiligen Sebastian, der von Pfeilen durchlöchert wurde. Das überlebte er. Dann wurde er Widerstandkämpfer. Unseren Sebastian wollen wir gleich siegen lassen. Du und ich. Vielleicht gelingt es uns. Vielleicht! Das würde uns ermutigen in unserem eigenen, kleinen Kampf um Gerechtigkeit.

2 Sorgen eines Chefs

"Bin ich denn von lauter Idioten umgeben?" Der berühmte "kühle Kopf" war rot vor Ärger. "Das ist doch keine Beschäftigungsanstalt für Volltrottel." Herbie und Fury standen zögerlich im

Sicherheitsabstand und schwiegen zur Erhaltung dieser Sicherheit. Saskia wagte es, beim Chef zu bleiben.

"Was ist denn, Chef?" fragte sie nüchtern, "Die beiden haben keine Spuren hinterlassen und Tote reden nicht mehr. Das war der sicherste Weg."

Dr. Hawlik schaute auf Herbie und Fury, während er Saskia mit gezwungen ruhigerer Stimme, aber gefährlichem Unterton antwortete: "Natürlich, Tote reden nicht mehr. Aber auch nicht zu uns. Wenn du ein Auto außer Gefecht setzen willst, reicht es eben nicht, den Zündschlüssel abzuziehen. Das kriegt man auch ganz anders in Gang. Christian war nur eine Art Zündschlüssel. Der Motor ist noch intakt. Der läuft auch wieder, wenn sich jemand dran zu schaffen macht."

"Sie haben recht, Chef", stimmte sie besänftigend zu. Recht geben ist eine perfekte Methode, dem anderen die Aggression zu nehmen, "Aber wer sollte den Wagen wieder in Gang setzen wollen? Christian war ein Einzelgänger. Das weiß niemand so gut wie ich. Die paar Freunde, die der Waschlappen aufzuweisen hatte, haben mit dem Laden nichts zu tun. Und im Laden hatte er keinen Menschen, dem er sich anvertraute."

"Wie willst du da so sicher sein? Vielleicht haben sich da keine tiefen Freundschaften gebildet; aber zur Zusammenarbeit ist das auch nicht nötig. Du weißt, was da für Geld drinsteckt. Geld ist ein besseres Bindemittel als Freundschaft. Jetzt müssen wir die Mitwisser mühsam rauskriegen und die Gegenseite ist gewarnt. Ihr seid doch wirklich Vollidioten!"

Seine Stimme gewann an Heftigkeit. So aufgebracht hatten sie ihren Chef selten erlebt. Selbst Liquidationsbefehle gab er mit ruhiger, fast unterkühlter Stimme.

Saskia nickte beruhigend - warum war sie nicht Therapeutin geworden?: "Wir sollten das noch mal in Ruhe durchgehen. Am besten ich mit Ihnen allein, Chef. Ein paar Einzelheiten möchte ich lieber nicht vor der gesamten Menschheit erzählen."

Die gesamte Menschheit blickte verärgert und erleichtert zugleich. Wenn sie hier rauskämen, wären sie dem Groll des Doktors erst einmal entzogen; natürlich stank es ihnen, so abgekanzelt zu werden; das will man in keinem Job, nicht einmal unter Killern; aber eine Zimmerwand zwischen ihnen und dem Zorn des Chef war ein willkommenes Bollwerk. Auf der anderen Seite blieben sie auf diese Weise nicht auf dem Laufenden. Auch das konnte gefährlich werden.

Die Reaktion des Chefs ließ ihnen keine Wahl. Mit einer Kopfbewegung dirigierte Hawlik sie aus der Zentrale. Sie bemühten sich, weder kleinlaut noch aufsässig zu wirken und zogen ab. Zu einer Konspiration trauten sie sich gegenseitig ohnedies zu wenig, und die geistige Kompetenz, ein erfolgreiches Komplott zu schmieden, traute ihnen nicht nur ihr Chef nicht zu.

Als sie allein waren, blickte Hawlik seine Mitarbeiterin nachdenklich an. Er schätzte ihr überlegende Art, ihren klaren Blick, ihr Kühle, die sich nicht so leicht durch Rage gefährden ließ. Aber gerade diese Fähigkeiten machten ihn auch vorsichtig. Ein guter Mitarbeiter mit Führungsqualitäten ist zugleich ein Konkurrent. So schwer es für Frauen war, in diesem Geschäft Regie zu führen, so wenig war es unmöglich. Sie konnten sich immer eines Stroh-Mannes bedienen. Da kannte man aus den vergangenen Jahrhunderten große Beispiele. Saskia könnte sich mühelos einreihen. Loyalität war nicht der tiefste Grund ihres Wesens. Ihre Verlässlichkeit bezog sich auf den Erfolg, nicht auf die Person. Da gab er sich keinen Illusionen hin.

"Die beiden haben etwas Dummes an sich", meinte sie, "Aber kann man von Killern etwas anderes erwarten? Schlauheit, Geschicklichkeit und Dummheit schließen sich nicht aus. Wären sie anders, würden sie in einer anderen Hinsicht eine Gefahr bedeuten..."

"Schon gut", Dr. Hawliks Handbewegung schloss das Thema ab. Partnerschaftliche Diskussionen schätzte er ihr gegenüber keineswegs. Er ärgerte sich ein Stück weit über sich selbst. Wie ungeschickt, sich so gehen zulassen, wenngleich seine offen zur Schau getragene Aggressivität die beiden Killer auf einer Ebene ansprach, die sie verstanden. Er wusste selbst, dass das Problem woanders lag; so wurde er Saskia gegenüber relativ offen: "Ich bin mir nicht so sicher, dass Christian ein Einzelgänger war. Privat vielleicht, aber er war einfach nicht der Mann, der sich allein an unsere Organisation heranwagen würde. Vielleicht war er ein Stammtischidealist mit großartigen Tagträumen, ein Kämpfer für das Gute am Tresen seiner Kneipe, aber für ein strategisches Vorgehen gegen uns war er einfach nicht der Mann. Darum wird es nun schwierig: Wir müssen seinen Bekanntenkreis ausleuchten. Ich habe keine Probleme damit, jemanden auszuschalten: Aber wenn wir zu viele bloß auf Verdacht still machen, erregt das eine Aufmerksamkeit, die mindestens für das Geschäft schädlich ist."

"Das sehe ich auch so, Chef", stimmte Saskia in ihrer ruhigen, nüchternen Art zu, "aber da liegt eine große Schwierigkeit in seiner Persönlichkeit: Wenn einer einen großen Bekanntenkreis hat und dabei einige enge Freunde, dann kann man sich auf die Freunde konzentrieren; er wird sich kaum an jemand anderes wenden. Doch bei Christian lag es anders: Der hatte einfach keine echten Freunde. Und doch kannte er viele Leute. Rein beruflich schon, er war öfters auf Kongressen, er arbeitete immer mit Kollegen zusammen und er war, obwohl kein deutscher Vereinsmeier, doch in zwei oder drei Vereinen; allein schon beim Volleyball verzweigt es sich enorm."

"So? Ich dachte, Sie hätten sich gut eingearbeitet? Da müssten doch ein paar Namen öfters auftauchen. Mit wem ging er manchmal zum Essen? In welchen Kneipen traf er sich mit jemandem? Oder wie steht es mit dem Urlaub?"

Wenn Saskia zu schnell mit Lösungen bei der Hand war, dann sah das für sie gar nicht so gut aus. Sie war nicht dumm. Sie konnte sich ausrechnen, wie Hawlik über sie dachte. Sie wusste, dass er sie richtig einschätzte mit ihrem Drang nach Macht und der Gewissenlosigkeit, die Partner zu wechseln, wenn es der eigenen Zukunft förderlich schien. Ihre Führungsqualitäten hätten die beiden zu einem hervorragenden Duo gemacht, wenn er sich auf eine Arbeitsteilung und damit auch Machtteilung eingelassen hätte. Aber dazu ließ es sein Geltungsdrang nicht kommen, auch nicht sein Chauvinismus. Selbst wenn es äußerlich funktioniert hätte, stimmte es atmosphärisch nicht. Damit, das wussten beide, war der Misserfolg vorprogrammiert. So fand sich Saskia mit ihrer Rolle ab; zumindest solange sich die Umstände nicht änderten... Also blieb sie vorsichtig.

Christian in der Kühlkammer kümmerte sie nicht, aber er war eine Warnung: Sie blieb lieber innerlich kühl als künstlich gekühlt zu werden. Es reichte schon, ein kaltes Herz zu haben für den klaren Verstand, ein kalter Körper war eindeutig zu viel.

"Im letzten Urlaub war er mit mir. Für ihn sicher das reine Vergnügen. Von mir kann ich das nicht behaupten. Er ist ein netter Mensch, oder war es. Aber ein Langweiler, ein Pedant: Da musste das Glas beim Essen an einer ganz bestimmten Stelle stehen; da hatte man die Gangschaltung in einer genau kalkulierten Geschwindigkeit zu betätigen, um die Abnutzung zu minimieren. Dann trug dieser Pedant Hemden, denen Knöpfe fehlten, Jacken, deren Taschen eingerissen waren. Sobald er witzig wurde, musste ich gähnen, hätte ich gähnen wollen... Natürlich lachte ich, denn als Physiker war er ein Meister. Leider hatte er über sein Labor hinausgeschaut und Vorgänge bemerkt, die er besser übersehen hätte."

"Ja, die Beobachtung hat sich gelohnt", Hawlik musste dies zugeben. "Wir wissen, dass gerade unsere Verbindung in den Fernen Osten nicht dicht ist. Ich vermute die Schwachstelle bei Pavel. Man soll nicht voreilig einen guten Mann ausschalten; deswegen bin ich noch vorsichtig. Aber vorerst lasse ich über ihn keine großen Sachen mehr laufen."

"Sehr klug. Aber merkt er das nicht mit der Zeit auch selbst? Er gehört zu unseren fähigeren Mitarbeitern; nicht so einfach strukturiert wie Fury..."

Durch solche Formulierungen war Saskia ihrem Chef zunächst aufgefallen. Er hatte es genossen, dass sie eine etwas andere Sprache beherrschte. Aber mit der Zeit spürte er, dass Saskia in mehr als nur einer Richtung differenziert war. Sie durchschaute bald, in welche Weltregionen seine Verbindungen gingen und welcher Art seine Geschäfte waren. Da hatte sie sich angeboten. Mit ihren Sprachkenntnissen war sie eine hervorragende Mitarbeiter; dazu hübsch anzuschauen, vielleicht sogar schön. Hawlik hatte in ihrer Nähe mitunter eine Beklemmung gefühlt, die ihm sonst fremd war: Vor ihr wollte er immer gut dastehen; versagen wollte er ohnedies nie, aber bei ihr wollte er glänzen, ihre Bewunderung erringen, und, das begann er zu ahnen, auch ihre Liebe.

Vorsicht und Gefühl begannen bei ihm zu streiten. Die Vorsicht verlor. Er hatte den Eindruck, dass er bei Saskia gewonnen hatte. Doch nicht auf der ganzen Linie. Er ließ sie nicht nahe genug an sich heran, um seine Macht zu gefährden. So blieb sie immer soweit auf Distanz, dass sie nicht völlig an ihn gebunden war. Ihre Eskapaden musste er dulden, denn auf Verbindlichkeit ließ er sich nicht ein. Dann kam die Geschichte mit Christian dazwischen. So klar wie eben hatte sie nie davon geredet; er hatte Christian offenbar überschätzt. Eifersucht macht maßstablos. Er merkte, wie er ärgerlich wurde. Ärgerlich auf sich selbst und seine mangelhafte Selbstbeherrschung; aber auch ärgerlich auf diese Situation, von der er wusste, dass Saskia seine Gefühlswelt nicht verschlossen war. Sie ahnte, wo sein wunder Punkt lag. Er konnte sicher sein, dass sie zu gegebener Zeit dies ausnutzen würde. Er musste dafür sorgen, dass die gegebene Zeit nicht kam.

Jetzt war die Zeit für etwas anderes. Es ging um Christians Kontakte nach beiden Seiten: Wer wusste über seine Nachforschungen wie weit Bescheid und war mit welchem Interesse beteiligt. Wie weit hatte Christian direkten Kontakt zu Pavel, zum Leck? Wieder packte ihn der Ärger: Wie konnte das passieren?! Da haben wir einen hervorragenden Informanden und meine hirnlosen Killer machen ihn kalt. Er blickte zu Saskia: Würde sie Zweifel an seinen Führungsqualitäten haben? War sie noch voll auf seiner Seite? Zunächst musste er sich darauf verlassen. Aber nicht ungeschützt... Sie beschlossen ganz unverfänglich, erst einmal Essen zu gehen. Ein leerer Magen macht über Maßen nervös; das ist schlecht für gute Kalkulationen.

Ein heißes Paar, diese beiden, nicht wahr? Wie Bonnie und Clyde, nur cleverer, wesentlich moderner und nicht ineinander verliebt. Also im Grunde genommen ganz anders. Wie geht es dir, dem Feierabenddetektiven? Hast du eine Ahnung, worum es geht? Ich kann dir einiges anbieten: Drogen. Ja, da hast du auch schon dran gedacht, als du dir das nächste Glas eingeschenkt hast. Andererseits, warten wir lieber noch bis zur Freigabe von Cannabis durch die Regierung. Dann wird der Drogenhandel zu einem Teil der Außenwirtschaftspolitik und es geht endlich mal wieder um Politik.

Also was anderes. Eifersucht? Ein Drama! Shakespeare hätte es ausbauen können. Aber nein! Die Besetzung ist zu aufwendig. Regierungsgeheimnisse? Heutzutage kann doch jeder Zeitung lesen. Das wird's nicht sein. Bleibt noch Werkspionage. Genau, du hast es gecheckt: VW hat den solaren Zigarettenanzünder entwickelt und Toyota will ihn vor den Chinesen haben, aber Korea kommt dazwischen, denn die brauchen noch einen Zünder für ihre Atombombe. Du merkst, es wird verzwickt.

3 Zuflucht in der Kneipe

"Hallo, Kathy", der blonde Mann legte der jungen Frau an der Theke vorsichtig die Hand auf die Schulter. Überrascht drehte sie sich um. Die Stimme kannte sie!

"Hey, Sebastian, woher kommst du denn. Bist du nicht auf einem Auslandstrip, Hongkong oder Peking oder so, du Schlitzauge!"

Der Angeredete lächelte: "Stimmt. Beijing, Reich der Mitte, eine schöne Zeit, aber leider, leider viel zu kurz."

Seine Augen wanderten suchend durch den Raum: "Sag mal, können wir uns da drüben ein wenig zusammen setzen?"

Kathy nickte. Sie nahm ihr Glas und steuerte ein freies Tischchen an.

"Ein Bier!" bestellte Sebastian und folgte ihr. Er hatte gefreut, sie so unerwartet zu sehen. Was heißt hier unerwartet. Er kannte ihre bevorzugten Kneipen. Sie überschnitten sich mit seinen. Hier hatte er nur allgemein mit einem bekannten Gesicht gerechnet, aber er spürte, Kathy war ihm besonders willkommen - o, hatte er heute schon sein Horoskop gelesen? Er glaubte nicht daran, deswegen las er es so häufig, wie alle, die nicht dran glauben; und extra das BILD-Horoskop, weil er BILD von Grund auf misstraute; diesen Horoskopen würde er nicht das geringste Vertrauen schenken; schon seit seiner Pubertät war er ein eingeschworener BILD-Fein. Tja, also, es gibt noch ganz andere Menschen, die widersprüchlich sind.

Hier ging es nicht um BILD, sondern um diese bildhübsche junge Frau an seinem Tisch. Seit drei Tagen war er zurück. Es war ihm nicht gut gegangen. Christians Tod hatte nachhaltige Zweifel in ihm geweckt, ob er es auch wirklich schaffen würde. Er hatte ihm in aller Deutlichkeit klar gemacht, dass es nicht nur darum ginge, ob er die andern kriegt, sondern auch, dass die anderen nicht ihn kriegen... Allein mit seinen Gedanken war er durch die Stadt geirrt, auf der Suche nach einem neuen Ansatz und immer auf dem Sprung, sich zur Seite zu werfen, falls ein Auto zu schnell auf ihn zu führe oder ein Geschoß aus einem kleinen Kaliber den Weg in seinen Bauch suchte.

"Ej, Sebastian, hast du die Geschichte mit Christian mitgekriegt?"

Kathys Stimme holte ihn aus seinen umherirrenden Gedanken. Er war nicht mehr "hochkonzentriert". Eigentlich müsste er mal ausspannen. Aber nicht so ausgiebig wie Christian. Ach ja, nach dem hatte sie ihn gerade gefragt.

"Schlimme Sache, was?" Er blickte Kathy in die Augen. Sie hatte einen offenen, herzlichen Blick. Zu den wenigen Menschen, denen er wirklich vertraute, hatte sie schon bei der ersten Begegnung gehört.

Als das Bier kam, bestellten sie sich noch einen kleinen Imbiss, da es Mittagszeit war.

"Ja, Kathy. Es hat mich ganz schön gebeutelt. Du weißt, auch wenn Christian sehr verschlossen war, hatten wir seit der Schulzeit einen guten Draht zueinander."

"Ich auch, „ murmelte Kathy, "ich mochte ihn gern; er war so nett und freundlich. Dann macht er so etwas Brutales. Wie konnte er sich eine Kugel durch den Kopf jagen nur wegen einer Frau. Saskia! Keine Frau, kein Mann ist so etwas wert, und Saskia macht da keine Ausnahme. Kennst du sie?"

"Saskia?" Sebastian zog die Stirn in Falten. Er überlegte. Natürlich kannte er Saskia. Er hatte sie sogar geliebt. Heimlich und einseitig, das war hart für ihn gewesen. Aber hatte es ihm nicht vielleicht sogar das Leben gerettet? Christian hatte mehr Erfolg bei ihr gehabt - sein letzter Erfolg war es, jetzt in einem Eisschrank der ratlosen Polizei zu liegen. Aber durfte Sebastian Kathy sagen, dass er Saskia kannte? Durfte sie aus der Vergangenheit in seine Gegenwart kommen? Mit den sanften, braunen Augen und dem Hauch des Todes auf den Lippen?

Er beschloss, so nah wie möglich an der Wahrheit zu bleiben. Unwahrheiten wurden immer komplizierter, wenn sie in alle Lebensbezüge eingepasst werden mussten. Wahrheitslücken konnten Aufmerksamkeit erregen, die tödlich wurde - schließlich war er kein Politiker, mit einem Sprecher für alle Erklärungslücken, dachte er hämisch. Tödlich konnte eine Wahrheitslücke werden, wenn Saskias Name in ihr schillerte.

"Ja, Christian und ich begegneten ihr vor ein paar Jahren. Damals, lief er wie ein Tagträumer rum, mit einem Lächeln, als hätte er grad eine religiöse Bekehrung hinter sich und müsse sein ganzes Glück auf die Menschheit ausstrahlen. So eine Art emotionale Radioaktivität."

Ein haariger Vergleich; als Physiker hatte Christian nicht nur am Rande mit jenem Bereich seiner Wissenschaft zu tun bekommen, der auch für private Investoren große Gewinne verhieß; er hatte Kontakt zu jenem Bereich, in dem es ungeahnte Möglichkeiten gab, seit der eiserne Vorhang zerbrochen war.

"Nicht nur Blei schützt vor Radioaktivität", lächelte Sebastian bitter, "Der eiserne Vorhang grenzte zumindest die Plutoniummafia ein."
Aber nun waren Typen wie Dr. Hawlik auf die Bühne getreten. Anscheinend waren sie aus dem Nichts gekommen, als sich Tor und Tür in die Freiheit öffneten, von einer Seite aus gesehen, und Tor und Tür in dunkle Geschäfte sich öffnen ließen, von der anderen Seite aus betrachtet. Skrupel waren für Männer seines Kalibers und auch für Frauen kein Hindernis, vor allem, nachdem die äußerlichen Gefahren auf ein Minimum gesunken waren.

Einen armen russischen Physiker, so lehrte die Erfahrung, würde Geld selbst in relativ niedriger Dosierung mehr als Drohungen reizen, in dem herrschenden Verwaltungschaos das begehrte Material zu entwenden. Strafen waren nicht zu fürchten, wenn die Kasse stimmte und man sich keine Feinde geschaffen hatte. Mit Geld schafft man sich keine Feinde. Damit gewinnt man keine verlässlichen, aber immerhin käufliche Freunde. Und Idealisten oder gar Pazifisten durfte man bei östlichen Wissenschaftlern ohnedies nicht vermuten. Sonst wären sie in ihrem System nie geworden, was sie waren. Oder sie wären es zumindest nicht geblieben.

"So hatte der Kommunismus doch etwas Gutes", pflegte Hawlik in gehobener Stimmung zu sagen und sein Glas zu erheben: "Und wir haben es geerbt."

Testamentsvollstrecker dieses Erbes war er selber, und seine Leute pflegten neue Erben zu schaffen, wenn sich jemand nachhaltig seiner Logik widersetzte. Meist gab es für die neuen Erben materiell wenig zu erben. Ob der ermordete Physiker überhaupt jemanden hinterließ? Christian, der außerhalb seiner Arbeitsstätten etwas verträumte Physiker, den in seiner Jugend Dürrenmatts Bühnenstück vom edlen Naturwissenschaftler begeisterte und der einen heiligen Eid geschworen hatte, ein aufrichtiger Physiker zu sein, ein Wissenschaftler mit Verantwortungsbewusstsein für die Menschheit. Irre! Vor wem sollte man sich denn letztlich verantworten?

Jahrelang hatte er ein großes Vorbild; einen edlen Adeligen, ein Physiker von anerkannter Kompetenz mit hohem moralischen Anspruch - oder zumindest Anstrich. C-F, den Ahnungslosen, nannte ihn Sebastian bitter. Claus-Ferdinand von Wohllebsau - man durfte gar nicht nachdenken über den nachdenklichen Ahnungslosen, Christians heimlichen Ziehvater, der mit Konflikten letztlich doch so umzugehen verstand, dass ihm selbst der innere und äußere Frieden erhalten blieb, von Adelstitel, in- und ausländischen Konten und Grundbesitz ganz abgesehen.

"Mit dem Appell an die Verantwortlichen, ohne selbst Verantwortung zu übernehmen", dachte Sebastian mit zunehmender Aggression, die ihn immer wieder packte, wenn er an den "Ahnungslosen" dachte. Was machte ihn so wütend auf diesen Mann, der trotz seiner gesellschaftlichen Position doch nur eine Randerscheinung im eigentlichen, heißen Geschäft war? Christians Tod? Und dass Christian mit seinem Leben für eine Aufrichtigkeit eingestanden war, die der "Ahnungslose" nur predigte?

Seine Gedanken verloren sich und er tadelte sich selbst, als er durch Kathy Stimme aufgeschreckt bemerkte, wie wenig er sich konzentrieren konnte.

"Das merke ich, dass dich das mitgenommen hat. Du hörst mir ja gar nicht zu. Ich glaube, ich muss dich auf andere Gedanken bringen..."

Sie legte ihre Hand zärtlich auf seine. Schwesterlich zärtlich. Mehr wollte Sebastian zunächst nicht annehmen. Er hasste Enttäuschungen, vor allem bei seinen Gefühlen. Kathy war eine Frau, bei der seine Gefühle erheblich berührt wurden.

"Du hast recht", sagte er. "Ich grüble zu viel. Ich bin auch dauernd mit mir allein. Meine Gedanken gehen fast schon im Kreis. Wie ein Gefangener im Gefängnishof. Vielleicht kannst du für mich einen Freigang arrangieren. Als Direktorin, die den modernen Strafvollzug propagiert."

Er lächelte, und hier war endlich wieder einmal zu hören, warum man ihn mit dem liebevollen Spitznamen "der Spötter" etikettierte.

Kathy lächelte zurück: "Ich kann's versuchen. Ich schlage den günstigen Dreierpack vor: Jetzt fahren wir raus und bummeln durch eine Kleinstadt, heute Abend schauen wir im Kino leichte Kost, und dann können wir noch eine fremde Küche ausprobieren."

"Das liebe ich an dir", sagte er fast begeistert: "Du hast so handfeste Vorschläge." Zufrieden und erfreut lächelte sie über dieses Echo.

Ihren Imbiss nahmen sie noch zu sich. Kathy wusste, dass dies nicht der Augenblick war, die Einladung abzulehnen, als er für beide zahlte. Als sie zu seinem Auto gingen, hatte Sebastian zum ersten Mal seit jenem schlimmen Tag nicht mehr das Gefühl, dass von allen Seiten her Gefahren drohten: Diese Seite war sicher.

Ich weiß, du magst Sebastian. Obwohl er dir ein bisschen zu ideal gezeichnet ist. Aber es muss ein blonder Mann sein, sonst hören meine nordischen Freunde mit der Lektüre auf. Also mache ich den Helden blond. Und Dr. Hawlik sollte schwarze Augen haben? Mit einem Zigeunerstammbaum? Schade, schade, er stammt aus einem alten alpenländischen Bauerngeschlecht. Schon seine Vorfahren brannten ihren Schnaps schwarz und fackelten nicht lange, sondern ihre Hexen ab, wenn sie sich nicht auf Sex einließen. Also, Sex kommt auch noch. Crime haben wir ja schon.

4 Frankfurt - Milano via Mexico

Ein Summton ertönte. Die Fasten-Seatbelt-Zeichen erloschen. Boris schnallte sich ab und ging den Mittelgang entlang. Die Passagiere hatten es sich bequem gemacht. Der Blick auf die Stadt, ohnedies nur von den Fensterplätzen hinter den Tragflächen aus mit Genuss zu betrachten, war unattraktiv geworden, nachdem der Großstadtsmog die Gebäude verschlungen hatte. Das würde selbst der nächtlichen Landung in Mailand den Reiz der alten Zeiten nehmen. Aber die Umweltverschmutzung hatte eben ihren Preis, auch für ökologiebewusste Flugreisende. Und außerdem wusste bisher nur ein einziger Passagier, dass das Flugziel keineswegs die italienische

Industriestadt als Zwischenstopp für Kigali war, sondern weiter im Westen lag. Mexico-City - ihrerseits durchaus ebenfalls smogbelastet.

Boris, sein einzige Mitwisser an Bord, machte sich um seine Gesundheit grundsätzlich wenig Gedanken - solange es nicht um eine direkte Bleivergiftung ging, die speziell seinen geliebten Körper betraf. Die Toilette war frei. Aber er betrat sie ohnedies bloß per forma.

Als er sie verließ, erregte es keine Aufmerksamkeit, dass der braungebrannt, dunkelhaarige Sportsmann keineswegs zum Platz zurückkehrte, sondern der ersten Klasse zusteuerte. Da gehörte er eigentlich auch hin. Club Robinson war nicht seine Kategorie, Club Mediterrane zu bourgeoise, Gauloises rauchte ohnedies jeder, aber nur er bei rauchenden Colts...

Für Kapitän Klaus Neuberg im Cockpit der "Bonaparte" war der intensivste Teil seiner Arbeit vorerst beendet. Sie würden bald die endgültige Flughöhe erreichen. Entspannt lehnte er sich zurück, um sich wenige Augenblicke später irritiert aufzurichten: Wie kam ein Passagier in das Cockpit? War es ein Sohn? Nein, er hatte sowieso keinen und das war keine russische Fluggesellschaft, er war sich dessen ganz sicher und brauchte sich nicht erst durch einen Blick auf seinen Gehaltszettel zu überzeugen. Wer aber war es dann? Der heilige Petrus, weil man zu nahe am Himmelstor war?

Die naheliegendste Annahme verwarf der Kapitän der Luftstraße sofort wieder, um sie gleich darauf bestätigt zu sehen: Der kleine, dunkle Gegenstand, den der Mann in der Hand trug, war ganz offenkundig eine Pistole. Das konnte nicht sein. Die Sicherheitsvorkehrungen des Flughafens waren optimal. Waffen kamen nicht an Bord. Davon war er zutiefst überzeugt. Aber nicht nur bei ihm musste die Überzeugung den Tatsachen weichen. Eine Pistole lässt keine Illusionen zu. Natürlich konnten die Sprecher des Flughafens stundenlang erklären, bei ihnen gäbe es keine Gefahr. Aber der Mann stand nun einmal unübersehbar neben ihm, hielt die Pistole eindeutig auf ihn gerichtet und sagte in zweifels-, wenngleich nicht akzentfreiem Englisch: "Wir fliegen nach Mexico-City."

Das war keine Gesprächseröffnung unter Reisenden, sondern ein Befehl. Von einem Mann, der ihm eigentlich nichts zu befehlen hatte. Die Hierarchie an Bord stand fest und war so unumstößlich wie in einem Krankenhaus: Chefarzt, Oberschwester, Oberarzt, Putzfrau, Assistenzarzt, Nachtschwester und über allem der Chef der Verwaltung und seine himmlischen Heerscharen (Mo-Do 9-15Uhr, Fr 9-13,30 Uhr). Aber das spielte nun keine Rolle. Klaus Neuberg versuchte, sich in Sekundenschnelle eine Strategie zurecht zu legen. Sie hatten dies schließlich in der Ausbildung gelernt. Natürlich hatte er nie mit einer wirklichen Entführung gerechnet. Die betraf immer nur andere Gesellschaften; meist unbekannte Kollegen; auf alle Fälle nie ihn... Es war wie beim Tod: Der betrifft immer nur andere, nie mich selbst. Mich? Ich? Nein...

Boris betrachtete den Mann genau. Das war sein Gegenüber: Mit ihm hatte er sich auseinander zu setzen. Er war sozusagen der Kopf der Maschine. Der Kapitän wirkte ruhig bis kaltschnäuzig. Natürlich war dem Hijacker klar: Der wird mich reinlegen; aber nur, wenn er sich völlig sicher ist; und diese Sicherheit werde ich ihm nicht geben; er wird nie wissen, ob er einen Verrückten, einen Anarchisten oder einen Erpresser vor sich hat. Ganz war die Spannung nicht aus ihm gewichen. So kühl wie bei der Planung des Coups war er nun nicht mehr. Das war gefährlich. Aber die Gefahr hatte zwei mögliche Opfer: Entweder die anderen, weil er zu früh die Grenze überschritt, oder ihn selbst, weil er seine Sinne nicht so beieinander hatte, dass er alles wahrnahm. Er wurde verletzlich, und musste darauf achten, ruhiger zu werden. Nur so konnte er sicher sein, dass sie alle ihr Ziel sicher erreichten: Die Passagiere, die Crew, und vor allem er.

Neuberg versuchte, klarer zu sehen. Was der Luftpirat vorläufig wollte, war ihm klar. Er hatte es eindeutig formuliert. Ein blödes Ziel. Er hätte ihm attraktivere Vorschläge machen können; aber Reisezielberatung war nicht angesagt. Vielleicht hätte er doch lieber den Bodenjob im Reisebüro annehmen sollen, mit hervorragenden Freiflügen. Naja, das ließ sich jetzt nicht mehr ändern. Der Typ wollte also nach Mexiko. Aber was wollte er sonst noch. Neuberg kannte dies aus der Presse: Lösegeld, Freilassung von Gefangenen, politische Erklärungen vor der Öffentlichkeit. Ob er wirklich schießen würde? Ob die Pistole echt oder eine Attrappe war? Er würde es nicht zu ergründen suchen. Für ihn war die Pistole echt und der Hijacker würde schießen. Jeder andere Gedanke konnte lebensgefährlich werden.

Jetzt galt es, einiges zu klären: "Ich habe verstanden. Sie wollen nach Mexico-City. Und was soll geschehen, wenn wir dort ankommen?"

Der Entführer zeigte eine Spur von Aufgeregtheit, eine gefährliche Spur: "Versuchen Sie nicht, mich reinzulegen. Ich will nach Mexico-City; ich will eine Million amerikanische Dollar; ich will freies Geleit. Wenn das alles klappt, brauchen Sie sich keine Sorgen mehr zu machen."

Neuberg war nur eine Sekunde lang versucht, dem Typen zu raten, lieber Schweizer Sebastianen zu nehmen als amerikanische Dollar, da sie den stabileren Kurs aufwiesen, aber angesichts der ernsten Situation konnten selbst entspannend gemeinte Scherze zu unerwünschten Reaktionen führen.

Also sagte er nur: "O.K. Ich versuche nicht, Sie reinzulegen. Ich will kein Risiko eingehen. Lieber in Mexico-City als tot. Das ist mir klar. Aber Sie werden verstehen, dass ich den Kurswechsel den Bodenkontrollen melden muss und auch begründen. Ich spreche natürlich nur mit Ihrer Erlaubnis und genau das, was wir vereinbaren. Sind Sie einverstanden?"

Er hoffte, beruhigend genug gesprochen zu haben. Das hatten sie schließlich in nervtötenden Rollenspielen gelernt: Hijacker contra Pilot (und der Supervisor wusste immer genau, wo es lang ging; leider nur aus der Theorie. Er hätte ihn gerne hier gehabt. Am besten auf seinem Platz. Aber das ging nun nicht mehr. - Also, was hatte er damals gelernt?): Das Entscheidende in Entführungssituationen ist der Adrenalinspiegel: Bei der Crew, bei den Passagieren, und vor allem beim Entführer; der hat von vornherein den höchsten, weil er weiß, was los ist und dass er etwas riskiert. Es schien zu klappen. Der Mann wirkte ruhiger, als er sagte: "Einverstanden. Sagen Sie der Bodenkontrolle, dass eine Pistole an Ihrer Schläfe Ihr Denken sehr einseitig beeinflusst. Nach Ihnen käme die weitere Crew bis auf das zweite Team dran, dann die Passagiere; schön der Reihe nach, damit man auch am Boden mit dem Denken nachkommt. Sie geben das neue Ziel an und die Forderung; von wem das Geld kommt, ist mir gleich. Das kann Ihre Gesellschaft, das kann eine der beteiligten Regierungen sein. Das freie Geleit muss Mexico zusagen."

"O.K.", meinte Neuberg, "ich muss aber einige Dinge klarsehen, damit ich in Ihren Augen keine Fehler mache: Erstens muss ich in wenigen Minuten Flughöhe und Landezeit den Passagieren durchgeben. Regelmäßige Flugreisende werden sonst unruhig. Zweitens muss ich aus dem gleichen Grund die Zieländerung durchsagen - irgendwann wäre dies ohnedies nötig -, zur Ruhe mahnen und erklären, was los ist. Und drittens haben wir für eine ganz andere Entfernung getankt; mit unserem Benzinvorrat kämen wir mitten im Atlantik runter. Ich kann Ihnen ziemlich genau zeigen, wo das wäre; wir müssten also auftanken, und zwar so weit wie möglich im Westen; ich würde Ihnen London vorschlagen, wenn wir nicht über Island fliegen sollen. - Ich schlage Ihnen vor: Zunächst nehme ich Kontakt mit der Bodenstelle auf und kläre die entsprechenden Punkte, dann mache ich die Durchsage. Sind Sie mit diesem Vorgehen einverstanden."

Neuberg merkte, wie er selbst während des Redens immer ruhiger wurde. Der Entführer schien ebenfalls ruhig zu sein. Und es gab nur ein Ziel: Alle heil aus der Sache rauszubringen. Der materielle Aspekt spielte so gut wie keine Rolle; das war auch bei der Gesellschaft so. Dass die Polizei hier noch eine eigene Sicht der Dinge hatte, war klar, und der Luftpirat konnte mit nichts anderem rechnen.

"In Ordnung", antwortete Boris. "Ich bin mir sicher, dass Sie keinen Unfug machen. Ich kenne die Vorgaben der Gesellschaften an Ihre Mitarbeiter. Safety first. Das garantiere ich Ihnen auch für meine Seite.

Auftanken in London, ich bin für die kurzen Wege. Also sprechen Sie..."

Jetzt sind wir mittendrin. Ist es nicht herrlich: Wir können uns bequem noch einen guten Schluck gönnen, zurücklehnen, die Augen schließen, der Musik vom CD-Player lauschen und wissen: Uns passiert nichts. Und dann steigen wir wieder ein. Zitternd, bibbernd, geil auf Thrill. Dieses Gift hat unser Land durchdrungen, diese ganze marode, perverse, kaputte Gesellschaft. Unser Marsch durch die Institutionen hat uns in dieses bequeme Wohnzimmer geführt. Hoffentlich kommt keiner und setzt durch, was wir propagierten. Revolutionen sind immer noch am schönsten, wenn wir davon träumen. - Aber zurück zu unserem antikapitalistischen Entführer und dem reaktionären Piloten. Halt, nein, das ist ein Roman, da gibt es doch noch die andere Ebene, jenes idyllische Techtelmechtel mit unserem Lieblingsakteur Sebastian. Was macht die Liebe, Junge? Geh ran!

5 Eine täuschende Idylle

Sebastian blickte immer wieder zu seiner Begleiterin am Steuer des kleinen Wagens. Er hatte Kathy schon immer gemocht. Aber jetzt kamen in ihm Gefühle der Verbundenheit, denen er keinen Namen geben konnte; Liebe wollte er es bestimmt nicht nennen; das war zu allgemein, zu unpräzise und irgendwie banal. Aber er spürte eine seelische Verbindung, die ihn unheimlich bewegte. Da sich diese Seelenbewegung in deutlich zu spürenden Gefühlen in der Herzgegend widerspiegelte, war es nicht einfach ein "Wir-verstehen-uns-gut". Er hörte auf, darüber nachzudenken; er wollte lieber die Gegenwart genießen. Soweit hier Genüsse möglich waren.

Die Fahrt durch die Vorstädte war wie immer scheußlich und der Verkehr widerlich. Wenn das Verkehrsverhalten sichtbar macht, wie wir Menschen auch innerlich miteinander umgehen, kann einen dies erschrecken. Wozu gibt es Verkehrsregeln, wenn sich kein Schwein daran hält, sondern jeder wie die Sau fährt? Kathy bremste scharf ab und fluchte leise: "Arschloch."

Der Jeep-Fahrer vor ihr verwechselte offenbar die Straße mit einem Acker und hielt alle anderen Autos für Büsche, die es möglichst kurvenreich und knapp zu umfahren galt; und der Weg vom Herumfahren zum Umfahren ist manchmal ziemlich kurz, vor allem, wenn diese Blechbüsche sich nicht zurückhalten, sondern auch vorwärts wollen.

"Ich hasse es, hinter diesen Kästen herzu fahren!", ärgerte sich die junge Frau: "Kastenwägen, Jeeps und SUVs nehmen einem die ganze Sicht. Wenn die Bremslichter aufleuchten, weißt du nicht, wie stark sie bremsen; du kannst nicht an ihnen vorbeisehen, also kennst du den Grund für ihr Bremsen nicht. Ein unübersichtlicher Wagen braucht zwei Rückspiegel, aber kein anderer hat zwei Spiegel nach vorne, um den Verkehr zu überblicken. So was gehört verboten. Überflüssig sind diese Benzinfresser allemal, verbrauchen mehr fossile Brennstoffe als zur reinen Fortbewegung nötig. Aber an so was denken diese Typen ja nicht; wenn sie überhaupt etwas denken! Und wenn ich aus Sicherheitsgründen Abstand halte, um dann doch angemessen reagieren zu können, schiebt sich bestimmt ein Lieferwagen dazwischen und der Scheiß beginnt von vorne." Der Ärger ließ ihre Stimme vibrieren.

Was sind Verkehrsprobleme verglichen mit einem Mord? Und doch lassen sie die Gefühle hochgehen. Die Menschen werden aggressiver; und das schaukelt sich gegenseitig hoch. „Eskalationsmodell" nannte man es in der Konfliktforschung. Aber Verkehrsfriedensforscher hatte man noch keine verbeamtet; und wenn es so weit wäre, würden ihre Ergebnisse nicht zur Kenntnis genommen...

Obwohl auch ihn die Fahrt nervte, tat es Sebastian gut, nicht immer nur die Szenerie von „Im Klausenstück" vor Augen zu haben.

"Mach dir nichts draus, Kathy", sagte er, "Die Typen brauchen das. Irgendwas fehlt ihnen im Leben, darum kaufen sie sich irgendeinen Sinn. Der trägt zwar nicht weit, aber dafür mit viel PS."

Hatte er dies nicht wunderbar formuliert? Einfühlsam, verstehend und doch irgendwie überlegen?

"Schon gut, Basti", Kathys Stimme war wieder ruhig. "Ich hasse die Typen sogar, wenn ich sie überhole oder an der Ampel neben ihnen stehe und zu ihnen aufsehen muss, wenn sie auf ihrem Königsthron residieren."

"Weißt du, Kathy, bei uns in der Familie sagte man immer: ‚Der thront', wenn grad jemand auf dem Klo saß. Stell's dir einfach so vor: Die Typen sitzen dauern auf dem Topf."

"Und was dann in die Schüssel fällt, das hat den Duft der großen, weiten Welt..." Kathy lachte schon wieder. Es tat gut, ihr Lachen; es war wie Rosenduft für die Ohren. Hatte es mal jemand mit Glocken verglichen? Ihr glockenhelles Lachen? Ein schöner Vergleich.

Allmählich gingen die betonfarbenen Wohnklötze in zierlichere Mehrfamilienhäuser über; es war mehr Grün zu sehen, und nach kurzer Zeit schien die Natur wieder die Herrschaft ergriffen zu haben. Nur der eigene Weg war noch asphaltiert. Der Verkehr hatte unmerklich abgenommen. Jede Seitenstraße hatte ein paar Fahrzeuge geschluckt und nun ging es zügig voran. Er spürte, wie er sich immer mehr entspannte, aber sein Blick wanderte doch immer wieder nach links und ruhte auf der Fahrerin.

Kathy bemerkte dies: "Du bist wohl sehr einsam gewesen in der letzten Zeit?"

Sebastian nickte. "Weißt du, es waren immer viele Menschen da. Und ich hab mich auf viel unterhalten. Aber irgendwie brauchst du manchmal jemanden, mit dem du ein Stück Vergangenheit teilst, und ein Stück Alltag. Manchmal beneide ich die Leute, die in einer kleinen Stadt zur Schule gehen, dort ihren Beruf lernen, eine Familie gründen und einen Freundeskreis haben, der den gleichen Weg gegangen ist."

"Du meinst, du vermisst so etwas wie eine Heimat."

"Genau. Ich mag das Wort nicht sehr. Es klingt so künstlich und abgedroschen, nach Original Lustige Ekelländer Musikanten... Aber genauso ist es. Ich will in meinem Beziehungen nicht immer von Null anfangen müssen."

"Ich weiß schon. Ich kenn dich nun schon eine ganze Weile. Mir geht es ähnlich. Deswegen habe ich die kleine Stadt vorgeschlagen. Da ist dann eine Architektur und eine Infrastruktur, in der das passt."

"Du Strategin!" Ihre Überlegungen heiterten Sebastian auf. Dann erschien die kleine Stadt auf den Wegweisern.

Die alten Stadttore waren längst der Straßenverbreiterung gewichen, aber die Häuserzeilen atmeten noch den Geist biederer, bürgerlicher Gemütlichkeit. Sie stellten das Auto auf einem der äußeren Parkplätze, die auch hier gut belegt waren, ab und wanderten Richtung Zentrum.

Gemächlich schlenderten sie durch die Hauptstraße, schauten in die Geschäfte und betrachteten die Auslagen. Fast unwillkürlich hakte Kathy sich bei ihm ein. Am Marktplatz war ein Café. Es war Spätnachmittag. Der Kaffee tat gut, und Kathy genehmigte sich einen köstlichen Nusskuchen.

"Ich achte schon darauf, dass mein Bauch nicht meine Wirbelsäule belastet", sagte sie, "aber wenn man das richtige Maß einhält, bietet das Leben doch viele Annehmlichkeiten."

Sebastian lächelte nur. Er wusste das zu schätzen. Doch das Stichwort Leben hatte ihn wieder an das erinnert, was er gesehen hatte: den Tod.

Sollte er Kathy einweihen? Er spürte, dass er nicht lange widerstehen konnte. Er vertraute ihr. Daran lag es nicht. Aber er wollte sie doch nicht gefährden.

Endlich sagte er: "Kathy, ich muss dir einfach erzählen, was mich umtreibt."

Sie blickte eindringlich zurück: "Ich hab's schon gemerkt, Basti. Du kämpfst mit dir. Dir ist nicht ganz wohl dabei, es zu erzählen. Du möchtest, dass ich es niemandem weitersage? Stimmt's? Und es geht um Saskia? Stimmt das auch? Mach dir keine Sorgen. Ich halte schon einiges aus, und ich halte auch einigermaßen dicht, wenn es nicht kriminell wird."

Sie lächelte. Aber er lächelte nicht zurück: "Es ist etwas Kriminelles."

Sie wurde augenblicklich ernst: "Hast du was angestellt, Sebastian? Warst du deshalb im Ausland?"

Ihre Stimme klang besorgt. Es steckte immer noch alles Vertrauen drin, aber es war doch eine Art von Erstaunen, die eine Offenheit für ein Verbrechen zeigte.

"Nein, Kathy, ich nicht."

Er spürte, wie sie erleichtert war, aber die grundsätzlich Anspannung blieb natürlich: "Was ist es? Hat es mit Christian zu tun? Mit seinem Selbstmord? War er in dunkle Geschäfte verwickelt?"

Sie wusste, dass sie zu viele Fragen stellte. Aber ihre innere Ruhe war gewichen. Es war klar, dass nur noch das Café Geborgenheit simulierte. Eine unbekannte Gefahr war zu ihnen gestoßen. Sie raste in Gedanken alle möglichen Verbrechen durch, Rauschgift kam für sie an erster Stelle, Hehlerei wäre auch möglich, Mord? Nein. Oder doch? Wenn sich jemand das Leben nimmt, muss es schon sehr schwer sein.

"Du hast Recht. Es hat mit Christian zu tun. Aber, du wirst es nicht glauben: Es war kein Selbstmord."

Er schwieg. Sie blickte ihn fragend an, denn die Antwort, die sie sich selbst geben konnte, konnte sie nicht annehmen.

Doch Sebastian nickte: "Er ist getötet worden."

Kathy schaute ihn entsetzt an: "Mord?"

Sie hatte zwar an das Stichwort gedacht, aber es war weit weg von ihrer Lebenswirklichkeit; und nun drang es ein. Sie hatte es ausgesprochen. Irgendwie, das spürte sie, veränderte sich in diesem Augenblick ihr Leben. Es war eine Türe aufgestoßen worden in einen dunklen Raum, der die Dimensionen des Universums hatte. Ihre übersichtliche Welt war nicht mehr übersichtlich. Alles, was für sie sicher war, war nun nicht mehr sicher. Sie fühlte sich, als hätte sie die Unbefangenheit der Kindheit ein zweites Mal verloren.

Sebastian senkte die Augen und sprach leise weiter: "Christian hatte Wind bekommen von einem kriminellen Geschäft. Er war am Rande daran beteiligt, ohne etwas zu ahnen. Als sie merkten, dass ihm etwas aufgefallen war, haben sie ihn umgelegt."

"Das darf doch nicht wahr sein." Die Türe zu dem dunklen Raum war zwar aufgestoßen, aber sie war nicht bereit, hinein zu gehen. Vielleicht wollte sie sich zeigen lassen, was darin ist; Sebastian sollte hineinleuchten wie mit einem Scheinwerfer. Aber sie wollte sich nicht darauf einlassen.

Sebastian ahnte ihre Gefühle. Er konnte sie nachempfinden, denn er hatte sie selbst schon empfunden; damals, in Peking, als Christian ihm Einzelheiten erzählte, die über das Maß an Illegalität hinausging, das er bereits geahnt hatte. Schmuggel, Bestechung, das hatte er zwar abgelehnt, aber es hatte ihn niemals so total verunsichert wie das Stichwort "Mord", als es in sein ganz persönliches Leben eintrat. Einen Krimi lesen, einen Krimi anschauen, das ist eben doch etwas anderes, als selbst in einer Welt zu leben, in der plötzlich die Möglichkeit des Mordes zu den Realitäten zählte...

Tod und Liebe liegen eng beieinander. Doch wenn sie sich begegnen kommt nichts Gutes dabei heraus. Aber bei unseren beiden jungen Freunden, könnte das nicht eine schöne Romanze geben. Hör mal, was sollen diese bourgeoisen Phantasien. Das Leben ist zu hart für Schnulzen. Warst du ein Fan der Lindenstraßen. Hab ich mir doch fast gedacht. Progressives Geschwafel und dekadentes Verhalten. Weshalb bist du in der BI? Um der Sache willen? Ach, mach mir doch nichts vor. Du willst ein paar ganz spontane Festchen feiern und eine Frau abschleppen. Ist ja auch nicht schlecht. Aber... Naja, die Zeiten der Publikumsbeschimpfungen sind vorbei. Da warst du noch ein Kind, mein Lieber. Und deshalb erzählt dir Tante Valeria von den 68ern. Ach, das lebten unsere Ideale noch... Und während ich es dir mit tränenumflorten Stimme erzähle (so wie Opa von Stalingrad), greifst du doch wieder zu deinem Krimi und entspannst dich. Lass die Alte schwafeln...

6 Am Boden ist alles besser

Im Tower herrschte wie immer die Hölle. Im Grunde genommen war es ein Wahnsinn, was am Flughafen abging. Bei nüchterner Betrachtung war eine solche Flugdichte unverantwortlich. Das weiß jeder und es steht auch oft genug in der Presse, selbst in der ernstzunehmenden. Aber wer nimmt die schon ernst, wenn es um Gewinne geht? Da nimmt sie sich nicht mal selbst mehr ernst. Wie könnte man das von Geschäftemachern im Flugwesen erwarten?! Der finanzielle Einsatz steigert die Risikobereitschaft derer, die in den Chefsesseln sitzen und mit Cockpit und Passagierraum nur peripher zu tun bekommen. Die Kasse muss stimmen im Geschäft; und das Geschäft war härter geworden in den letzten zehn Jahren. Keiner kann sich eine Katastrophe leisten; aber man muss sie immerhin riskieren.

Christian Kreuzer hatte dies mal für einen Traumberuf gehalten. Allmählich wurde es zum Alptraum; und er konnte die Hektik nach Dienstschluss nicht einfach abstreifen. Der Griff zur Flasche war bei ihm immer regelmäßiger gekommen. Nur seine grundsätzliche Nüchternheit warnte ihn so nachhaltig vor der Gefahren des Alkoholmissbrauchs, dass er genau auf die Grenzen achtete. Bei der Arbeit musste er vollkonzentriert sein. Durchhänger durfte es nicht geben. So war er ganz sicher, dass es kein Rauscherlebnis war, als er plötzlich einen Funkspruch der vor kurzem gestarteten "Bonaparte" erhielt.

"Hallo Bodenkontrolle. Neben mir steht ein Mann mit einer Pistole, die auf mich gerichtet ist. Wir sollen nach Mexico-City fliegen. Die Drohung richtet sich erst gegen mich, dann gegen den Rest der Crew bis auf die Ersatzpiloten, dann gegen die Passagiere. Dass er noch weiter gehen muss, denkt er nicht, da er die Vorgabe der Gesellschaft, Menschenleben zu schützen, kennt. In Mexico erwartet er eine Million US-Dollar sowie die Gewährung der Regierung für freies Geleit. Die Passagiere werden unmittelbar nach unserem Gespräch informiert."

Nein, das war ernst zu nehmen. Für einen Scherz zu abrupt und zu differenziert. Kreuzer hatte keine Zeit, irgendwelchen Gedanken nachzuhängen. Die Lage war klar. Er musste reagieren.

"Hallo Bonaparte. Ich habe verstanden. Bleiben Sie ruhig. Wir leiten alles in die Wege und verständigen die zuständigen Stellen. Bis weitere Anweisungen und Reaktionen kommen, registrieren wir als ihr Flugziel London Heathrow. Weitere Entscheidungen kommen von oben; wir bleiben in Kontakt. Ich gehe davon aus, dass der Entführer mithört. Wissen Sie und dürfen Sie sagen, wer er ist?"

Die Antwort kam nicht sofort. Offenbar sagte der Mann etwas zum Kapitän. Dann hörte Kreuzer dessen ruhige Stimme: "Weiter darf ich Ihnen nichts sagen."

Natürlich, was hatte er denn erwartet? "O.K. Die Sache läuft. Wir werden alles tun, um die Sicherheit von Passagieren und Crew nicht zu gefährden."

Im Tower war es zwar nicht totenstill geworden, da der Betrieb weiterlaufen musste und das Risiko einer Fehlleistung katastrophale Folgen implizierte, aber es war doch merklich ruhiger geworden. Wer immer konnte, beteiligte sich an der Sache. Die Telefone waren sofort besetzt. Die Gesellschaft musste informiert werden, ohne gleich die Presse aufmerksam zu machen; die Polizei musste eingeschaltet werden, ohne allzu großes Aufsehen zu erregen; Berlin war zu informieren, denn es standen internationale Konflikte im Raum; die Flughafenleitung konnte sich jederzeit einschalten. So dauerte es nur wenige Minuten, bis ein steril gekleideter Herr den Raum betrat. Nun galt es, eine gute Figur zu machen. Dadurch konnte man zwar nichts erreichen, aber wer unangenehm auffiel musste auch mit unangenehmen Folgen rechnen.

"Wer hat den Kontakt zur Bonaparte?" Die Stimme des steril Gekleideten klang gar nicht steril; das lag nicht an seiner Aufgeregtheit - die tat sicher das ihre dazu; er erschien als ein Mensch von Fleisch und Blut, gar mit einer warmherzigen Ausstrahlung. Eine gewisse Spannung löste sich und bekam der Stimmung im Raum. „Wir gehören zusammen", hatte der Chef signalisiert. Nicht durch Worte, sondern durch sein Wesen. So etwas wirkt.

Kreuzer reagierte: "Das bin ich. Kapitän Neuberg von der Bonaparte hat einen Entführer in der Kabine. Mit Pistole. Wie er die reingeschmuggelt hat, ist mir schleierhaft; aber das muss hier passiert sein."

Die Bemerkung "am sichersten Flughafen der Welt" verkniff er sich; aber er kannte das Gerede, dass "bei uns in Deutschland" alles immer viel sicherer ist als anderswo in diesem Universum. Und bis zum Beweis des Gegenteils hat jeder Recht, der es behauptet. Wenn sich dann das Gegenteil erweist, wird es die berühmte unerklärliche Ausnahme sein, von der alles andere ausgenommen ist. Doch jetzt konnte Kreuzer solchen ketzerischen Gedanken nicht nachhängen.

Der Chef wollte informiert sein und seine Strategie entwickeln können. "Mein Name ist Elmar Mühlhaupt. Bis auf weiteres bin ich ihr Ansprechpartner."

Gut, dass der Boss einen Namen und nicht nur einen Anzug hatte. Das machte die Sache normaler.

"Kreuzer", stellte er sich vor. "Der Pilot hat sich unvermittelt gemeldet. Es kann noch nicht viel Zeit vergangen sein, seit der Pirat ins Cockpit kam. Sie hatten den Start gerade erst hinter sich gebracht. Er scheint ganz handfeste Interessen zu haben; das ist kein Geisteskranker, sondern ein Erpresser. Er will Geld, ein sicheres Land und sicheres Geleit. Ich hatte den Eindruck, er lässt nicht mit sich handeln, aber er lässt mit sich reden. Neuberg hat ihn davon überzeugt, dass er nochmal tanken muss, da sein Vorrat für einen Transatlantikflug nicht reicht. Der Mann hat dies eingesehen. Er scheint berechenbar zu bleiben."

Blickst du noch durch bei diesen vielen Leuten. Ich sollte vielleicht eine Liste der Akteure beilegen. Aber ich wollte kein Telefonbuch verfassen. Kurz gesagt: Ob im Himmel oder auf der Erde, es geht um die Knete. Und ab und zu taucht auch jemand auf, den man eigentlich mag. Unser Freund Kreuzer gehört dazu. Das ist einer von den Guten.

Den kannst du von der Liste deiner Verdächtigen streichen. Vorläufig zumindest. Denn du weißt ja aus Erfahrung: Wenn dich überhaupt einer in deinem Leben verarschen will, dann ist das ein Krimiautor. Etwas anderes erwartest du auch nicht von ihm, denn sonst wäre es ja langweilig. Du willst was für dein Geld. Für deine Entspannung kann er sich durchaus ein wenig anstrengen. - Wie soll es weitergehen? Was schlägst du jetzt vor?
Exotisch? Freu dich drauf!

7 Ein unglaublicher Reisebericht

Aus dem Kino wurde doch nichts. Nachdem die beiden ziemlich schnell das heimelige Café verlassen hatten, schlenderten sie in ein intensives Gespräch vertieft noch lange durch das Städtchen und merkten, was von Anfang klar gewesen war: Wir kommen von dem Thema nicht los. So setzten sie sich wieder in Kathy Auto und beschlossen: Die fremde Küche ist die italienische und wird heute Abend bei Kathy zubereitet.

Die Stadt war nur noch durch künstliches Licht erhellt, als sie vor Kathys Haus hielten. Sie hatte alles vorrätig. So gingen sie bei einer Schüssel Spaghetti und einer Flasche Bordeaux - typisch italienisch;) - noch einmal alles durch, was sie schon beredet hatten. Sie mussten es eben gemeinsam verarbeiten. Sebastian war froh, dass er das konnte.

Er wickelte sich ein paar Spaghetti um die Gabel und schob sie sich in den Mund. Dann griff er zu seinem Weinglas, prostete wortlos seiner Gastgeberin zu und begann nach einem entspannenden Schluck: "Ich muss dir noch ein bisschen von den Hintergründen erzählen. Ich selbst war auch nicht von Anfang an in alles eingeweiht; und Christian rutschte erst allmählich in die Geschichte. Es begann zufällig; so erzählte er es mir vor zwei Wochen in Peking, wo sich die Lage unheimlich zuspitzte. Du weißt ja, er ist... er war Physiker mit Leib und Seele. In der Schule hat er das Fach gehasst. Ich musste ihm in endlosen Stunden die Sachen erklären, damit er nicht total versagte;

bis in der elften Klasse plötzlich ein Lehrer auftauchte, der ihn faszinierte. Von diesem Augenblick an war klar: Physik, das ist es. Das Abi ging vorüber - er war blendend drauf; ich übrigens auch, und dann teilten sich unsere Wege. Er machte seinen Doktor in Physik und fand auch überraschend schnell eine Stelle. Eine Aufgabe in der Forschung, das hat ihn unheimlich gereizt. Er muss auch sehr gut gewesen sein, und vor allem, sehr engagiert. Seine Überstunden waren nicht auf Geldgier zurück zu führen, sondern auf seinen Enthusiasmus."

Sebastian nahm einen Schluck: „Irgendwann passierte es. Auf der Suche nach einigen Unterlagen, die ein nachlässiger Mitarbeiter verlegt hatte, entdeckte er Papiere, die nicht für seine Augen bestimmt waren. Es ging um Plutonium. Es ging um geheime Kontakte nach Osten, von wo aus der Stoff eingeschmuggelt wurde. Zunächst war er nur irritiert, dann ging ihm der Skandal auf. Er kopierte heimlich in einer zweiten Aktion die Papiere, an die er ran kam. Er kannte nun auch den Namen des Kollegen, ein gewisser Rudi, wie sie ihn nannten. Eigentlich hieß er Ruoti; aber gesprochen merkt man das nicht. Sein Kontaktmann nannte sich Paul, Pavel, wenn man die Lautverschiebung berücksichtigt. Christian wollte zur Polizei gehen; das war schließlich deren und nicht sein Geschäft. Aber er wollte nur mit sicheren, mit abgesicherten Beweisen dort auftauchen. Weder wollte er als Spinner abgetan werden noch riskieren, dass zusätzliche Voruntersuchungen die Typen warnten. Dass es um eine große Sache ging, merkte er relativ schnell. Irgendwie war er auf den Namen Dr. Hawlik gestoßen. Von dem wusste er aus anderen Zusammenhängen, dass er ein Shootingstar in Finanzkreisen war, mit schillerndem Hintergrund und internationalen Beziehungen. Einen ehrenwerten Mann schien er in der Liste zu haben. Nun wusste er, dass er noch vorsichtiger sein musste. Denn wo Geld ist, sind häufig auch Juristen, der vornehmste Aufgabe es nicht ist, für das Recht zu sorgen, sondern für die Straffreiheit von liquiden Klienten."

"Warum seid ihr nach Peking gefahren? Wie kommst überhaupt du in die Geschichte rein?" Kathy beugte sich zu ihm: "Du bist doch gar kein Physiker, und auch kein Finanzhai und kein Polizist."

"Nein, aber so etwas wie ein Freund von Christian. Ja, ich komme rein, weil ich ihn eines Abends, als wir bei einem Bier zusammen saßen und über irgendein belangloses Thema plauderten, fragte, was ihn eigentlich umtreibt. Er wirkte so oft unkonzentriert; nicht der typische zerstreute Professor; der war er nie; nein, wie einer, der Sorgen hat, die ihm immer wieder in den Sinn kommen. Da erzählte er mir die Geschichte. Unter dem Siegel der Verschwiegenheit, ganz unpathetisch, wie ein Beichtgeheimnis; aber da es nicht um die Verschwiegenheit wegen seines Ansehens ging, sondern ausschließlich um seine Sicherheit beziehungsweise Vorsicht, um den Erfolg nicht zu gefährden, bin ich jetzt nicht mehr daran gebunden, und kann es dir erzählen..."

"Das brauchst du nicht zu betonen. Ist doch klar. Ich weiß, dass du etwas anderes auch jetzt nicht weitersagen würdest."

"Danke", Sebastian freute sich über diese Einschätzung. So erzählte er unbefangen weiter.

"Er entdeckte also im Labor diese Unterlagen und machte sich seine Gedanken. Ruoti gab auf unverfängliche Fragen unverfängliche Antworten, die ihn aber dennoch weiterführten, und plötzlich sah er immer klarer, dass das Material aus der ehemaligen UdSSR kam, aber auf dem Umweg über China in die Bundesrepublik. Denn Chinareisende galten als relativ unbelastet; die Diktatur schien die Kriminalität zu beherrschen. Doch die Bestechlichkeit in China ist enorm, der Zoll äußerst permissiv und die Grenze zur ehemaligen UdSSR zwar nicht offen wie ein Scheunentor, aber doch löchrig wie Schweizer Käse. Die chinesische Mauer kann man zwar vom Mond aus sehen, aber durchschlüpfen kann man vielleicht grade deshalb besonders gut. Also, dieser Ruoti bekam das Material von Pavel, und der schien der Kurier zu sein. Aber wie sollte man das auf die Reihe kriegen. Die deutschen Behörden haben zu den chinesischen keinen

besonders guten Kontakt, nicht mal über die Chinesisch-Sozialistische-Union - o, verzeih mir den Kalauer..."
Trotz des heiklen Themas lächelte Kathy leicht: "Ich weiß doch, dass man dich den Spötter nennt. - Ein interessanter Name für einen Detektiven. Überleg dir das Mal als Berufsbezeichnung. Sie nannten ihn den "Spötter"..."
Auch Kathy musste einen Teil ihrer Spannungen über Witzeleien abbauen. Sebastian schob noch etwas Essen nach, bevor er weiter sprach: "So flogen wir nach Peking. Offiziell als Touristen - und ich muss dir sagen, das hat sich gelohnt. Es war wirklich neben den Nachforschungen eine schöne Zeit. Um keinen Argwohn zu erwecken, buchten wir eine Billig-Pauschal-Reise: Motto: In zehn Tagen kennen Sie Peking wie ihre Westentasche und der Einkauf in der Seidenstraße bringt Ihnen die Hälfte des Flugpreises wieder rein; die andere Hälfte sparen Sie beim Lebensunterhalt. Ich sag dir, die Typen, die da mitflogen, einer unangenehmer als der andere. Die feisten Mitvierziger im bunten Hemd, die sich ausrechneten: Zehn Übernachtungen heißen zehn Deflorationen für ein Taschengeld - ohne Aidsgefahr; hinterher drei Reisetaschen mit Seidenwäsche und ein paar Koffer mit Nippes. Heute gehört uns der Stammtisch und morgen die ganze Welt. Auf dem Rückflug zog man sich dann übrigens wieder um. Urplötzlich trug man Anzug und Krawatte. Da kriegst du die Motten. So einem Ekel sitzt du dann in einem Büro gegenüber und führst Verhandlungsgespräch mit kulturellem Niveau und Augenzwinkern.... Aber ich schweife ab."
Er nahm noch ein Schlückchen. „China hat sich wirklich gelohnt. Wir haben viel gesehen und viele neuartige Eindrücke gesammelt. Wir lernten eine andere Kultur kennen mit ihren Stärken und Schwächen. Und wir haben vor allem eines gelernt: Es ist bei den anderen weder so, dass die Menschen besser sind, noch dass die Menschen schlechter sind. Nur sind ihre Gewohnheiten anders. Das muss man erst einmal merken, oder genauer: Man merkt es recht schnell, aber man braucht Zeit, die anderen zu verstehen..." Mitten drin mussten wir unauffällig

unsere Nachforschungen anstellen. Das war nicht einfach. Erst einmal galt es, die Stadt kennenzulernen, sich zurecht zu finden und an den chinesischen Schriftzeichen zu orientieren.
Schnell erkannten wir, dass Taxis und Rikschas die beste Orientierung boten. Zugleich mussten wir unauffällig operieren; und trotz des Tourismusbooms fallen Europäer außerhalb der Sehenswürdigkeiten und ohne Reisegruppe immer noch auf. Mit Reisegruppe fielen wir übrigens auch auf, und zwar unangenehm. Was die Chinesen bei uns als Kultur mitbekommen konnten, war die beste Abschreckung. Das Verteidigungsministerium kann nichts Besseres tun, als solche Touristentypen in alle Länder zu schicken: Dann will niemand mehr Deutschland erobern - allenfalls wären noch Rachefeldzüge oder "kulturelle Säuberungen" zu befürchten."
"Du bist doch ein alter Zyniker", lächelte Kathy. Im Erzählen war einiges von der Spannung verschwunden, die zu Beginn alles beherrscht hatte. "Was habt ihr dann herausgefunden?"
"Den Anfang habe ich selbst nicht genau mitbekommen. Irgendwie hatte Christian noch zu Hause von einem Restaurant gehört, in dem Kontaktgespräche stattfanden. Das Restaurant fanden wir auch. Zu unserer großen Erleichterung wurde es von vielen Europäern frequentiert. Wir fielen gar nicht auf und konnten die Köstlichkeiten genießen, die uns aufgetischt wurden, und die wir in aller Regel nicht erkennen konnten. Ich glaube, wir wirkten wie zwei Geschäftsreisende, die hier eine entspannende Stunde verbrachten. Wir versuchten, unauffällig alle Gesichter zu mustern und uns einzuprägen - inzwischen konnten wir auch chinesische Gesichter identifizieren; sie wirkten nicht mehr eins wie das andere, wenngleich ihre Gemütsbewegungen für uns nach wie vor nicht einfach zu erkennen waren. Freundlich bis apathisch, so wirkten die meisten.
Das „Hao", so verstanden wir den Namen, entwickelte sich zu unserem Stammlokal. Wir merkten bald, dass die meisten Gäste regelmäßig kamen. In der Gegend gab es amerikanische und europäische Niederlassungen. Den Durchbruch hatten wir eigentlich

mehr zufällig. Christian ging unter irgendeinem Vorwand zur deutschen Botschaft – mit einer Impffrage... und stieß dort auf einige Gesichter, die er vom Hao her kannte. Einer war uns besonders aufgefallen, da er öfters mit Leuten an einem Tisch saß, die untereinander eine östliche Sprache sprachen. Sie klang so weich und sanft, es konnten Russen sein. Wir versuchten, uns so nahe wie möglich bei ihnen zu platzieren. Es gelang. Du glaubst es nicht, welchen Namen wir dabei aufschnappten; natürlich in völlig unverfänglichem Zusammenhang..."

Kathy blickte ihn fragend an. Sie hatte wirklich keine Ahnung. Wenn es ein Regierungspolitiker wäre, würde dies ja nichts bedeuten; schließlich hatten die Herren alle mit Regierungen zu tun. Aber welchen Namen würde sie sonst wieder erkennen? Welchen verdächtigen Namen?

"Ich kann mir nichts denken, Sebastian. Es könnte jeder Name sein. Ich habe überhaupt niemanden, auf den ich meine Gedanken lenken könnte; ich weiß nicht einmal, in welche Richtung es grundsätzlich geht..."

Sebastian lächelte. "Natürlich. Wie solltest du auch. Ich nenne ihn den `Ahnungslosen'."

Kathy wusste damit nichts anzufangen. "Der Ahnungslose? Wer soll das sein? Wie kommt jemand zu solch einem Spitznamen?"

"Das ist mein persönlicher Spitzname für ihn. Er tut immer so, als hätte er von seinem Fachgebiet unheimlich viel Ahnung - und das stimmt auch, er ist oder war zumindest einer der führenden Wissenschaftler; aber zugleich tut er so, als könnte es im Grenzgebiet zwischen Wissenschaft und Politik keine dunklen Geschäfte geben, als sei alles so klar, rein und lauter wie die Schwerkraft, die Reibungskonstante und die Lichtgeschwindigkeit."

Kathy wurde ein bisschen ungeduldig: "Nun sag schon, wer es ist, Sebastian. Ich kenne außer Christian und meinem Physiklehrer überhaupt niemand in diesem Bereich. Denn Isaak Newton oder Albert

Einstein werden es nicht gewesen sein, selbst wenn die Chinesen noch an Reinkarnation glauben sollten."

"Nein, die beiden würden in ihren Gräbern rotieren, wenn sie diese Geschäfte mitbekämen. Der `Ahnungslose', das ist der ehrenwerte Herr von Wohllebsau, seines Zeichens ein gedankenvoller, tiefsinniger Naturwissenschaftler mit hohen ethischen Anspruch."

"Claus-Ferdinand von Wohllebsau?" Kathys Stimme klang ungläubig. "Den kenne sogar ich. Nein, Sebastian, das kann nicht sein. Er mag ja nicht in jeder Hinsicht ein durch und durch moralischer Mensch sein, aber ich halte ihn für grundanständig. In solchen zwielichtigen Geschäften hat er nichts zu suchen; damit hat er bestimmt nichts zu tun. Und dass sein Name irgendwo genannt wird, hat bestimmt nichts zu bedeuten; denn von ihm wird oft gesprochen. Gerade auch in Botschaftskreisen; er gehört eben zu den Leuten, von denen die Rede ist. Da könntest du gleich Prinz Charles oder die Queen nennen..."

"Doch, doch; der einzige Spross jener von Wohllebsau, der brillante Redner, der Vorkämpfer für Anstand im Wissenschaftsbetrieb, der Fürsprecher einer humanen Menschheit, der Befürworter einer Gesellschaft, die in Wohlstand und Frieden lebt, er hängt mit irgendwelchen Fasern in diesem Geschäft. Natürlich nicht offiziell, natürlich nur in einem doppelten Hintergrund, aber nicht ohne finanziellen Erfolg, nicht ohne Mitwirkungs- und Gestaltungsmöglichkeiten. Gerade weil er jenes Image hat, das du so schön beschrieben hast, gerade darum ist er so unverdächtig und gerade darum nenne ich ihn den Ahnungslosen mit Anführungszeichen."

Kathy war entsetzt. Heute war schon einmal eine Welt für sie zusammengebrochen. Aber das wurde nun noch brutaler. Natürlich gibt es schmutzige Geschäfte; natürlich wusste sie von Politikern mit Dreck am Stecken, und wusste von wertkonservativen Ministern mit Vorstrafen, die trotzdem ministrabel blieben. Aber es gab einige wenige Personen, die über jeden Verdacht erhaben schienen. Das klang genauso, als würde man den Finanzminister des Ladendiebstahls verdächtigen. Das hat der doch nicht nötig! Herr von Wohllebsau war als Mann von Charakter bekannt. Nein, sie konnte Sebastian nicht glauben. Da war er auf einer falschen Fährte gelandet. Sie weigerte sich, ihm das abzunehmen; wenngleich sie nicht daran zweifelte, dass er selbst davon zutiefst überzeugt war und nicht vordergründig polemisierte, was er ja sonst durchaus manchmal tat.

"Sebastian, das kann und will ich nicht glauben. Da müsstest du schon mit etwas anderem aufwarten als zufällig belauschten Gesprächen von irgendwelchen Leuten irgendwo auf der Welt."

Sebastian verstand sie. Er selbst hatte auch eine Barriere überwinden müssen, um dies zu akzeptieren. Christian war der Boden unter den Füßen weggezogen worden, denn der "Ahnungslose" war sein großes ethisches Vorbild. Aber die Hinweise verdichteten sich nach ihrer Rückkehr nach Deutschland noch einmal.

Doch soweit war Sebastian mit seinen Erzählungen noch nicht. "Doch, Kathy, wir haben schon noch ein bisschen mehr zu bieten. Allerdings, das gebe ich zu, reicht es niemals aus, um die Polizei oder gar die Staatsanwaltschaft zu überzeugen; für die muss alles niet- und nagelfest sein, gerade einen solchen Skandal würden viele karrieremäßig nicht überleben; da hätten sogar Journalisten etwas zu befürchten. Der Vorwurf ist einfach zu ungeheuerlich, und der Ahnungslose ist ja kein Waisenknabe; der hat sich schon abgesichert und stets aus der Distanz und doppeldeutig mitgewirkt. Doppelte Geldwäsche war das mindeste. Ich kann dir jetzt auch nicht alle Einzelheiten erzählen. Aber wir erfuhren auch noch einen zweiten Namen. Da wird es noch brenzliger, denn da sind wir am Kopf der Organisation."

Kathy konnte sich gar nichts vorstellen. Das war eine fremde Welt. Für Sebastian war vor wenigen Monaten dies auch noch Lesestoff aus der Zeitung gewesen. Aber nun war es ein Teil seiner eigenen Lebenswirklichkeit geworden.

"Am Tag vor unserem Abflug gelangten wir ein zweites Mal unauffällig in die Nähe jenes Tisches. Da hörten wir zwei Namen, die wir kannten. Zunächst Pavel. Auf den war Christian schon bei seinen Nachforschungen im Institut gestoßen. ‚Pavel bringt es zu Hawlik ‘, sagte der Botschaftsangehörige zu seinen Kontaktleuten. ‚Damit ist die Sache für euch zunächst einmal gelaufen. Die erste Überweisung bekommt ihr wie üblich, die zweite Anfang übernächsten Monats, wenn die Kunden gezahlt haben.‘ Christian und ich mussten uns Mühe geben, unbefangen weiter zu essen und zu plaudern, als würden wir nichts vom Nebentisch registrieren. Wenig später standen die Russen auf und gingen. Allerdings ließ einer seine Aktentasche stehen. Der Botschaftsangehörige machte keine Anstalten, sie nachzutragen; als der Fisch aufgetragen wurde - ein Zeichen dafür, dass das Essen zu Ende geht -, verließ auch er das Lokal und schaute sich noch einmal unauffällig um. Unsere Blicke kreuzten sich nicht. Ich glaube nicht, dass er uns registriert. Die Tasche hatte er mitgenommen. Wir glaubten zu wissen, was darin war."

Kathy schaute fragend. Sebastian wunderte sich, denn ihm war klar, worum es ging, und er hatte es bei ihr stillschweigend vorausgesetzt. Aber offenbar ahnte sie noch immer nichts.

"Es geht um Plutonium. Er trug es bestimmt nicht in dieser Tasche; sie wirkte nicht gerade bleiern. Aber darin musste - wörtlich oder übertragen - der Schlüssel stecken. Wie dem auch sei, wir aßen zu Ende und kehrten zurück zum Hotel. Dr. Hawlik kennst du natürlich nicht. Er ist ein Geschäftsmann, der in den letzten Jahren durch besonderen Erfolg auffiel. Wer misstrauisch wurde, konnte misstrauisch bleiben, denn ganz klar war nie, worin eigentlich sein Erfolg lag. Die meisten führten es auf geschickte Manipulationen an der Börse zurück. Aber woher er den Grundstock dafür bezogen hatte, erklärte diese Annahme auch nicht. Christian und mir erkannten, dass er Beziehungen zur internationalen Plutoniummaffia hatte, wohl sogar dazu gehörte; aber ein Kennzeichen der Maffia ist, dass nur Insider wissen, wer Chef und wer nur Handlanger ist. Der Trip nach China hatte sich gelohnt, nicht nur kulturell."

Kathy schaute ihn irritiert an: "Ich komme mir vor, als hätte ich grad einen Film gesehen. Es ist für mich völlig unwirklich. Ich glaube dir, aber meine Phantasie kommt noch nicht mit."

Sebastian nickte verständnisvoll, aber er war noch nicht zu Ende. "Wir flogen also zurück, mit etlichen Videos voll toller Aufnahmen der verbotenen Stadt, der Essstraßen, Rikschas, Drachen am Platz des Himmlischen Friedens und Pandabären. Welche Gefühle mich angesichts meiner Mitreisenden beschlichen oder genauer gesagt, überfielen, hab ich dir ja schon gesagt. Zurück zu Hause versuchten wir erst einmal, eine Strategie zu entwickeln. Zu der Strategie gehörte, dass wir unseren intensivierten Kontakt verheimlichten. Niemand aus Christians Umgebung sollte misstrauisch werden. Ich bin mir sicher, die haben von mir keine Ahnung. Es sei denn, durch Saskia. Aber die ist ein besonders Kapitel.

Zwei Tage nach unserer Heimkehr, fanden wir in der Zeitung eine kleine Notiz: Deutscher Botschaftsangehöriger in China tot aufgefunden. Tags darauf, nicht besonders hervorgehoben: Angestellter der deutschen Botschaft in Peking ermordet. Den wenigen Informationen in den beiden kurzen Artikeln entnahmen wir, dass dieser Mann unser Mann war. Die Lage spitzte sich zu.

Als ich am folgenden Tag bei Christian vorbei schaute, fand ich ihn tot vor dem Schreibtisch sitzen. Ermordet. Den Rest kennst du..."

Die Spaghetti waren kalt geworden und blieben stehen. Die Geschichte musste erst verarbeitet werden. Sie brauchte Zeit.

Das mit der Zeit ist so eine Sache. Du hast auch schon gemerkt: Wir werden nicht jünger. Wenn ich dran denke, wie die alten Leute früher vom Älterwerden schwafelten. Und jetzt ich selber! Ich wollte das Rad des Lebens zurückdrehen und nicht drüber reden wollen. Aber dann hab ich doch nur den Spiegel, in den ich zwangsläufig wieder schauen muss. - Andersrum gesehen: Jetzt gefalle ich mir besser. Reifer irgendwie. Schade sind nur die Jahreszahlen. 1984 ist auch so ziemlich klanglos vergangen und aus einer Utopie wurde Vergangenheit. Zumindest numerisch.

Übrigens: Kennst du auch solche Typen wie die Arschlöcher im Flugzeug? Widerlich! Da weiß frau wieder, wogegen frau ist.

8 Kein Grund zur Panik

"Meine Damen und Herren!" Die Stimme des Flugkapitäns ertönte durch den Bordlautsprecher. Er klang wie immer nüchtern und sachlich und niemand vermutete eine Schwierigkeit im Cockpit, "Hier spricht der Kapitän. Wir mussten im Flugplan eine Änderung vornehmen. Es besteht kein Grund zur Beunruhigung; ich bitte Sie aber, vorsichtshalber möglichst auf Ihren Plätzen zu bleiben. Hier bei mir im Cockpit ist ein Mann, der nach Mexico-City will. Er trägt eine Pistole bei sich. Wir werden ihn nach Mexico-City fliegen. Dort geht er von Bord. Wir haben dies mit ihm vereinbart und es gibt keinen Grund, an dieser Vereinbarung zu zweifeln, da seine Flugforderungen und seine Geldforderungen von der Gesellschaft selbstverständlich erfüllt werden, um Ihre Sicherheit zu gewährleisten. Ich danke Ihnen für Ihr Verständnis und werde Sie natürlich auf dem Laufenden halten. Zunächst fliegen wir zum Auftanken nach London. Um unnötige Unruhe oder Aufregungen zu vermeiden, bitte ich Sie, jeweils nur einzeln aufzustehen, wenn Sie auf die Toilette müssen. Ihre Mahlzeiten erhalten Sie selbstverständlich, und wir werden beim Tanken in London die nötigen Nahrungsmittel ordern."

Die Passagiere blickten sich irritiert an. Schrecken bis Unbewegtheit malten sich auf den Gesichtern. War Neuberg zu schonungslos gewesen? Kann man den ängstlichen Schwachköpfen, die sicherlich auch mit an Bord waren, die Wahrheit so ungeschminkt zumuten? Die lügen sich doch ihr Leben lang in die Tasche; also müsstest du eigentlich auch hier lügen, um bei der Wahrheit zu bleiben. Was machten sie nun, die Damen und Herren, die eigentlich nur irgendwelche Männer und Frauen waren?

Zunächst herrschte Schweigen. Die ruhige Stimme des Piloten tat offenbar ihre Wirkung. Langsam begannen erste Reaktionen hörbar zu werden. Hysterisch wurde niemand, die Menschen sind doch besser als ihr Ruf. Manche schwiegen, aber die meisten fingen an zu reden. Das ist menschlich. So etwas muss man erst einmal verdauen, am besten, indem man darüber schwätzt. Pistole, Entführung, London, Gefahr, Ruhe... Die Stichworte schwirrten in den verschiedensten europäischen Sprachen durch den Passagierraum.

An die persönlichen Komplikationen, die sich aus er Verschiebung der Ankunftszeit ergeben würden, dachten erstaunlicherweise die wenigsten. Dass Zeitpläne nicht eingehalten werden konnten, schien nebensächlich. Wie groß war die momentane Gefahr wirklich? Auf den Piloten konnte man sich doch sicher verlassen! Die Gesellschaft würde sich keine Blöße geben. Geld spielt keine Rolle. Man tauschte beruhigende Argumente aus, die man mit der Zeit regelmäßig wiederholte. Was gab es auch Neues zu sagen? Über Mailand reden oder Afrika? Über die Reaktionen derer, die einen erwarteten? Wenn schon der Pilot die Wahrheit sagt, kann man sich gegenseitig noch besoffen reden. Man braucht ja nicht alles an sich heran zu lassen.

Die Crew war die Ruhe selbst. So präsentierten sich die Stewardessen zumindest nach außen. Die Durchsage hatte sie genauso wie die Passagiere überrascht. Aber es war ihr Beruf, ruhig zu bleiben. So taten sie das, was den Nerven offenbar am besten bekommt: Sie begannen, Getränke auszuteilen und gleich anschließend eine Mahlzeit. Essen und Trinken beruhigt... Schon bei häufiger auftretenden kleinen Komplikationen wie Verspätungen setzten sie dieses Mittel äußerst effektiv ein.

Die Gespräche, die sie zu hören bekamen, kreisten alle um Aspekte der Lage. Der äußerst distinguierte Herr mit dem hervorragenden Fensterplatz, auf den er als Routinier selbstverständlich keinen Weg legte, kramte in seiner Erinnerung nach Wissen über vergangene Entführungen und vertraute sie seinem schweigsamen Nachbarn an:

"Unsere Linie ist eine der sichersten auf der ganzen Welt. Ich erinnere mich noch an die Entführung der `Landshut' - Sie wissen doch noch: Eine 737 - kam gerade von Mallorca zurück - sozusagen ein fliegendes Altersheim, hahaha - ; vier Luftpiraten, alles linke Ganoven; fünf Tage dauerte es; hin- und her im Nahen Osten; und dann der Coup in Mogadischu; da zeigte die GSG 9, was Präzisionsarbeit ist. Drei haben sie an Ort und Stelle erledigt. War das Beste so. Die Vierte hat 20 Jahre gekriegt. In Somalia. Da ist ja die Todesstrafe noch gnädig.

Aber der Pilot damals: Ganz hervorragender Mann, hat sein Leben riskiert. - Aber da ging es auch um anderes. Geld spielt doch in so einem Fall keine Rolle. Das war doch schon bei der Aden-Kaperung so. Fünf Millionen Dollar hatten die verlangt. Palästinenser, Anfang der 70er; und die Regierung hat gezahlt. Keinem ist was passiert. Von Japan kamen die damals, Tokio. - Naja, sind alle im Ausland reingekommen, da war Frankfurt nur das Ziel. Aber dass heutzutage jemand in Frankfurt durch die Sperre kommt, ist doch ein dicker Hund. Wahrscheinlich kein Personal, müssen die letzten Luschen nehmen. Kenne mich doch aus in dem Betrieb. Keiner will die Arbeit machen; alle nur die schnelle Knete, und dann die Fliege machen..."

Wenn die Situation nicht so haarig gewesen wäre, befände sich sein Nachbar inzwischen sicher in süßem Schlummer; aber so wusste er nicht, ob er das Gequatsche einfach als Hintergrundgeräusche abtun oder sich über den impertinenten Mitpassagier ärgern sollte. Ärgern brachte nichts, so steuerte er seinen Teil zur Unterhaltung bei:

"Terroristen sind das Schlimmste; gerade die Hamadis... Aber meistens wollen die Typen doch nur Geld, oder aus irgendeinem Land fliehen oder spinnen einfach; solche Verrückten können gefährlich werden; aber die Piloten sind doch speziell ausgebildet, um Geisteskranke zu entschärfen."

Wie sollte der Distinguierte auf seinen Nachbarn reagieren, um seine Überlegenheit zu beweisen?

"Spezielle Ausbildung! Ha, wir wissen doch, wie diese Psychologen sind. Für alles und jedes haben sie eine Erklärung, vor allem dann, wenn was nicht funktioniert. Wenn ich ein Auto auf den Markt bringe, das nicht fährt, dann kauft es keine Sau, auch wenn ich tausend Mal erklären kann, warum es nicht funktioniert. Die Psychologen machen es sich da einfach. Da soll so ein armer Pilot einen Verrückten beruhigen?! Nur wenn er sich ein Stück gesunden Menschenverstand bewahrt hat, kann er das noch."

Warum setzte sein Nachbar nur diese öde Unterhaltung fort. Er wusste es nicht, sagte aber: "Gesunden Menschenverstand gibt es nicht. Nehmen Sie drei Leute mit gesundem Menschenverstand und legen Sie ihnen ein Problem vor. Wetten, dass Sie vier Lösungen bekommen?! Nein, gesunder Menschenverstand, das ist ein Aberglaube von Menschen, den Fachkenntnis zu kompliziert ist. Sie würden Ihr Auto ja auch nicht einem Nachbarn mit gesundem Menschenverstand anvertrauen, sondern gehen zum Kfz-Mechaniker. Bloß da, wo es komplizierter wird, da ist dann plötzlich dieser gesunde Menschenverstand eine Lösung. Das ist doch höherer Blödsinn..."

Aufgepasst! Jetzt kam etwas Schärfe in die Plauderei; wenn sich das nur nicht hochschaukelte. Die Lage im Cockpit war nicht die sicherste. Da brauchte man nicht auch noch Krach bei den Passagieren.... Zum Glück kam das Essen und die technischen Probleme, die entstehen, wenn man ein Tablett vor sich abstellen will und sich einigermaßen mit Genuss den Speisen zuwenden will, sind enorm. Wir erinnern nur an die hervorragende Studie von Viktor von Bülow (Loriot). So waren beide erst einmal mit äußeren Problemen beschäftigt und die Gemüter konnten sich abregen. Wenigstens hatten sie jetzt eine klare Meinung voneinander. Jeder hielt den anderen für ein Volltrottel, und mindestens einer der beiden hatte wohl auch Recht.

Es gibt nichts Öderes, als einen Besserwisser zum Nachbarn zu haben. Meistens irgendein Lehrer. Das heißt, beruflich stellt sich die Mehrzahl dann doch nicht als Lehrkörper heraus. Da gibt es etwa

Elektriker, die einfach wissen, wo es langgeht (im Unterschied zu den „Gstudierten"). Wir begegnen dem Juristen, der keineswegs klar sieht, sondern eben die Verschwommenheit als Wahrnehmungsprinzip entdeckt hat. Oder es sitzt neben uns ein Arzt, der dann doch ein Heilpraktiker aus einem siebenwöchigen Kurs in Peking ist und deshalb psychotherapeutische Kompetenz mit medizinischer Allwissenheit zu verbinden versteht. Diese üblen Typen haben nichts Besseres zu tun als ausgerechnet den Platz neben uns zu belegen. Wenn wenigstens wir zwei uns begegnen würden, ich glaube, wir kämen ganz gut klar miteinander. Von Frankfurt nach New York könnte ich Ihnen einen halben Roman erzählen. Den Rest finden Sie in meinem nächsten Buch. - Ach, waren wir nicht schon auf Du? Stewardess, zwei Gläschen Sekt bitte. Also, ich heiße...

9 Ein Privatmann sammelt Puzzlesteine

Sebastian kam erst am frühen Morgen nach Hause. Auf dem Heimweg schlich sich die Angst, die sich vorübergehend hinter den herrlichen Gefühlen für Kathy versteckt hatte, zurück in seine Seele. Ach, könnte er nicht im Paradies der Liebe bleiben? Schon in der Umgebung des Hauses ließ er voller Unruhe vorsichtig seine Augen schweifen; es schien alles dem normalen morgendlichen Großstadttreiben zu entsprechen. Er stieg die Treppen zu seiner Wohnung hoch, Treppenhaus und Gänge waren leer. Die Wohnungstür war wie immer doppelt verschlossen; er öffnete sie und trat vorsichtig ein. Ein rascher Blick rundherum: das Zimmer war noch so, wie er es verlassen hatte. Sein Blick fiel auf den Boden: Da lag ein Stück Papier, das offenbar jemand unter der Türe durchgeschoben hatte. Langsam bückte er sich und hob es auf; mit Kugelschreiber war darauf gekritzelt: "Herr Pfister hat angerufen; Sie möchten sich doch einmal bei ihm melden."

Sebastian atmete auf: Die Handschrift seiner Vermieterin. Willy wollte ihn sprechen. Wahrscheinlich hatte er von Christian gehört. Okay, er würde sich melden. Aber jetzt musste er erst für sich alles in die Reihe kriegen. Er schloss die Tür und ging in die Küche. Dort setzte er einen Kaffee auf und nahm auf der Küchenbank Platz.

„Also, Junge", sagte er zu sich - wenn er nicht mehr ganz durchblickte, führte er gerne Selbstgespräche. "Jetzt überlege dir noch mal, was los ist." Er musste nicht nur seine Gedanken ordnen; auch seine Gefühle waren in Wallung, auf mehreren Ebenen seines emotionalen inneren Hauses. Schon unsere klassischen Dichter sangen, dass Tod und Liebe nahe beieinander liegen. Bei Sebastian waren sie aufeinander geprallt. Als der Kaffee fertig war, nahm er die Kanne und eine Tasse, ging er ins Wohnzimmer und schenkte sich eine Tasse ein. Er legte eine altvertraute CD ein und die Füße hoch. Nach einem Schluck Kaffee ging er in sich: Christians Tod bedeutet auch Gefahr für dich. Du musst abchecken, was läuft. Systematisch: Welche Gedanken drängen sich auf? Welcher Eindruck ist am stärksten in Erinnerung?

"Das Zimmer war unberührt..." so war Sebastians Eindruck gewesen. Weshalb schwirrte ihm dieser Gedanke wie eine Endloskassette durch den Kopf. Gab es nicht wichtigere Eindrücke, konkrete Hinweise, Spuren, die unbeabsichtigt geblieben waren. Das Zimmer war unberührt... Wenn er den Gedanken schon nicht loswerden konnte, dann musste er ihm eben nachstudieren, bis er wirklich den Weg in die Ablage seines Gedächtnisses fand. Oder aber bis dieser Eindruck preisgab, was in ihm steckte. Das Zimmer war unberührt...

Am liebsten hätte er sich an den Kopf geschlagen, den Gedanken herausgeprügelt, denn das war doch ein Unsinn: Ein unberührtes Zimmer, in dem jemand wohnt, in dem sich jemand ums Leben bringt. Kein Mensch wohnt in einem unberührten Zimmer. Das Zimmer... Jeder würde erwarten, dass ein Zimmer Spuren des Lebens aufwies. Selbst ein Ordnungsfanatiker lebt nicht berührungslos. Und wenn jemand in ein Zimmer eindringt, wenn jemand darin sogar einen Mord begeht, dann wird er meistens in dem Zimmer etwas suchen. Dann bleiben Spuren der Durchsuchung. Unordnung bringt schon eine leicht geöffnete Schublade, man entdeckt ein verschobenes Kissen, man sieht ein Buch, das herumliegt. Natürlich ist es schwer zu entscheiden, ob diese Spur einfach eine Folge des Wohnens ist oder ob jemand etwas gesucht hat. Aber: Das Zimmer war unberührt... Und Christian hatte doch darin gewohnt. Er würde eben eine Schublade nur flüchtig geschlossen, ein Kissen verschoben haben oder ein Buch herumliegen lassen, aber das Zimmer war aufgeräumt, als würde gar niemand darin wohnen.

Das war ein total übersehbarer Hinweis, eine nicht wahrnehmbar Spur: Jemand hatte den Raum durchsucht, mit ziemlicher Genauigkeit, sonst wäre nicht das ganze Zimmer so aufgeräumt worden. Denn dieser jemand, der die Durchsuchung in aller Ruhe vorgenommen hatte, hatte die Ordnung nicht einfach wieder hergestellt, wie sie vorher war, sondern so aufgeräumt, dass gar nichts mehr herumlag. Zwar lebt so kein Mensch, aber so hinterlässt man auch keine Spuren... Schade, dass diese hervorragende Erkenntnis so wenige Früchte tragen konnte. Zwar wusste er jetzt, dass hier jemand am Werk gewesen war, aber weiter führte es ihn nicht. Was könnte er hier nur herausholen? Soviel geistige Arbeit für ein Spurenvakuum.

Doch er wollte um jeden Preis einen Erkenntnisgewinn daraus ziehen. Ihm kam eine Idee: Was müsste denn in diesem Zimmer herumliegen? Was hätte Christian wie und wo bewegt? Nebensächlichkeiten, Alltägliches: Die Pfeife auf dem Ständer, der Tabak, der Aschenbecher... Hatte er übrigens den Rauch gerochen? Ja, das hatte er. Die Fenster waren nicht lange geöffnet worden. Das passte zu Christian; es passte aber auch dazu, dass der oder die Täter sich nicht am Fenster zeigen wollten.

Das konnte man nur zu gut verstehen. Es war wohl niemand gewesen, den man ohnedies in der Wohnung erwartet hätte. Er selber wäre in Frage gekommen - hatte er doch tunlichst vermieden, die Gardinen beiseite zu ziehen; für seine Beerdigungsansprache sollten sich noch einige Ereignisse ansammeln. Aber außer ihm gab es als mögliche vertraute Besucher Christians einige Menschen, die in Frage gekommen wären. Bei einer groben Sichtung wären sie zunächst einmal als Täter ausgeschieden.

Darunter fiele auch Saskia. Doch sie war bei Sebastian ganz oben in der Liste seiner Verdächtigen. Eigentlich die einzige, die er namentlich nennen konnte. Bei seinen Versuchen, ihr näherzukommen, hatte er ihre vielfältigen Seiten kennenlernen können. Sie war eine Frau, die Männerherzen höherschlagen lassen konnte, die das auch wusste, und die es gezielt einsetzte; ob sie einen Mann ohne Hintergedanken lieben konnte, ob sie zu mehr als nur zu Berechnung in der Lage war, hatte Sebastian nie gecheckt. Ihre heftige Liebe zu Christian hatte er nie verstanden, und er hatte sie ihr auch nie abgenommen. In ihrer Gegenwart war er vorsichtig geworden, er spürte die Gefahr, die von ihr ausging, eine Gefahr, die nicht nur seine Gefühle betraf. Aber ob diese gefährliche Frau auch todbringend war? Was für eine schlimme Unterstellung! Er schwankte, ob er zu dieser übelsten Vermutung berechtigt war... Doch es gab andere Verdächtige, zu denen er keine persönliche Beziehung hatte.

Dr. Hawlik, der Zweite auf seiner Liste kam selber nicht in Frage. Das fehlte noch: Die Dreckarbeit machte ein anderer. Nicht etwa, weil der schöngeistige Doktor moralische Bedenken gehabt hätte oder zu feinfühlig gewesen wäre. Nein, er hatte vielmehr eine grundlegende Einstellung: Wenn du selbst etwas tust, kann man dich leichter haftbar machen. Du kannst dir zwar mehr trauen als allen anderen, du wirst dich selbst nicht ans Messer liefern, du wirst nicht als Kronzeuge gegen dich selbst auftreten. Das sind zweitrangige Vorteile gegenüber einem totsicheren Alibi, einer respektablen gesellschaftlichen Stellung und Handlangern, denen diese Reputation fehlte.

Nein, Dr. Hawlik würde eventuell einen Mitwisser aus dem Weg räumen, weil eine solche delikate, fast familiäre Angelegenheit keinem anvertraut wird, den es vielleicht einmal selber treffen könnte; aber einen Mord, der einfach zum Geschäft gehört, den erledigten andere. Dafür wurden sie schließlich bezahlt.

Diese kannte er nicht. Saskia war die einzige von Hawliks zwielichtigen Mitarbeitern, zu der er Kontakt gehabt hatte. Ihr traute er einen Mord nicht zu; nicht, weil sie skrupulös wäre, sondern aus ähnlichen Gründen wie ihrem Chef: Sie war zu klug, sich zu kompromittieren, sich durch eventuelle Mitwisser zu gefährden. Bei dunklen Geschäften hast du immer Mitwisser. Da sagt dir, selbst wenn du kein Gewissen hast, dein Verstand, solange er auch nur ein wenig funktioniert, dass du nicht jeden killen kannst, wenn er eine schmutzige Aufgabe für dich erledigt hat. Also Saskia und Dr. Hawlik kamen für Sebastian nicht direkt in Frage. Sonst aber kannte er niemanden. Es musste jemand sein, der sich etwas dabei dachte (bloß nicht genug); der nach dem Suchen noch aufräumte (aber total und nicht natürlich). Aber wer konnte es sein?

Er wusste, was folgen musste. Leider. Es gab nur einen Weg, grob gesehen. Der Täter - so wollte er ihn oder sie einmal bezeichnen - musste aus dem Umfeld von Dr. Hawlik kommen. Um ihn dort aufzuspüren, musste er selbst in dieses Umfeld hineinkommen. –

Halt!!! Sein Verstand schrie ihn förmlich an: Du Idiot! Was tust du denn da? Du bist doch kein Detektiv. Eher ein größenwahnsinniger Gerechtigkeitsromantiker. Lies einen Krimi, wenn du einen Thrill brauchst, aber die Detektivarbeit überlass den Polypen. Du gehörst nicht zur Polizei. Du willst zwar wissen, wer Christian getötet hat und willst, dass er bestraft wird, aber du willst ihn doch nicht selbst zur Strecke bringen. Du bist doch nicht der Rächer der Enterbten (schon wieder dieser Sarkasmus, er würde ihn noch einmal zur Weißglut treiben; wie hielt er nur mit sich selber aus!).

Was du willst, ist Hawlik zur Strecke zu bringen. Dir geht es um die Mafiamethoden, um das Plutonium, um die Gefahren, die aus dieser Kriminalität drohen. An deinem Ort in dieser Welt willst du mit deinen Möglichkeiten tun, was du kannst. Das ist dir so wichtig, dass du auch den Leben riskierst. Nach Abchecken aller Gefahren. Du bist kein Stuntman, aber du willst dir selbst ins Auge blicken können, wenn du morgens oder abends vor dem Spiegel stehst; und zwar nicht als narzisstisches Muttersöhnchen, sondern als ein Mensch, der zu seiner Überzeugung steht.

Jetzt hätte er nicht in den Spiegel schauen wollen. So etwas von einem edlen Ritter. Er sollte sich lieber nicht zu hoch stilisieren. Sein Blick fiel auf die Zeichnung von Picasso: am 11.8.55 war sie datiert und stellte zwei Reiter dar; der Ritter im Vordergrund war Don Quichotte. Im Hintergrund sah man Windmühlen. War da etwa die Windmühle Dr. Hawliks dabei? Mit den Windflügeln, die den Ritter zu Boden warfen? Er lächelte. Es war sein Lieblingsbild. Don Quichote de la Mancha, von Picasso, dem spanischen Gaukler und Künstler, der mit seinen Gaukeleien und seiner Kunst allerdings im Unterschied zu dem spanischen Ritter sehr viel Erfolg hatte.

Aber er stellte sich keine Windmühlen für feindliche Armeen vor. Seine Gegner waren konkret. Er war kein Ritter von der traurigen Gestalt; aber er gab auch seinen ritterlichen Gefühlen nicht den Laufpass. Also los, Sebastian, nimm den Kampf auf. Denk daran, Saskia ist nicht Dulcinea, für die du um Ehre kämpfst, sie gehört auf die Seite der Windmühlenkartelle; Kathy? Für die würdest du kämpfen; aber vor allem musst du sie raushalten, wenn du sie liebst.

Gehörst du auch zu den kleinen Don Quichottes dieser Erde. Idealist gegen die rationalistischen Einwände deiner Umwelt? Ich bin eine Idealistin. Meine Kraft lässt nach. Aber ich sage dir: Wenn du mal kein Don Quichotte mehr bist, bist du bloß noch eine fetthaltige Fleischmasse. Das willst du doch nicht sein! Lieber für doof gehalten werden und Ideale haben, als schon jetzt tothaftig rumwandern.

10 Machthaber ohne Macht

"Wie konnte das passieren?" fauchte der Staatssekretär... In der Öffentlichkeit hätte er sich diesen Ton nie erlaubt. Da galt er stets als besonnen und höflich. Eben dieses Markenzeichen hatte ihn so weit gebracht. Selbst in der Fraktion betrachte man ihn als einen der moderaten Abgeordneten. War das nur Taktik? Zeigte sich jetzt sein wahres Ich? Oder war er einfach überfordert? Ein guter Mann für sichere Zeiten, aber ohne Gespür in Schwierigkeiten?

Albrecht Kerling konnte Staatssekretär Rötsch nicht so richtig einschätzen. So nahm er ihn als Karrieristen. Eine Sache wie eine Flugzeugentführung konnte bei negativem Ausgang seine Position gefährden, oder bei positivem Ausgang... Wie auch immer die innerparteilichen Mehrheiten und Sympathien verteilt waren: Personalpolitik ist unberechenbar. Also reagieren politisch ambitionierte Menschen sensibel, wenn sie ihre Position bedroht sehen; ob zu Recht oder zu Unrecht hing mit dem Grad ihres Misstrauens in die eigene Qualität zusammen.

Ist das bei uns anders? überlegte Kerling. Seiner Einschätzung nach: Ja. In der so kritisch beäugten privaten Wirtschaft läuft manches anders. Da geht es auch um Qualifikationen, nicht um Bauernopfer für die Öffentlichkeit. Er selbst musste keine persönlichen Konsequenzen befürchten. Er galt als zielsicher und erfolgreich. Misserfolge waren nicht auf Schwächen seinerseits zurück zu führen, sondern ergaben sich aus ungünstigen Konstellationen. Deswegen feuert man keinen guten Mann. Damit untergrübe man die Moral. In mancher Hinsicht war ab einer bestimmten Position Moral Voraussetzung für erfolgreiche Arbeit. Das hatte ihn anfangs gewundert, aber er konnte es sich einleuchtend erklären: Wirklich belastbar ist nur ein stabiler Mensch; und ein stabiler Mensch braucht eine ethische Basis.

Mehr Zeit konnte Kerling diesem Abchecken nicht widmen. Elmar wartete im Flughafen auf seinen Kontakt und musste dazu mit dem Staatssekretär eine vorläufige Strategie abgeklärt haben. Vitus Rötsch war ein unangenehmes Gegenüber. Das Vorurteil, dass bei Politikern viel gesoffen wird, konnte er durch den ersten Eindruck nicht klar widerlegen. Er hatte hier nicht gut vorbereitet und in der besten Kondition erscheinen können, sondern musste so kommen, wie er gerade war. Dabei machte er nicht die beste Figur. Aber Vorurteile waren hier nicht angebracht...

"Herr Staatssekretär", Kerling ließ keinen Zynismus durchklingen, sondern versteckte ihn darin, dass er den Politiker nicht als Person mit seinem Namen, sondern mit seinem Titel anredete, nur in seiner Funktion wahrnahm. „Herr Staatssekretär, wir untersuchen dies selbstverständlich mit aller Gründlichkeit."

Rötsch glotzte ihn an. Kerling fand das widerlich. Aber er zwang sich, sachlich zu bleiben. Das war keine Selbsterfahrungsgruppe. Mit einem Machtmenschen muss man umgehen wie mit einem gefährlichen Verbrecher. Die Methoden unterscheiden sich, meist auch die Legalität, aber die Substanz bleibt verrottet!

"Hör auf, so zu denken!" befahl sich Kerling, "bleib bei der Sache!"

Er blieb bei der Sache: "Sie blicken etwas ungläubig. Aber Sie können sicher sein: Das ist keine vordergründige Behauptung, um die Presse zu beruhigen; wir wissen, mit solcher Oberflächlichkeit würden Sie sich nicht zufrieden geben..." (Gut, dass Gedanken vor direkter Einsicht geschützt sind; denn Kerlings Einschätzung enthielt das Gegenteil - aber der Inhalt seiner Versicherung entsprach der Wahrheit.) „...Wir haben selbst ein großes Interesse daran, dass dies aufgeklärt wird. Wiederholungen wissen wir gar nicht zu schätzen und wir sind uns klar darüber, dass Sie vollständige Aufklärung erwarten. Sie werden sie bekommen..." - Hatte er jetzt genug Öl auf die Wogen gegossen, genug den Emporstrebenden gestreichelt? Er selbst wäre beleidigt gewesen von solch einem Geschmuse, oder zumindest darüber belustigt....

Kerling fuhr thematisch fort: "Wir haben noch keine Ahnung, wie der Mann die Pistole in die Kabine schleusen konnte. Offenbar wurden die bisherigen Vorsichtsmaßnahmen nicht gründlich genug erarbeitet. Vermutlich sind wie so oft die Schwachstelle personeller Natur. Die Schwachstelle Mensch - das wissen Sie am besten - ist immer noch das Unberechenbarste. Aber so weit, dies sicher sagen zu können, sind wir noch nicht. Das sind pure Vermutungen."

Er hatte dem Hund einen Knochen hingeworfen. Mit dieser Bemerkung könnte der Politiker der Presse ein plausibles Argument geben und wäre aus dem Schneider, ohne grundsätzlich etwas in Frage stellen zu müssen. Die Tatsache, dass am Flughafen Menschen beschäftigt waren, konnte niemand hinterfragen; da wäre nicht einmal der ultimative Hinweis auf den Erhalt von Arbeitsplätzen nötig. Der ist zwar meistens nicht sehr tragfähig, aber wer hat schon in der Öffentlichkeit den Mut, die Notwendigkeit von Arbeitsplätzen in Frage zu stellen? Auf diese Weise ließe sich sogar der Arbeitsplatzerhalt des Henkers von London begründen. Selbst einen reinen Karrieristen hätte Kerling jetzt zufrieden gestellt.

Aber sein eigentliches Problem war nicht die Darstellung vor der Presse, sondern die Verhandlung mit dem Luftpiraten. Dazu brauchte er ein Agreement mit dem Staatssekretär. Eigentlich erwartete er, dass man allmählich einen Krisenstab einberufen würde. Im Gedenken an Mogadishu und die Lorbeeren, die dort geholt wurden...

"Albrecht, pass auf, werde nicht zu zynisch; du musst die Zügel in der Hand behalten..." wies er sich selbst in die Schranken.

"Ich denke, sie erwarten von uns, dass wir Lösungsvorschläge anbieten." Er versuchte, die Brücke zur konkreten Verhandlung zu schlagen: "Erpressungen sind nicht unser Alltag. Die äußeren Bedingungen sind so, dass wir einen Teil zugunsten der Passagiere ohne Schwierigkeiten erfüllen können, sowie Sie uns ihr Placet geben. Der Flug nach Mexico lässt sich arrangieren. Der Pilot hat interkontinentale Erfahrung. Im Übrigen ist er ein bewährter Mann, der bestimmt kein Risiko eingeht. Schwierigkeiten ergeben sich bei den beiden anderen Forderungen des Entführers. Die müssen auf der politischen Ebene geklärt werden."

Wolf Rötsch war erleichtert, dass der andere die Initiative ergriffen hatte. So konnte er disponieren und sich ein Angebot aussuchen. Wahlen standen keine bevor. Das gab ihm eine begrenzte Sicherheit. Aber zugleich wusste er: Es gibt Bauernopfer für die Öffentlichkeit. Das kann auch einen Staatssekretär erwischen, wenn er selbst keinen passenden Schuldigen findet. Zugleich wäre eine publicityträchtige

Beendigung des Dramas ein Katapult in einige sichernde Positionen außerhalb seines Amtes.

Hier ging es um Menschen. Das durfte er nicht vergessen. Er durfte nicht vergessen, es immer wieder zu betonen. Die Menschen waren das Wichtigste. Er wurde ausschließlich von Menschen gewählt. Eigentlich wurde er sogar ausschließlich von Bundesbürgern gewählt oder berufen. Also waren die Bundesbürger das Wichtigste. Aber das lässt sich nicht so locker formulieren. Nicht einmal, wenn er von Steuerzahlern sprechen würde, denen er etwas schuldig wäre, könnte er diese Einschränkung plausibel rüberbringen. Warum auch? Wählerfreundliche Formulierungen würde er finden oder finden lassen.

Es ist gut und zugleich bedauerlich, dass wir über keine Gedankenlesemaschine verfügen. Der harte Wirtschaftsmensch Kerling wäre entsetzt gewesen über den idealistischen Politiker Rötsch. Ihn konnte wenig überraschen, aber immer noch viel entsetzen. Er hätte es gerne der mangelnden Vorstellungskraft Rötschs unterstellt, dass dieser die Gefahren für die Passagiere und deren Ängste nicht wirklich ernst nahm. Als könnte er sich nicht vorstellen, gute Freunde an Bord zu haben, oder selbst dort zu sitzen. Aber vielleicht hat ein Mensch, der dauernd nur arbeitet und dazwischen in Eigenwerbung unterwegs ist, so wenig tragende Beziehungen, dass er sich gar nicht mehr ernsthafte Sorgen um jemand anderes oder sogar um sich machen kann - sondern nur noch darum, wie er ankommt und was er erreicht... Es ist seltsam, was das Leben aus Menschen macht....

Wir verstehen uns: Am liebsten gingen wir selber in die Politik. Wir haben die besseren Konzepte. Wir haben die bessere Moral. Wir sind mit einem Wort die Besseren. Stattdessen müssen wir auf allen Ebenen mit solchen Leuten wie Rötsch fertig werden. Das macht den Weg in die höchsten Staatsämter so unattraktiv. An diesen Gummipuppen vorbei. Das allerdoofste ist: Die werden auch noch gewählt. Und zwar nicht von sich selber, sondern durch irgendwelche Parteigremien, bei denen ganz unten dann auch Menschen wie du und ich sind, die über Politiker schimpfen und nicht besseres zuwege bringen. Wenn du also noch fünf Leute auf die Beine bringst, können wir die Partei der Ewig-Besseren bilden. Achtzig Millionen Mitglieder wären das mindeste, was ich mir erwarten würde. Dann machen wir eine Demo vor dem Bundestag und ein fünfzigtägiges Straßenfest beim Brandenburger Tor. Die Verköstigung übernimmt MacDonalds; der bietet dann Brandenburger an; in der Werbung von The Nice unterlegt. Super, oder?

11 Ein Chef sinniert

Als die Nachrichten die Story von der Entführung brandheiß brachten, interessierte sich Fury nur flüchtig dafür. Dr. Hawlik schien es mehr zu beeindrucken.

"Eine Entführung nach Mexico-City? Ungewöhnlich. Kann das mit uns zusammenhängen?"

Fury blickte irritiert auf. Mexico-City tauchte noch nie im Zusammenhang mit Dr. Hawliks seltsamen Geschäften auf. "Wie kommen Sie drauf, Chef?"

Hawlik war nicht zu Erklärungen aufgelegt. Ohnedies hatte er nur einen vagen Verdacht, und seinen Mitarbeitern ließ er nicht mehr Informationen zukommen, als unbedingt nötig waren. Das Netz lief bei ihm zusammen und es war besser, wenn es keine andere Spinne gäbe. Mexico-City hätte ihm nichts gesagt, wenn nicht Pavel bei einer Plauderei von der Unübersichtlichkeit jener Stadt gesprochen hätte. Dort bräuchte man sich nicht zu verstecken, da würde nicht mal jemand gefunden, der sich zeigen wollte und als Europäer hätte er Privilegien, von denen er anderswo nur träumen könnte.

Pavel war kein großes Rad im Getriebe, aber man übersah besser überhaupt keine Gefahr. Immerhin wusste Pavel von Christian und ungefähr von der Brisanz dessen Arbeit. Er bediente als Kontaktmann zum Osten via Warschau und kannte sehr brauchbare Verbindungsleute in Russland. Über diese hatte er in letzter Zeit zunehmend Kontakt nach Hang-Zhou gehabt; und damit nach Shang-Hai; das war zwar noch nicht die Schiene Beijing-Berlin, aber auf Globus und Landkarte ergab es eine auffällige Nähe.

Für Hawlik sah eine zumindest mögliche Komplikation, dass Pavel Kenntnis hatte von einem Mitarbeiter Hawlik s, der in Christians Forschungslabor arbeitete. Da er seine Augen offenhielt und sein Verstand begleitend mitarbeitete, konnte er sich nach Christians Verschwinden mit einiger Phantasie und seiner eigenen kriminellen Erfahrung einen Reim auf die Zusammenhänge machen.

Es war zu dumm gelaufen. Christian stieß auf Unterlagen über Plutoniumtransfers in die Bundesrepublik, die nicht für seine Augen bestimmt waren. Er hatte ziemlich sicher heimlich Kopien gefertigt, als Nachweise oder handfeste Indizien gegen die Organisation.

Diese Kopien hatten Fury und Herbie trotz ihrer sicherlich ausgesprochen gründlichen Durchsuchung der Wohnung und der Arbeitsstelle bei ihm nicht mehr gefunden. Wenn Pavel sie erwischt hatte, dann verfügte er über einen hervorragenden Ansatzhebel, um sich vom Geschäft eine Superscheibe abzuschneiden. Wenn Pavel der Luftpirat war, dann war der Millionendeal nur ein lukrativer Vorwand. Das Lösegeld reichte als Grundstock für heiße Geschäfte; in Ländern wie Mexico konnte er leichter changieren, in den unübersehbaren Drittlandstaaten eine Zentrale aufbauen und etwas an ihm, Hawlik vorbei organisieren. Wenn er erst einmal im Geschäft wäre, gäbe es einen potenten Konkurrenten, skrupellos und bestens informiert über Hawliks Organisation. Darüber hinaus verfügte er über Personenwissen wie auch gute Kontakte. Hawlik zweifelt kaum, dass es so war. Jetzt musste er seine Kunden hinhalten, den Kreis der Mitwisser begrenzen und Pavel dazu zu bringen, den Mund zu halten.

Jetzt musste er sich erst einmal ein Konzept erarbeiten. Fury hinderte ihm beim freien Nachdenken; so versorgte er ihn mit Arbeit.

"Ich glaube, wir müssen noch einmal ran an die Kreise, in denen Krug verkehrte."

"Klar, Chef. Das hab ich mir schon gedacht. Soll ich mich ein wenig umhören?"

Hawlik freute sich, so einen Aktivposten unter seinen Mitarbeitern zu haben und präsizierte: "Pass auf: Wo lässt man am meisten Infos hängen?"

"Bei Freunden natürlich. Hat er gekegelt?"

Wenn Fury erwartete, dass Hawlik bei diesem Witz lauthals loslachen würde, irrte er sich in seinem Chef und dessen Humor.

Doch Hawlik wusste, mit wem er es zu tun hatte, lachte kurz wie über eine phantastisch schlagfertige Bemerkung.

"Er war der Kegel, und ihr hattet die Kugel. Pass auf: Du musst systematisch vorgehen. Wir brauchen eine Liste der Kneipen, in die Krug ging; notier dir vor allem Namen, die zufällig fallen. Eine gute Datei ist viel wert. Denk an seine Kontaktpersonen im beruflichen Bereich; also mache dich an eine Liste aller Mitarbeiter in seinem Institut der letzten zwei Jahre. Und vergiss das Internet nicht. Du kommst ja an seine Mails und Accounts."

"Das ist ein Wahnsinnsjob, Chef. Soll's das wirklich bringen? Ich drück mich nie um Arbeit. Aber das kostet viel Zeit, und ob so viel raus kommt, kann ich mir nicht vorstellen."

"Ich brauch's."

Hawliks Stimme ließ den Chef durchklingen. Er wollte nicht zu barrasmäßig werden - das lag Fury nicht sonderlich: "Du hast recht, dass es dringendere Sachen gäbe. Wenn's die gibt, bist du dabei. Sorg nur dafür, dass du erreichbar bist. Wenn eine heiße Spur auftaucht, lasse ich's dich wissen. Dann unterbrechen wir diese Arbeit."

Fury war nicht gerade Feuer und Flamme. Das war zu wenig Aktion für ihn. Ein Sekretärinnenjob! Aus einem Kneipier Informationen rauszuprügeln, das wäre ein Auftrag nach seinem Geschmack gewesen. Naja, Chef bleibt Chef und vielleicht kommt auch was dazwischen.

Auch Hawlik fand den Auftrag nicht zentral. Zwar konnte ein solches Wissen hilfreich werden, war aber nicht unbedingt und vor allem nicht jetzt nötig. Doch er brauchte für Fury eine Beschäftigung, die ihn davon abhielt, auf richtige Gedanken zu kommen und von der er gleichzeitig jederzeit abrufbar blieb.

"Schick mir die Saskia rein!" schloss er.

"Ich glaube, die ist grad weg, Chef. Als ich kam, zog sie ihren Mantel an."

"Natürlich ist sie weg. Du solltest ihre Essgewohnheiten kennen. Drüben im Bistro mampft sie gerade ein Sandwich und berechnet exakt, wie viele Joule sie verheizen muss..."

Sebastian verstand nichts von Physik. Er hielt Joule für einen kleinen Franzosen und lachte pflichtschuldigst. Dann zog er ab. Natürlich nicht seinen Revolver, sondern seine Person. So, wie Hawlik es sich wünschte.

Saskia erschien wenig später von ihrem Snack. Sie hatte sich nicht abgehetzt, so dringend hatte Furys Botschaft nicht geklungen. Aber sie hatte schnell bezahlt, weil sie ein wenig neugierig war.

Was wollte Hawlik? Gab es Neues? Neben dem Erfolg schätzte sie an ihrem Beruf (wofür sie ihre Tätigkeit hielt) die Abwechslung und Spannung. Sie hatte einmal damit geäugelt, auf der Gegenseite tätig zu werden, als Polizistin. Aber es sprachen drei schwerwiegende Gründe dagegen: Erstens konnte frau damit nicht allzu viel verdienen. Der Grund hätte ihr allein schon gereicht. Zweitens erwartete einen eine Menge Büroarbeit - und sie erwartete sich von ihrem Leben etwas anderes als die Partnerschaft mit einer Schreibmaschine und einem Drehstuhl. Drittens musste man Vorschriften einhalten - und sie hatte schon immer ihre Unabhängigkeit geliebt.

Dr. Hawlik kannte gerade diesen letzten Punkt; das Bedürfnis war ihm selbst nicht fremd. So achtete er darauf, dass sie auf ihre Kosten gab. Er gab ihr nicht einfach von oben herab Befehle, sondern ließ sie teilhaben an der Entscheidungsfindung, wenngleich er die letzte Entscheidung selbst traf und es sie auch wissen ließ, um die Hierarchie nicht zu gefährden. Aber so weit wie möglich beteiligte er sie am

Geschehen. Das war vielleicht der einzige Punkt, an dem er ein vorbildlicher Arbeitgeber war; aber er wusste auch, warum.

"Sie wünschen, Chef?" Ihr geschäftlicher Ton schuf eine Distanz, auf die sie Wert legte. Wenn sie vertraulicher wurde, tat jeder, der sie besser kannte, gut daran, Vorsicht walten zu lassen. Man konnte sicher sein, dass sie dann etwas von einem wollte. Liebe war das nur in Ausnahmefällen. Bei Dr. Hawlik ohnedies nie - an diesem Punkt unterschieden sich von Zeit zu Zeit die Interessen der beiden.

"Es gibt etwas zu besprechen. Nimm Platz, Saskia."

Er winkte sie zu einem Sessel. Ihr geschäftlicher Ton passte ihm. Er kam gleich zur Sache; lange Vorreden nervten ihn; die sparte er sich für Verhandlungen auf. Gerade im Ost-West-Kontakt war es mitunter unangenehm langwierig, das Thema zu benennen. Er fragte sich manchmal, weshalb kulturelle Eigenheiten selbst im kriminellen Bereich gepflegt wurden. Aber nach allem, was er aus dem Süden, von Mafia, Cosa Nostra und Konsorten wusste, hat man dort auch fast rituelle Umgangsformen. Für ihn war dies völlig unverständlich. Wenn man einen nicht reinlegen will, kann man doch gleich klar Schiff machen. Aber man muss eben die Gegebenheiten akzeptieren, wenn man Erfolg haben will; selbst im Kontakt mit der Unterwelt. O.K., aber bei Saskia konnte er zur Sache kommen.

"Pass auf: Ich habe einen Verdacht. Wenn er sich bestätigt, müssen wir aktiv werden." Saskia blickte fragend. Sie hatte keinen blassen Schimmer, worum es gehen könnte und begann auch gar nicht, zu spekulieren. Er würde es ihr ohnedies gleich mitteilen - sie kannte seine Vorliebe für den direkten Weg. Sie hatte sich auch diesmal nicht geirrt.

"Du hast doch Nachrichten gehört...?"

Momentan gab es bei den Nachrichten nur ein echtes Thema: "Die Bonaparte-Entführung, Chef? Erpressung? Der Bereich uns nicht. Ein Plutoniumkurier wird kaum an Bord gewesen sein. Soweit ich weiß, flog sie von Frankfurt nach Mailand. Von unseren Leuten nimmt den Weg keiner, das ist keine typische Route."

"Hat ja auch keiner behauptet. Nichts von typischer Route. Aber wie du sicher weißt..."

Sein Ton wurde ironisch und begann sie zu verletzen. Sie merkte, dass sie wirklich sehr kurzsichtig gedacht hatte (was hat denken mit Sehen zu tun?): "...hat die Bonaparte ihren Flug kurzfristig geändert." Saskia schluckte ihren Ärger hinunter; es war ihre eigene Dummheit gewesen; sie würde daraus lernen. Lernfähigkeit heißt Erfolg. So stieg sie auf das Thema ein. "Der Kurswechsel könnte uns betreffen? Aber ich wüsste selbst mit Mexico keinen Zusammenhang. Auch die Nähe zu den USA spielt bei unserem Geschäft keine Rolle."

"Natürlich", Hawlik merkte, dass er etwas gutmachen musste. "Du musst dir keine Gedanken machen. Ich hatte auch nur eine zufällige Assoziation, weil ich kürzlich das Stichwort Mexico von einem Mitarbeiter gehört habe."

"Oho!" Saskia war interessiert, "das klingt schon ganz anders. Ist einer unserer Westkuriere auf Abwege gelangt?"

"Nichts Westkurier", Hawlik machte eine wegwerfende Handbewegung, "das sind unsere kleinen Fische. Pavel war es."

Saskia schaute ihn ungläubig an: "Pavel? Was hat der mit Mexico im Sinn. Kann der überhaupt Englisch oder gar Spanisch? Für Bildungsurlaube taugt er nichts?" Das traute tatsächlich keiner von beiden dem schlauen Tschechen zu. Hawlik schüttelte also nur pro forma den Kopf.

"Bei dem ist mit Bürgerbildungshunger nichts zu erwarten. Nein, es ging nicht darum. Er - ich glaube, es ist ihm nur rausgerutscht - er wollte das bestimmte nicht zu mir dringen lassen und hat's mir dann sogar persönlich gesagt. Er meinte, Mexico-City sei die ideale Stadt, um unterzutauchen. `Dort findet einen keiner', sagte er, `selbst wenn ich mich auf den Marktplatz stelle und meinen Namen skandiere...'. Aber wozu sollte er untertauchen? Entweder, weil ihm die Polizei auf den Fersen ist - aber das wüsste ich wahrscheinlich vor ihm -. Oder weil er etwas plant, wobei er uns nicht braucht oder sogar fürchtet. Das kann ich mir ehr vorstellen. Überleg mal: Wenn er genug Knete in der Hinterhand hat, kann er Geschäfte, die er in Kommission laufen hat, selber abwickeln. Bei entsprechendem Einsatz sind die Summen nicht zu verachten. Das wissen wir wohl am besten."

Saskia blickte ihn mit Augen wie Eiswürfel an: "Du meinst, er will sich abseilen und nimmt seine Connections mit? Da braucht er Nerven wie Drahtseile, und eine Lebensversicherung, die in jeder Sekunde neben ihm steht. Wenn er uns nicht ausschaltet, was er kaum wagt, hat er keine ruhige Minute mehr. Nein, das wäre kompletter Wahnsinn. Mit der Organisation legt er sich nicht an. Er kassiert ja immer hervorragende Provisionen."

Hawlik blickte fast noch kälter, zumindest ein Spur nüchterner: "Geld hat schon bei vielen den Verstand ein Stückweit ausgeschaltet. Oder den Selbsterhaltungstrieb auf ein Minimum reduziert. Ich trau es ihm zu. Aber das heißt noch nicht, dass es wirklich so ist."

"Also abchecken! Soll ich das machen? Ich höre die Ostkontakte ab. Das dauert nicht lange. Morgen Mittag bin ich durch."

"So viel Zeit haben wir noch. Wenn es stimmt - was ich nicht hoffe. Das bringt nur unnötige Arbeit und keinen Gewinn, eher Nachteile - wo kriegen wir wieder so einen guten Mann her -… Offenbar haben Herbie und Fury einen Auslandsauftrag. Bei deren internationalen Ambitionen nicht die sicherste Sache. Ich würde es am liebsten selbst machen. Aber ich kann nicht einfach in die Prairie abdüsen."

Saskia dachte nur kurz nach und unterbreitete ihr Angebot: "Wenn es so ist, Chef, sind die zwei überfordert. Killen ja, aber rankommen in einem fremden Land? Nee, die nicht! Vielleicht noch Herbie. Aber wir gingen ein Risiko ein. Dass du nicht wegkannst, ist klar. Aber ich könnte die Sache in die Hand nehmen."

"Gegen Pavel? Sicher: Du kriegst ihn. Keine Frage. Aber kannst du ihn auch erledigen? Machst du das überhaupt?"

Saskia unterstützte ihre Eiswürfelaugen durch ein antarktisches Lächeln: "Finden ist die Hauptsache, Chef. Killer kriegst du überall. Auch gute. In Mexico? Da macht dir das sogar der Limonadenhändler von nebenan."

"Du suchst dir Unterstützung vor Ort?"
"Natürlich. Einen einfachen Vollstreckungsauftrag. Hintergründe werden nicht genannt. Exakte, unauffällige Erledigung ist der einzige Kontraktpunkt. Dann wieder heim. R.I.P."

Hawlik war nie gut in alten Sprachen gewesen; aber diese Abkürzung für Verblichene fand sich sogar in Computerspielen - und da war er nicht unanfällig, wie mancher in seiner angeblich nüchternen Generation. Computerspiele, die Modelleisenbahn von einst, nur komfortabler und platzsparender.

Saskia würde also eine Urlaubsreise unternehmen, ins Land der unbegrenzten Möglichkeiten. Das fällt nicht auf. Und von Texas ist der Weg nicht weit ins Land der fehlenden Möglichkeiten... Für Saskia gab es keine Mauer.

Was mich immer wieder wundert: Verbrecher sind auch nur Menschen. Bei denen läuft es ab wie bei uns: Sie fühlen und denken genauso. Oft genauso wenig. Im Vertrauen: Hast du nicht selbst genügend kriminelle Phantasie, um ein lukratives Ding zu drehen? Also, was hält dich davon ab? Ich weiß schon, der Job ist zu nervig. Nein, die Moral ist es nicht. Es gibt immer gute Gründe, kriminell zu werden. Ein Ding auszuhecken, das macht doch mindestens so viel Spaß wie... Na also. Aber du willst wohl einfach kein Risiko eingehen. Ich könnte dich verstehen. Also bleib, wie du bist: Legal kriminell und fantasievoll. Prost, alter Junge!

12 Freund und Helfer

"Er war doch so ein netter Mann."

Die ältliche Vermieterin konnte alles gar nicht fassen. Inspektor Wolfinger spürte, wie ihre Gehirnwäsche bei ihm Erfolge zeitigte: Der Tote war ein sympathischer Mensch gewesen, der Traum von einem Mieter, immer ausgeglichen, ohne schlechten Umgang, mit einer netten Freundin. Er hatte auch einen seltsamen, aber hochehrbaren Beruf - war er nicht sogar Professor oder Direktor oder so etwas? Auf alle Fälle Fisiker, wie die Dame nicht müde wurde, sachkundig zu erklären. Es fiel dem Routinier schwer, die aufgelöste Frau aus dem Zimmer zu schicken, aber allmählich brauchte er Ruhe im Umfeld, um diesen mysteriösen Fall zu ordnen.

"Frau Meihofer", sagte er höflich, und in der Gewissheit, dass sie verständnisvoll sein würde, wenn er sich um Verständlichkeit bemühte, "Frau Meihofer, ich muss mir das alles noch einmal in Ruhe anschauen und meine Gedanken ordnen. Macht es Ihnen sehr viele Umstände, wenn ich Sie bitte, mir ein Kännchen Tee zu bereiten? Mein Assistent wird es mir holen."

Selbstverständlich würde sie den Tee machen, und dass er nachdenken musste, war doch klar. Sie sah ihre vornehmste Aufgabe darin, ihn dem Rücken freizuhalten, damit er sich ungehindert seiner Arbeit widmen könnte. Er hatte ihre mütterliche Ader voll getroffen und in dem Bewusstsein, ihre Rolle zu kennen, ging sie mit seinem Assistenten, dem sympathischen jungen Herrn Martinez nach unten.

"Das ist ein netter Mann, ihr Chef. Und so ein schrecklicher Beruf. Ach, der arme Doktor Krug . Er hat immer so viel gearbeitet. Ich weiß gar nicht, wie lange. Wenn ich zu Bett ging, war er immer noch auf. Manchmal kam er so spät von der Arbeit und ging so früh weg, dass ich mir dachte: Das tut ihm nicht gut. Da hab ich mich so gefreut, wie er das Fräulein Saskia kennenlernte. Eine nette, hübsche, junge Dame. Bestimmt keine Wissenschaftlerin. Gerade so etwas hat er gebraucht. Die hat ihn auch ein wenig ablenken können. Er hat auf einmal viel mehr auf sein Äußeres geachtet

Babette Meihofer hätte noch endlos weiterreden können. Martinez fand das gar nicht uninteressant. So zusammenhanglos manches klang: Es enthielt doch viele Informationen und allmählich entstand ein farbiges Bild vor seinen Augen. Er sah den jungen Mann, dessen toter Körper oben im Schreibtischstuhl ruhte, auf einmal wieder lebendig. Er konnte sich vorstellen, wie er lebte, was er tat, worüber er sich freute, was ihn ärgerte, wie die Liebe ihn packte, wie er neue Seiten des Lebens kennenlernte. Die Schilderung von Frau Meihofer war eine Art Auferweckung des Toten. Halt, nein, Stopp! Diese Gedanken gehören woanders hin. Er war beruflich hier und hatte sich nicht mit philosophischen Fragen auseinanderzusetzen, sondern mit kriminalistischen. Dazu gehörte allerdings, sich ein lebendiges Bild von dem Toten zu machen.

"Wie bitte?" offenbar hatte er eine Frage überhört und das fragende Schweigen der Vermieterin drängte in seine Gedanken.

"Sie sind wohl mit Ihren Gedanken woanders", sagte sie nachsichtig, "Ich wollte nur wissen, wieso ein Mordkommissar kommt, wenn ein Mensch sich umgebracht hat. Kommen die nicht nur bei Verbrechen?"

Martinez lächelte nicht, aber die Frage war ihm vertraut, er hatte sie schon oft gehört und darum nun einen nachsichtigen Ton in seiner Stimme, als er antwortete und er dachte gleichzeitig: Ich weiß schon: Nachsicht kann auch verletzen, denn sie lässt spüren: Du bist vielleicht ein wenig dumm, aber weil ich gutmütig bin, lasse ich dich an meinem Wissen teilhaben. Darum ärgerte er sich selbst über diesen Unterton. Frau Meihofer war viel zu nett, als dass sie Überheblichkeit verdient hätte. Jaja, wenn man sich nur besser in der Hand hätte. Aber musste ja diese Frage schon zum x-ten Mal beantworten.

"Sie sagen: er hat sich umgebracht. Vielen Menschen, die so etwas erleben, ist es lieber, wenn man von Freitod redet, von Suizid oder es ähnlich umschreibt. Damit wollen sie sagen: Die Toten sind doch keine Verbrecher, sie sind nur am Leben oder an einer Lebenslage gescheitert. Aber bei uns Kriminalisten ist ‚Selbstmord' mehr zuhause. ‚Mord' heißt: Er starb eines gewaltsamen Todes, nicht durch Unfall oder Krankheit. Unsere Aufgabe ist es, auszuschließen, dass nicht jemand Drittes schuldhaft seine Hand im Geschehen hatte. Und unsere Aufgabe geht dann weiter, wenn wir wirklich noch auf einen anderen direkt Beteiligten stoßen. Natürlich nicht die Frau, die den Liebeskummer bewirkt hat. Das ist nicht strafbar. Eigentlich sollte ein seelisch gefestigter Mensch mit Liebeskummer fertig werden - nur ist halt nicht jeder Mensch in jeder Lage seelisch gefestigt, das wissen

Sie so gut wie ich. Ja, und wir müssen jetzt feststellen, ob Herr Krug freiwillig und ohne fremdes Zutun aus dem Leben geschieden ist."

Da hatte er wieder einmal alles in eine einzige Antwort gepackt. Wenn Frau Meihofer jetzt nicht total verwirrt war, hatte sie eine stabile Psyche. Sie reagierte offenbar nicht total verwirrt, sondern ehr nachsichtig auf diese ausholende Antwort: "Ja, Herr Assistent, ich verstehe Sie. Aber der arme Herr Doktor. Ich komm gar nicht drüber weg. Er hätte sich doch bei mir aussprechen können. Ich hab meinen Mann doch auch verloren. Ich weiß, wie schwer das ist; und dass man nächtelang nicht richtig schlafen kann. Aber das Leben geht doch weiter. Hätte er nicht einfach zu mir kommen können und sagen: Frau Meihofer, ich habe so viel Kummer; die Saskia... - Aber er hat kein Wort gesagt. Ich weiß überhaupt nicht, was los ist. Hatten sie Streit miteinander? Hat sie sich in einen anderen Mann verliebt? Hat er sie beleidigt? Nein, bestimmt nicht. Aber was war es bloß? Ich hab sie auch schon seit einigen Tagen nicht mehr zusammen gesehen."

In der Küche setzte sie das Wasser auf und tat einige Löffel Tee ins Netz. Martinez sah seine Chance gekommen, das Gespräch fruchtbar werden zu lassen.

"Seit wann kannte er denn das Fräulein Saskia?"

"Ach, eigentlich schon lange. Sie ist früher ab und zu mal hier gewesen mit seinem Freund. Doch im letzten halben Jahr kam sie immer öfter, allein. Es war zu spüren: Die beiden haben sich gefunden. Es hat ihm doch so gut getan."

Martinez merkte auf: "Herr Krug hatte einen Freund? Ich dachte, er wäre ein Einzelgänger gewesen?"

Babette Meihofer goss das kochende Wasser in die Teekanne: "Ja, Doktor Krug war ein Mensch, der gerne für sich war. Aber deswegen war er doch kein Einsiedler. Er ging auch weg, oder fuhr in Urlaub; manchmal kamen Arbeitskollegen oder Bekannte, wie zum Beispiel der Herr Sebastian, der ihn mit Fräulein Saskia bekannt machte."

"Herr Sebastian, war das ein Arbeitskollege?"

"O nein, - übrigens, nicht dass Sie das falsch verstehen, der heißt nicht Herr Sebastian, das ist sein Vorname; wie er mit Familiennamen heißt, weiß ich nicht. Er war bestimmt kein Physiker; eher ein Lehrer oder sowas. Aber studiert war er, das merkte man, wenn sie miteinander redeten. Das Fräulein Saskia war da anders. Die hat zwar viel gewusst, und auch immer mitgeredet, aber die hat bestimmt was anderes gelernt. Krankenschwester oder so."

Für Martinez wurde es zu viel. Er verlor fast den Überblick über die Rückfragen, die er stellen wollte. Er merkte, dass der Tee schon zu lange zog.

"Ich glaub, der Tee ist jetzt fertig", lächelte er, um zu mindestens dieses Thema erledigt zu haben. Als Frau Meihofer das Netz herauszog und auf eine Untertasse legte, hakte er nach - wie gut, dass man als Kriminaler so viel fragen kann, wie man mag und jedes versonnene Schweigen als Nachdenklichkeit entschuldigt ist.

"Sie sagten, der Herr Sebastian wäre kein Berufskollege von Herrn Krug. Woher kannten sich die beiden? Aus einem Verein oder irgendeiner Partei?"

"Jaja, er war schon in einer Partei, noch aus seiner Jugend, da war er sehr fortschrittlich. Aber inzwischen sagte er: Die Haare gehen und der Bauch kommt, man muss Ideale auch ohne Radikismus bewahren können... naja, also, er hat da wohl nichts mehr getan. Dienstags spielte er immer Volleyball. `Flugbahnberechnungen eines runden Geschosses' nannte er es - er machte gerne seine Schätzchen, äh, Scherzchen... und dann war er noch einem anderen Verein; da ging es um Kultur. Aber die haben ihm zu viel geredet. Da ging er nicht oft hin..."

Martinez sammelte gern Informationen, aber dies führte vom Ziel weg. "Wer ist dieser Herr Sebastian, dieser Sebastian, woher kannte er ihn? Vom Volleyball?"

"Der Herr Sebastian? Nein, bestimmt nicht. Kein sportlicher Typ. Eher Deutschlehrer oder Sozialkunde, oder so. Aber Sport? Nein, jetzt erinnere ich mich: Die beiden waren Klassenkameraden. Einmal erzählten sie von der Schulzeit" Die Vermieterin imitierte genussvoll die beiden Männer im Gespräch. „‚Du, weißt du noch, der Geyer, der alte Grieche, wie der uns in der ersten Stunde getriezt hat, obwohl er wusste, dass wir am Abend vorher gelumpt hatten? Ein fieser Typ.' ‚Aber irgendwie auch ein feiner Kerl. Der trug nie was nach. Naja, halt ein Lehrer: Mal so, mal so.' - Also, Herr Assistent, die waren gemeinsam zur Schule, bis zum Abi, denn Herr Sebastian erzählte: ‚Als ich raus bin aus dem Mathe-Abi, hab ich schnell die Geo-Zeichnung auf das dreckige Auto vom Rex gemacht. Da merkte ich: Du Idiot: Die Kreise sind konzentrisch und nicht gespiegelt.' Und Herr Doktor Krug lachte ihn aus: ‚Eben, wenn du bis zum Schluss geblieben wärst wie ich, dann hättest du die Zeichnung nicht in den Dreck, sondern aufs Blatt gemacht.' Herr Sebastian lachte auch: ‚Ob Dreck oder nicht, ich war dann trotzdem der Beste.' Und Herr Doktor Krug ärgerte sich: ‚Das ist ja das Gemeine...'"

Martinez fühlte sich dieser Art von Unterhaltung nicht mehr gewachsen. Abgesehen davon, dass der Tee kalt wurde, kostete das Pläuschchen auch dem Steuerzahler seine Arbeitszeit und die konnte er effektiver nutzen. Obwohl, wie bei seinem beruflichen Vorbild Columbo gerade die nebensächlichen Informationen der Vermieterinnen die Ganoven an den Strick bringen. Oder braucht man dazu einen abgewetzten Trenchcoat?

13 Tatortinspektion

Als Martinez und die Vermieterin gegangen waren, sah Wolfinger sich wiederholt kritisch um. Den toten Mann hatte Frau Meihofer als ihren Mieter, Herrn Krug, identifiziert. Christian Krug, Dr. Christian Krug, Physiker am „Institut für angewandte Physik", wie er den Schreibtischunterlagen entnehmen konnte.

Das Erscheinungsbild des Zimmers wies ihn als einen ordentlichen Menschen aus. Der Abschiedsbrief wirkte echt, die Tatwaffe ebenfalls. Spuren von Fremdeinwirkung konnte er auf Anhieb nicht erkennen.

Nach geraumer Zeit kehrte sein Assistent mit einer großzügigen Kanne Tee und zwei Tassen zurück. Kein Zucker. Er kannte den Chef. "Eine nette Frau; aber anstrengend. Als Mutter wäre sie eine Spur zu intensiv; overprotecting, wie die Psychonauten sagen. Das gebrochene Herz traut sie ihrem Vermieter zu, aber nicht einen so blutigen Selbstmord. Ein Mord in ihrem Umfeld liegt außerhalb ihrer Vorstellungskraft, aber wenn sie konsequent zu Ende denken würde, käme nur so etwas in Frage."

Martinez stellte die Tassen ab und goss den Tee ein. Wolfinger wandte sich ihm zu: "Wenn ich ehrlich sein soll: Ich bin ja von Berufs wegen misstrauisch, aber hier ganz besonders. Irgendetwas stimmt nicht. Das ist freilich nur eine atmosphärische Wahrnehmung. Irgendetwas stört mich, leuchtet mir nicht ein. Aber was weckt meinen Argwohn?"

Martinez blies in seine Tasse zur Abkühlung und trank dann einen kleinen Schluck: "Mir ist etwas aufgefallen, Chef."

Wolfinger blickte ihn überrascht an. Zwar hielt er große Stücke auf seinen Mitarbeiter, war stets zufrieden und profitierte oft von seinen Anregungen. Aber dass ihm, dem Chef etwas entgangen sein sollte in dieser übersichtlichen Situation, das wunderte ihn doch.

Seine Mimik stellte die Frage, die er sich ersparte. "Es ist der Brief, Chef. Natürlich sieht er echt aus. Vielleicht ist er sogar echt. Aber ich kann mir nicht erklären, wie er hier geschrieben worden sein soll."

Martinez ging zum Schreibtisch und hob den Briefblock hoch: "Das oberste Blatt enthielt das Abschiedsschreiben. Es wirkt, als hätte er den Brief geschrieben, den Kugelschreiber beiseitegelegt, die Pistole genommen und sich erschossen. Aber warum hat sich dann auf das Blatt unter dem Brief nichts, aber auch gar nichts durchgedrückt? Es sind einzelne Briefbögen. Er hätte das nächste Blatt wegnehmen können. Aber warum hätte er es tun sollen? Und wo hat er es hingetan? Ich kann mir nicht helfen, aber das ist mir zu mysteriös. Wenn Sie mich fragen: Das ist getürkt."

"Ich frag Sie nicht."

"Das hab ich mir fast gedacht..."
Martinez schätzte das entspannte Verhältnis zu seinem Vorgesetzten. In der partnerschaftlichen Atmosphäre fühlte er sich wohl. Da konnte er effektiv arbeiten; es ging nicht um Konkurrenz. Obwohl jeder Erfolg offiziell Wolfingers Erfolg war, ließ dieser nie einen Zweifel daran, dass er seinen Mitarbeitern viel verdankte. Die wussten auch, dass dies auf Gegenseitigkeit beruhte. Vertrauen ist gut, Kontrolle ist besser, lautet ein verbreitetes Motto. Kontrolle ist gut, Vertrauen ist besser, lachte Wolfinger, praktizierte es und fuhr sehr gut damit. Allerdings war er bei der Auswahl seiner Mitarbeiter sehr kritisch. Es ging ihm um mehr als gute Zeugnisse. Die Persönlichkeit musste stimmen. Was sie nicht können, können sie lernen, aber die Persönlichkeit, die müssen sie mitbringen.

Bei Wolfinger hatte Martinez seinen Beruf lieben gelernt. Recht und Ordnung hieß es im Volksmund, Gerechtigkeit und Sicherheit, das waren die Ziele, für die sich der Einsatz lohnte. Wolfinger hatte offenbar den Eindruck, als würde hier ein besonderer Einsatz gefordert sein. Wenn jemand sich die Mühe macht, einen Selbstmord vorzutäuschen, dann musste er ein Motiv haben, das über einen Raubmord oder Racheakt hinausging. Spurenlesen und Kombinieren, das war schon Sherlock Holmes Methode. Motivfindung, das war die Aufgabe, die es auf dem Weg zum Erfolg zu lösen galt.

Wolfinger lächelte, als er wieder mal an Sherlock Holmes dachte. Eine Phantasiegestalt, eine Fiktion, und zugleich eine Figur, die für eine ganze Epoche stand: Als man glaubte, die Psyche gehorche so etwas wie Naturgesetzen und man könnte mit einigen Fakten den Weg von der Tat zum Täter zurück verfolgen. Sherlock Holmes, die Erfindung eines unterbeschäftigten englischen Arztes in den Kronkolonien: Sir Arthur Conan Doyle. Dieser Arzt behandelte Verbrechen wie Krankheit: Wir haben die Symptome, wir haben ein breites Grundwissen, wir kennen die natürlichen Zusammenhänge, wir lösen das Problem. Doch auch dieser Arzt kannte die Differenz zwischen Diagnose und Therapie. Wenn ich alles, was ich diagnostiziere, auch therapieren kann, wird die Menschheit gesund. Damit ist der Schritt zur Kriminalistik nicht mehr allzu weit: Wenn ich die Mechanismen des Verbrechens kenne, dann kann ich es an der Wurzel bekämpfen. Ja, wenn es so einfach wäre...

Jetzt tauchen die Bullen auf. Du stellst fest: Unwillkürlich bist du auf ihrer Seite. Mord? Das ist eine Sauerei. Die dahinter stecken - du als Leser und ich als Schreiber, wir wissen ja Bescheid - sind keine Vorkämpfer für Gerechtigkeit, keine heimlichen Robin Hoods. Könnte jetzt nicht noch ein abstoßendes Exemplar Ordnungshüter auftauchen, so ein Typ wie der... Mit fällt zum Glück kein Name ein, aber so ein weißer Bulle aus einem Ami-film, so ein richtig fieser Spießer aus den Südstaaten, ein Cop ala Trump. Stammen die Trumps nicht aus Deutschland. Stimmt. Da stecken also auch germanische Gene drin. Aber auf den Feindbildbullen müssen wir noch warten.

14 Ein Schuss auf die Pressefreiheit

Klaus Neuberg war schleierhaft, wie das passieren konnte. Der Flug nach London verlief ohne Zwischenfälle und die Landung war komplikationslos. Wie vereinbart, ließ sich keine Polizei sehen. Natürlich war sie da. Aber sie hielt sich im Hintergrund. Man musste nichts provozieren. Neuberg war sich sicher, dass alles glatt gehen würde. Der Hijacker war ein Verhandlungspartner, der zwar nicht ehrbar, aber doch verlässlich war. Er war nicht verrückt, sondern hatte ein klares Ziel; und wer sich diesem Ziel nicht in den Weg stellte, sondern ihm sogar noch behilflich war, es zu erreichen, hatte nichts zu befürchten. Mit ihm ließ sich besser dealen als mit einem amerikanischen Präsidenten, einem russischen oder gar einem Saudi. Neuberg hatte sich auf die Situation eingelassen und war nun relativ ruhig. Vielleicht war er sogar zu ruhig gewesen; denn der Schuss schockte ihn.

Albrecht Kerling war wütend wie vielleicht noch nie. Sein Flugzeug war wenige Minuten nach der "Bonaparte" gelandet. Seine

Ansprechpartner waren gut informiert und hatten die Lage unter Kontrolle. Die Polizei agierte verdeckt. Das Flugzeug konnte zügig aufgetankt werden. Es war nur eine Frage der Zeit. Der Treibstoff wird eben nicht in den Tank gezaubert. Und da fällt ein Schuss!

Was zum Teufel war denn jetzt los?! Der Schuss kam eindeutig aus dem Flugzeug, aus dem Cockpit. Sollte der Gangster durchdrehen? Neubergs Auskünfte waren ganz anders gewesen. Hatte ihn jemand provoziert? Keiner von der Crew wäre so dumm. Sie waren zwar nicht in Sicherheit, aber es war wahrscheinlich, dass sie gut durchkommen würden, da alle Bedingungen erfüllt wurden.

War ein Passagier ins Cockpit eingedrungen? Das hätte das Kabinenpersonal sicherlich zu verhindern gewusst. War eine Panik ausgebrochen? Äußerst unwahrscheinlich. Selbst wenn einzelne durchdrehen, so würden doch die anderen Passagiere versuchen, sie zur Ruhe zu bringen. Da gab es immer tatkräftige Männer. Was war also los?

Im Fenster des Cockpits erschien ein Kopf und ein Besatzungsmitglied rief in lupenreinem, aber erregtem Englisch heraus: "Spinnt Ihr? Macht die Fliege!"

Kerlings Blick fiel nach rechts: Dort hatte sich jemand hinter ein Auto geworfen; neben ihm lag eine Kamera. Ein Journalist! Natürlich, die Presse! So läuft das also: Die Polizei ist da. Sie hält sich vereinbarungsgemäß im Hintergrund. Im Unterschied zur Presse: Für die Journalisten ist dies eine Sensationsstory. Hier wird Geld gemacht; hier werden Karrieren ausgebaut; hier geht es darum, möglichst dicht dran zu sein, möglichst etwas zu sehen oder zu hören, was sonst niemand sieht oder hört; ein Bild zu machen, dass den anderen Bildern ein Stück voraus ist. Ein Bild, das sofort online ist, das jeder will, das die Knete sprudeln lässt. Da werden die Skrupel abgestreift wie die tote Haut einer Schlange. Die Zeche zahlen andere. Seine Leute in der Maschine, die Passagiere, deren Angehörige. Wenn nur die Bilder stimmen und die Story!

In der Pilotenkabine schlug die Stimmung um. Boris wurde schlagartig hektisch. Er winkte mit der Pistole: "Ruf den Tower an. Die sollen die Gegend hier freimachen von dem Geschmeiß. So haben wir nicht gewettet."

Neuberg merkte, wie die Nervosität hochgeschnellte. Das konnte zur Katastrophe führen. Diese Aasgeier von der Presse... Polizei ist das nicht. Die sind ja nicht blöd.

Er schrie fast in sein Mikrophon: "Welche Idioten laufen denn hier herum. Macht sofort die Gegend journaillefrei. Die sollen ihre eigene Scheiße auf die Titelblätter bringen und nicht mit unserem Leben herumspielen, die Arschlöcher."

Er merkte an seiner Sprache, dass bei ihm eine Sicherung durchgebrannt war. "Ruhe, Klaus, Ruhe!" befahl er sich. Wenn er schon an so einem Punkt so dünnhäutig wurde, dann war er selbst ein Gefahrenpunkt.

Wie zur Bestätigung hörte er durch seinen Kopfhörer: "Nur mit der Ruhe, Kapitän. Wir können die Pressetypen nur mit den Sicherheitsleuten zur Raison bringen. Aber die sollen ja auch nicht zu nahe an die Maschine. Wir werden aber effizient durchgreifen."

Das klang zwar etwas verworren, aber Neuberg spürte, dass die da draußen selber hektisch waren und durchaus in seinem Sinne zu handeln versuchten.

Wenig später sah er Leute von der Flughafensicherung, die ganz offenbar das Gelände absicherten. Das schien nicht ganz ohne Handgreiflichkeiten vonstatten zu gehen. Aber so ein Sensationsreporter riskierte vielleicht ein blaues Auge, während er das Leben eines Besatzungsmitgliedes aufs Spiel setzte. Der Sicherheitsbeamte, der zuschlug, konnte vor Gericht haftbar gemacht werden; der Journalist, der den Entführer zum Schießen brachte, hatte keine ernsthaften Konsequenzen zu befürchten und zugleich die Chance, etwas Spektakuläres abzuliefern. Der Druckerschwärze war das Blut nicht mehr anzusehen, mit dem der Inhalt erkauft war.

Binnen Minuten hatten die Sicherheitskräfte die Lage wieder im Griff. Das gäbe zwar böse Kommentare, aber entscheidend war das Ergebnis. Neuberg atmete durch und sah zu Boris hinüber.

„O.K., das war die Presse. Die haben offenbar Wind von der Sache bekommen. Man ist nirgends vor ihnen sicher. Aber es scheint gelaufen zu sein. Ich könnte den Kerlen mit eigenen Händen den Hals umdrehen."

Boris merkte, dass es dem Kapitän ernst war. Er war fast zu einer Art Komplizen geworden. Aber auch nur fast.

"In Ordnung, Kapitän", nickte er, "aber so was darf nicht noch einmal passieren; weder hier noch anderswo, wenn Sie wissen, was ich meine..."

Neuberg wusste durchaus, was er meinte. "Wir sollten jetzt das Auftanken durchführen. Das geht von außen. Dazu muss niemand herein kommen. Ich muss es nur dem Tower melden."

Boris nickte und Neuberg gab die Meldung durch. Die Tankzüge rollten an. Das war Routinearbeit. Nur in einer Ausnahmesituation.

Von der anderen Seite her näherte sich ein Wagen. Neuberg wandte sich an Boris: "Die bringen vermutlich die Anflugpläne für Mexico-City. Ich muss kurz mit dem Tower Kontakt aufnehmen. Die haben zwar daran gedacht, aber wohl nicht, dass sie es uns mitteilen müssten."

Boris nickte, wirkte aber wieder etwas nervöser. Das war nicht abgesprochen, aber es klang einleuchtend. Ein Flugplatz ist kein Parkhaus...

Neuberg funkte zum Tower: "Da kommt ein Wagen. Was soll das?"

Der Tower antwortete offenbar überrascht: "Das sind die Anflugpläne; die hat Frankfurt bei uns bestellt."

"Ist O.K., aber in Zukunft kündigt ihr so was an. Das bringt sonst unnötige Unruhe... Und wie kriegen wir die Pläne in die Kabine?"

"Wir werfen ein Seil hoch. Das haben wir schon einmal so gemacht. Daran ist eine Mappe mit den Unterlagen. Ihr müsst nur fangen."

Der Wagen hielt neben der Flugzeugnase. Ein Mann schaute hoch. Neuberg öffnete das Fenster: "Das Seil!"

Der Mann langte hinter sich, holte ein Seil und warf es zielsicher hoch. Es war eine Kleinigkeit, es zu fangen. Dumme Bewegungen konnte sich Neuberg ja auch nicht leisten. "O.K., ich hab's."

Der Mann befestigte eine Aktentasche am anderen Ende und Neuberg zog das Seil hoch. "Die Unterlagen."

Boris griff mit der Linken danach; er öffnete die Tasche geschickt und blickte kurz hinein.

Für die Fotografen und Journalisten auf der Zuschauertribüne war dies eine tolle Szene. Da sie nichts wussten, konnten sie nach Herzenslust spekulieren. Manchem verhinderten Sherlock-Holmes unter den Sensationsjournalisten öffnete sich das Herz! Bis zur Pressekonferenz wollten sie ohnedies nicht warten.

Das war ein Fehler. Sie ahnten nicht, dass sich im Cockpit eine Wende anbahnte. Keine Wende zum Guten, keine Wende zum Schlechten, aber eine Wende im Plan.

Hatte Boris von vornherein die anderen irreführen wollen? Oder hatte er kurzfristig umdisponiert? Es war schwer abzuschätzen, vor allem, da niemand wusste, wie weit Komplizen beteiligt waren, und ob irgendjemand in Mexico-City die weitere Flucht organisierte. Die letzte Frage erübrigte sich aber binnen kurzem.

"Das sind die falschen Pläne", erklärte Boris. Neuberg hatte den Eindruck, dass er grinste.

"Ich verstehe Sie nicht ganz", reagierte der Kapitän irritiert. "Sind das nicht die Anflugpläne nach Mexico-City?"

"Doch", Boris war die Ruhe selbst. "Aber wir fliegen nicht nach Mexico. Wir haben ein neues Ziel..."

Neuberg schaute wohl etwas dümmlich, so dass Boris freundlich, mit einer eine Spur Sarkasmus erklärte: "Ja, das Leben verläuft nicht immer so, wie man sich das vorstellt. Aber für Sie ist es auf alle Fälle angenehmer. Wir fliegen doch nicht so weit." Der Pilot war überrascht, aber schnell rasselte er vor seinem geistigen Auge die möglichen näheren Flugziele runter: Paris, Stockholm, Madrid, Warschau, Rom, Moskau... Es war wie ein Durchchecken der europäischen Hauptstädte. Belgrad, Bukarest, Sofia, nein, die ließ er sicherheitshalber weg. Obwohl sie für einen Entführer gewisse Vorteile boten, überwogen wohl die Nachteile...

Weiter kam er mit seinen Gedanken nicht; er war auch nicht scharf darauf, sondern wollte lieber mit dem Faktischen konfrontiert werden.

"Wir fliegen nach Süden."

Also doch Rom. Oder Athen? Berlin lag von hier aus auch südlich... Falsch, Berlin liegt nördlich von London. Das hatte er schon in der Schule immer falsch eingeordnet. Natürlich liegt es vor allem östlich. Doch das zweite galt von dem neuen Flugziel ebenfalls.

"Wir fliegen nach Nairobi."

"Kenia?" Neuberg war völlig verwirrt. Was hatte der Mann in Kenia zu suchen. Freilich, gewisse Vorbilder waren nach Mogadischu oder Aden geflogen. Aber die Zeiten hatten sich geändert.

Also Nairobi. "O.K.", sagte Neuberg. "Aber da muss ich mich erst einarbeiten. Dahin bin ich noch nie geflogen. Vor allem: Dort bin ich noch nie gelandet."

"Sie werden Zeit haben, Käpt'n", lächelte der Entführer, "Lassen Sie die Unterlagen kommen und studieren Sie sie, während wir Europa passieren. Zeit genug haben Sie da..."

Damit hatte er wahrscheinlich Recht. Trotzdem kam sich Neuberg etwas blöde vor, als er zum Mikrophon griff, rasch noch den Entführer anblickte, um sicher zu gehen, dass dieser diese Handlung nicht falsch verstehen würde und nach dessen Zunicken hinein sprach.

"Hier spricht Kapitän Neuberg. Der Mann hat ein neues Ziel genannt. Er will nach Nairobi gebracht werden. Ich bitte um die Anflugunterlagen und Landegenehmigung."

Die Antwort ließ auf sich warten. Man war in London offenbar auch überrascht. Eine Anfrage in Nairobi war komplizierter als in Mexico. Die Profis in Nairobi verdankten ihre Anstellung mitunter mehr den familiären Bindungen als ihren Fähigkeiten. Das betraf sogar ihre

Sprachkenntnisse, zum Leidwesen des internationalen Luftverkehrs. Aber jahrhundertealte Traditionen lassen sich nicht immer auf Anhieb beseitigen und Fehlbesetzungen aus Beziehungsgründen gibt es selbst im durchorganisierten Europa, die Nato-Spitze nicht ausgenommen...
Soviel zum Thema Parteienklüngel. Um den ging es jetzt natürlich nicht. Oder erst in ein paar Minuten in Kenia. Aber das könnte London nur an den Ergebnissen merken. Vielleicht gab es auch für die Gefälligkeit der Landeerlaubnis eine Gratifikation, eine Lieferung zu Sonderbedingungen, eine Sonderzuweisung Entwicklungshilfe, wirtschaftliche Erleichterungen; die Führungspolitiker mancher Länder haben wenig Skrupel, den Forderungen von Erpressern eigene beizufügen. Diesen allerdings pflegen sie keine Orden zu verleihen, obwohl es sich nahelegen würde. Aber so ist das Leben: Ungerechtigkeit wohin man blickt. Nicht einmal Erpresser untereinander pflegen Solidarität.
Der Tower antwortete: "Wir schicken die Unterlagen mit einem zweiten Wagen. Um Landeerlaubnis in Nairobi wird nachgesucht. Sie wird vor dem Start nicht eintreffen. Aber wir sind sicher, dass sie uns zugesagt wird."
Neuberg war sich auch sicher. Nur über den Preis konnte sich keiner sicher sein. Die Kenianer haben es den Engländern nie verziehen, dass ihre selige Queen Victoria ihrem adeligen Verwandten, dem deutschen Kaiser, trotz aller politischer Querelen ein exotisches Geburtstagsgeschenk machte: Den Kilimanjaro. Und seit Willems Geburtstag gehört er zum heutigen Tanzania, der einstigen deutschen Kolonie. Victoria, obwohl Oberhaupt der anglikanischen Kirche, hatte zwar keine Berge durch ihren Glauben versetzt, aber immerhin die Grenzen, so dass Afrikas höchster Berg in einem anderen Land lag - zugunsten eines Mitglieds der protestantischen Kirche... Ja, ja, so spielt die Geschichte nicht mit Kegeln, aber KöniglInnen mit Bergen...
Neuberg wusste nicht, was diese törichten Gedanken in ihm sollten, aber manchmal überkamen sie ihn. Zumindest war es klar: Er bekam die Landeunterlagen und sie konnten nach dem Auftanken starten. Das

war gut so. Auf Verzögerungen legte er keinen Wert. An einer spektakulären Befreiungsaktion hatte er im Gegensatz zu Presse und Öffentlichkeit kein Interesse. Denn dabei stünde seine Haut auf dem Spiel. Wenn die geregelte Lösegeldübergabe erfolgte, wäre der Spuk vorbei. Dass ihm dies auch noch Lorbeeren eintragen könnte, ließ er kaum an sich heran. Held ist man meist erst hinterher. Wie er seine Enkel beeindrucken könnte, war momentan seine geringste Sorge.

So warteten sie. Jeder gab sich mehr oder minder nutzlosen Gedanken hin. Die Presse weiß dies wohltuend zu kürzen, wenn sie ihre Berichte schreibt. Aber wenn man selbst die Minuten erlebt, die zäh sind wie ein Kaugummi an der Schuhsohle, dann ist das einfach grässlich. Als Leser eines Buches ist man mittendrin; man liest nicht die kurze Pressenotiz, auch nicht die etwas ausführlichere Reportage, aber man hat auch kein Buch vor sich, dass die ewigen dreißig Minuten in ihrer vollen Länge realistisch wieder gibt. Das erlebt man - zum Glück - nicht einmal im Film. Allenfalls bei Yoko Ono. Aber die ist ja auch schon seit Jahrzehnten Witwe...

Nach mehreren Ewigkeiten erschien ein anderes Fahrzeug. Da erst fiel Neuberg auf, dass er vergessen hatte, das erste zurück zu schicken. Er holte dies eilig nach. Die Autos tauschten die Plätze. Mit der bewährten Prozedur wurde die zweite Aktentasche ins Cockpit gehievt.

Boris schaute hinein. "O.K.", sagte er. "Nairobi. Wir können starten."

...und landen, fügte Neuberg im Geiste hinzu. Er schaute wieder aus dem Fenster, rief "In Ordnung." und winkte dem Mann, er könne fahren. Dessen Gesichtszüge entspannten sich schlagartig. Das Auto entfernte sich.

Die Tankzüge hatten inzwischen ihre Ladung ins Flugzeug umgefüllt und waren wieder weg gefahren.

Neuberg wandte sich an den Tower: "Ist mit Nairobi alles klar?"

Die Antwort kam prompt. "Nein; die Verhandlungen sind noch im Gange. Das übliche Feilschen. Ein Basar über Äther. Aber wir sind sicher, dass wir klar kommen." Kommentare erübrigten sich.

Kerling hörte alles mit. Jetzt musste er selbst so schnell wie möglich vor Ort sein. Die Zieländerung hatte alles über den Haufen geworfen. Aber momentan lebte er ohnedies vom Improvisieren. Mit England gab es keine Schwierigkeiten. Was Nairobi betraf, so würde Berlin aktiv. Die hielten ein paar Trümpfe mehr in der Hand als London. Er hörte, wie der Startvorgang eingeleitet wurde, dann ging er zu der bereitgestellten Maschine. Er würde dem entführten Flugzeug folgen können. Mit Sicherheitsabstand natürlich. So filmreif wie eine Autojagd würde es sicher auch nicht.

Es dauerte noch eine halbe Stunde. Dann rollte die Bonaparte auf die Startbahn. Nach wenigen Minuten hob sie ab. Ein ganz normaler Start. Nördlich von Afrika...

So, jetzt ist es da: Unser nächstes Feindbild: Die Journalisten. Die sind zu allem fähig. Vor allem die Scheckbuchjournalisten. Hinterher fabulieren sie großartig über Moral. Ich weiß nicht, wie es dir dabei geht. Aber wenn ich in der Zeitung vollmundige Urteile lese, frage ich mich immer: Sind die Presseleute wirklich besser als diejenigen, die sie kritisieren? Das frage ich auch dich: Was steckt denn hinter deiner Kritik, Junge? Hast du etwa keine Schwachpunkte? Natürlich hast du welche. Aber wieviel davon gestehst du anderen auch zu? Jaja, Selbstkritik ist nicht jedermanns Sache.

15 Zuflucht in der Küche

Das Wetter war wieder einmal scheußlich. An solchen Tagen träumte Wolfinger davon, einen schnuckeligen Bürojob zu haben. Kaffeepause um halb zehn, während der "Parteiverkehr" in seiner Regenkleidung auf dem halbdunklen Gang wartete und die braven Steuerzahler allmählich so vertraulich miteinander wurden, dass sie ihre Meinungen über Beamte allgemein und die Beamten in diesem

Gang hinter diesen Türen ganz besonders austauschten, während hinter den Türen fröhlich die Geschichten des letzten Abends erzählt wurden, in dem Bewusstsein, dass die Gewerkschaften das Recht auf Kaffeepause als eines höchsten abendländischen Kulturgüter verteidigen würden.

Es war eine seiner Lieblingsphantasien bei Regen. Denn er konnte sich in beiden Rollen austoben: Als genießender Beamter (es durfte auch Angestellter sein, Hauptsache Büro und Hauptsache öffentlicher Dienst) wie auch als motzender Klient. In aller Regel geht das Motzen hinter den Türen nicht weiter, weil es sich niemand mit den Machthabern verscherzen will. Machthaber sind die, die die Formulare haben, die Kugelschreiber und die Stempel - und nicht zuletzt das Vorschriften- und Aktenwissen: Wissen ist Macht, Unwissenheit Machtlosigkeit... Nie wird das so deutlich wie auf einer Behörde.

Seine hundertfach gedachten Gedanken brachte er schnell zu Ende, als er „Im Klausenstück" ankam und wieder bei Frau Meihofer klingelte. Die Wirtin machte ihm selbst auf und freute sich, den netten Herrn von der Polizei zu sehen. Die Polizei vermittelt so ein Gefühl von Sicherheit, selbst wenn im Hause schon ein Mord geschehen ist, den sie weder voraussah noch verhindern konnte.

Aber Frau Meihofer dachte ohnedies nicht an Mord, denn nach ihrem Kenntnisstand hatte ihr Mieter aus Liebeskummer selbst Hand an sich gelegt.

"Guten Tag, Herr Kommissar", sagte sie freundlich, "Was führt Sie zu mir? Möchten Sie ablegen? Darf ich Ihnen eine Tasse Kaffee anbieten?" Ach, die nette Frau vermittelte dem durchfrorenen Polizisten ein Gefühl von Sicherheit, Geborgenheit und Wärme, das ihm einfach gut tat. Wie schön, wenn eine Begegnung für beide Seiten so erfreulich ist.

„Danke, Frau Meihofer", Wolfinger schälte sich aus dem Mantel. "Ich möchte Ihnen keine Unannehmlichkeiten machen."

Das war eine glatte Lüge, aber er war im Dienst und durfte nicht gierig wirken. Doch Frau Meihofer, eine gewiefte Taktikerin in Sachen Gastfreundschaft murmelte nur etwas davon, der Kaffee sei eh schon fertig und zu zweit sei es allemal besser als allein und er müsse ja in seinem Dienst gut beieinander sein.

Als sie ihr Gemurmel beendet hatte, saß er in der Küche mit einem duftenden Kaffee und einem Stück Kuchen vor sich.

"Zucker? Milch?"

"Schwarz", sagte er, "schwarz wie die Seelen derer, die ich verfolge."

"Das ist aber ein schwarzer Scherz!" lächelte Frau Meihofer und setzte sich zu ihm.

„Hatte jemand Geburtstag?" erkundigte sich der Beamte und deutete auf den Kuchen.

„Ach, der ist noch von gestern da. - Ja, ich hab ein bisschen gefeiert."

"Meinen Glückwunsch, Frau Meihofer, und alles Gute fürs neue Lebensjahr." Nach ihrem Alter frug er sie lieber nicht, das hatte er bei der Zeugenvernehmung notiert, das Geburtsdatum auch, aber man merkt sich ja nicht alles...

"Ja, Herr Inspektor, was führt Sie zu mir? Ist noch etwas unklar. Der arme Herr Krug; er darf noch nicht einmal beerdigt werden. Wie lange kann denn das noch dauern? Ich finde es schlimm. Er sollte doch wenigstens würdig bestattet werden."

Wolfinger konnte sie verstehen. "Ja, wir versuchen auch, dass es sich nicht zu lange hinzieht. Es hat auch etwas mit der Würde des Menschen zu tun. Ich denke, in einer Woche wird die Leiche freigegeben. Aber vorher, Frau Meihofer, sind noch ein paar Punkte zu klären. Wir müssen Fremdverschulden ausschließen und dürfen nicht oberflächlich alles zu Akten legen, was auf den ersten Blick klar zu sein scheint."

Frau Meihofer war beruhigt, wie sorgfältig mit ihren Steuergeldern umgegangen wird. Keineswegs beruhigt war sie von der Andeutung, es könnte etwas mit dem Freitod ihres Mieters nicht in Ordnung sein.

"Wollen Sie etwa sagen, Herr Kommissar, dass etwas nicht stimmt?"
Wolfinger schüttelte den Kopf: " Frau Meihofer, ein Selbstmord ist nichts, das stimmt. Da stimmt immer etwas nicht, sonst hätte derjenige sich nicht das Leben genommen. Das sehen Sie sicher auch so. Wir müssen sicherstellen, dass er dies auch im juristischen Sinne freiwillig tat. Bei Herrn Krug zum Beispiel kennen wir nur wenig von seinen Lebensumständen. Wir haben seinen Abschiedsbrief - das Fräulein Saskia konnten wir noch nicht ausfindig machen. Die Vornamen sind im Telefonbuch weit gestreut. Wir wüssten ganz gerne, mit wem er sonst zusammen war, was er in seiner Freizeit tat, was ihm in letzter Zeit besondere Sorgen machte."

Frau Meihofer hatte das Gefühl, den Inspektor zu verstehen. "Herr Kommissar, ich kann Ihnen da nicht besonders weiterhelfen. Er war meistens bei der Arbeit. Wenn wir uns unterhielten, erzählte er von seinen Überstunden, die er freiwillig machte, weil er seine Arbeit liebte. Dann ging er öfters zum Sport, Sie wissen ja: Volleyball. Aber er brachte nie Freunde mit. Der Herr Sebastian, der ab und zu mitkam, ein netter Mensch, höflich und zuvorkommend, und umgänglicher als der Herr Doktor, war ein Schulfreund - ich glaube, das habe ich Ihrem Assistenten schon erzählt."

Wolfinger wusste Bescheid. Martinez hatte die Informationen geordnet, geschrieben und ihm hingelegt.

"Ja, Frau Meihofer. Aber das war das Einzige. Gab es außer Fräulein Saskia noch jemanden, der öfters mal in die Wohnung kam."

Die Vermieterin dachte angestrengt nach, dann ging ein Leuchten über ihr Gesicht: "Ja, klar, jetzt fällt mir noch jemand ein; er schien gar nicht zu den beiden zu passen. Willy, der Zeitungsmann. Wissen Sie, er hat einen Kiosk vorne an der Straße. Die drei kannten sich aus der Jugend; Willy war früher mit der Schule fertig, aber sie haben öfters mal zusammen Karten gespielt, Skat, glaube ich. Da wurde es manchmal ein bisschen lauter; und da brachte der Herr Doktor auch öfters mal einen Kasten Bier mit nach Hause."

Das war die erste Information, die ihm den Verstorbenen ein wenig näher brachte. Ein gemütlicher Kartenabend mit Freunden ist doch was. Also ein Mensch aus Fleisch und Blut und nicht nur mit Gehirn. Diesen Willy wollte er mal aufsuchen. Alte Freunde wissen manches zufällig, ebenso wie Vermieterinnen manches zufällig sehen - Bierkästen zum Beispiel.

So, wie Wolfinger die Frau einschätzte, weckte dies höchstens wohlwollende mütterliche Gefühle in ihr: "Jungens brauchen so was..." Jetzt war es Zeit, die Phantasie in ihre Grenzen zu weisen. Er wollte etwas aus Christians Alltag erfahren und sich dann an den Kiosk begeben.

Frau Meihofer hatte ihm weiter nichts Wissenswertes mitgeteilt, obwohl sie gesprächig war. Das Wichtigste war eine genaue Personenbeschreibung von Saskia. Da bot sie ihm einiges, mit sehr vielen Einschätzungen: Sehr attraktiv, sehr zuvorkommenden, arg nett. Aber die visuelle Beschreibung half ihm doch weiter. Im Fall der Fälle wäre dies hilfreich. Freilich bewegte sich die Untersuchung noch in einen sehr vagen Rahmen.

Mit leichtem Bedauern zog er wieder seinen Mantel an, bedankte sich für den Kaffee, stellte andeutungsweise die Möglichkeit eines Wiedersehens in den Raum und machte sich dann durch das ungastliche Wetter auf den Weg zum Kiosk.

Beamte! Hast du gemerkt, worauf ich hinaus will? Wolfinger träumt mal kurz davon, Schreibstubenbeamter zu sein. Das reizt immer wieder. Es klingt nach bezahltem Urlaub während der Arbeitszeit. Ist es nicht nervtötend für einen steuerzahlenden Bürger, wenn er merkt: Der Beamte macht nur seinen Job. Der ist nicht für mich da, setzt sich nicht ein, hält Akten oder Vorschriften für wichtiger als mich. Das zeigt sich schon bei den bürgerfeindlichen Öffnungszeiten.

Bist du besser? Ich hoffe es. Denn wenn wir zwei was besser machen wollen, dann muss das auch in uns stecken. Dann genehmigen wir uns ein Bier, weil wir wissen: Ein gutes Gewissen ist ein gutes Ruhekissen, und ein kleines Bier hilft beim Einschlafen.

16 Gefahr für Sebastian

"Also, ich bin die ganze Sache noch einmal durchgegangen."
Saskia hatte sich mit Hawlik zusammengesetzt. Wenn ihr auch eine zu große Nähe zu diesem promovierten Gangster unangenehm war, so machte sie doch süße Miene zum öden Spiel eines lauschigen Abends und trank ein Gläschen Wein mit. Sie wusste, was sie ihrer Karriere schuldig war. Als Sekretärin in einem Ministerium hätte sie auch nicht den besten Umgang zu pflegen; warum sollte es ihr im Privatverbrechen besser gehen... So berichtete sie von ihrer „Affäre".

„Natürlich kannte Christian eine Unmenge Leute. Alle haben gemeinsam, dass er sie nur flüchtig kannte. Wenn wir mal die Vermieterin, mit der er ab und zu schwätzte, und den Zeitungsverkäufer, mit dem er einige Zeit zur Schule gegangen war, weglassen, weil die einfach nicht sein Niveau hatten und bestimmt nichts verstanden hätten, selbst wenn er es ihnen zu lesen gegeben hätte, bleiben eigentlich nur noch ich und Sebastian. Ich weiß ohnedies Bescheid, und er sagte mir sogar manches, das ich schon wusste, gar nicht. Also bleibt nur noch Sebastian. Das ist wohl unsere heißeste Spur."

"Du redest schon wie ein Kriminaler!" War Hawlik heute gut aufgelegt? Saskia kannte ihn gut genug, ein Scherz in diese Richtung kam bei ihm selten. Aber wie immer dem war, es ging jetzt um die Sache, und die Sache hieß Sebastian.

"Sebastian ist nicht blöd. Ich kenne ihn ein wenig; ich glaube, er war sogar scharf auf mich. Aber er hatte nichts zu bieten. Sebastian kapiert schnell und weiß eine Menge."

"Du meinst, wenn Christian sich einem anvertraut hat, dann ihm. Der hat ihn verstanden, und sie hatten eine private Beziehung."

"Klar, die haben schon in der Schule unter einer Decke gesteckt. Er erzählte, dass er in Deutsch schlecht war, in einer der oberen Klassen.

Da heckten sie einen gemeinsamen Plan aus. Der gutwilligen Lehrerin erzählten sie, dass sie sich ganz besonders gründlich vorbereiten wollten und entlockt ihr noch ein paar Tipps wegen der Aufgabe. So waren sie ziemlich sicher, wie das Thema lautete. Dann setzten sie sich einfach in der Nacht zuvor zusammen. Sebastian schrieb den Aufsatz, Christian schrieb ihn ab, und später, bei der Probe, ließen sie nach einiger Zeit ihre Blätter verschwinden und legten dafür die vorbereiteten auf den Tisch. Damit war Christian die gute Note sicher. Immerhin schaffte er die Klasse, und bekam später einen Bombenjob, als Akademiker; wenngleich als einer, der keine Aufsätze schreiben musste..."

"Schöne Story", Hawlik grinste, aber es kam wenig emotionale Wärme in dieses geschleckte Gesicht; sein Ton blieb kühl und sarkastisch: "Das gehört in einen Paukerfilm, wie die Feuerzangenbowle - gibt's dort nicht den berühmten Pfeiffer mit drei "f"? Aber wieso jetzt und wieso hier?"

Ihm lag nicht an romantischen Schulerinnerungen. Im Geschäft leistete man sich keine Emotionen. Auch Saskia wollte keine Anekdoten erzählen: "Die Geschichte zeigt, dass die beiden miteinander arbeiten konnten. Beruflich hatten sie nichts miteinander zu tun - obwohl ich bis zum Schluss nicht dahinter gekommen bin, was Sebastian macht, womit er sein Geld verdient. Na, und wenn die so gut aufeinander eingespielt waren, dann hat ihn Christian wohl auch in seine Verdächtigungen und Nachforschungen eingeweiht."

Hawlik wurde aufmerksam: "Bist du sicher, Saskia? Hast du Anhaltspunkte?" Er wollte keine vagen Vermutungen.

"Sicher bin ich mir. Da habe ich ein ganz klares Gefühl mit ein paar Anhaltspunkten, die den Verdacht erhärten. Es gibt einen kapitalen Grund dafür: Die beiden waren gerade gemeinsam auf einer Reise."

"Hat Christian die Urlaube nicht nur mit dir verbracht?"

"Stimmt. Da hab ich an das Naheliegendste überhaupt nicht gedacht: Gerade jetzt, wo ich eine Woche in Ungarn war und die neue Route abcheckte, flogen die beiden zusammen weg. Sonderangebot! Von einen Jugendtraum faselte Christian. Das hätte stimmen können, wenn sonst nichts vorgelegen hätte."

Hawlik forderte Einzelheiten: "Ja, und... wo sind die zwei hin?"

Saskia machte es spannend. Sie wollte sich nicht um den Erfolg ihrer Pointe bringen. Sie hatte sich schon immer gut verkauft. Und diesmal sollte es nicht anders sein. Sie goss sich in aller Ruhe noch ein Glas Wein an und hätte sich sicherlich eine Zigarette angesteckt, wenn sie Raucherin gewesen wäre. So griff sie nur zu einer Käsestange, knabberte daran und ließ dann wie eine Bombe nur ein Wort fallen: "China."

Hawlik blickte fast blöde. Das hatte gesessen, ein Volltreffer gewesen. Saskia genoss die Situation; aber sie war klug genug, es nicht zu zeigen. Genugtuung ist herrlich, aber sie sollte nicht lebensgefährlich werden. Bevor Hawlik mit einer Reaktion einsteigen konnte, nahm sie die Zügel wieder in die Hand.

"Ja, es war eines von diesen Lockangeboten, die von China gesponsert werden, um den Tourismus anzuheizen. Erleben sie 5000 Jahre Kultur. Kaufen Sie zu sagenhaft günstigen Preisen in der Seidenstraße ein. Lernen Sie persönlich die anziehende Fremdartigkeit des bevölkerungsreichsten Landes der Welt kennen. Lassen Sie sich verwöhnen, solange die Preise noch stimmen... Und so weiter. Und darauf stiegen die beiden ein. Mir fiel dabei weiter nichts auf. Die Idee war bei einer Skatrunde gekommen; der dritte Mann stieg aus finanziellen Gründen aus. So war alles unverdächtig. Es waren einfach zwei alte Jungens, die auf Marco Polos Spuren auf ihre alten Tage doch noch mal den Hauch eines Abenteuers erleben wollten."

"Was du sagst, ist ja der Wahnsinn." Hawlik konnte es gar nicht fassen. Unsere heikelste Achse. Russland - Deutschland via Peking, das ist die Route der Gegenwart. Da tauchen unsere beiden Knaben auf! - Haben sie Namen gekannt? War etwas von bevorstehenden Operationen durchgesickert?"

"Ich weiß nicht. Davon hab ich nicht die leiseste Andeutung mitgekriegt. Doch als ich Christian wieder sah, spielte von Wohllebsau in seinem Weltbild keine gute Rolle mehr. Du weißt, wie er ihn verehrt hat. Aber der Freiherr hat Beziehungen zur deutschen Botschaft in Peking laufen. Wenn die da etwas mitbekommen haben, war ihnen mehr klar, als für uns gut ist."

Hawlik reagiert nicht. Er musste diese Nachricht erst verdauen. China war herb genug gewesen. Dass dort der Name von Wohllebsau fiel, klang bedrohlich. Seine, Hawliks gesellschaftliche Stellung war eine gewisse Sicherheit. Aber wenn der Freiherr ins Visier geriet, würde er keine Rücksichten nehmen. Ein paar Punkte in Hawliks jüngerer Vergangenheit konnten auch durch sein Ansehen nicht geschützt werden. Es gab zunächst nur eine Lösung. Um China und die dortigen Mitarbeiter musste man sich später kümmern. Aber dort war ein Mitwisser. Den sollte es nicht mehr lange geben.

"Du weißt, was ich denke?" Hawlik wandte sich wieder an Saskia; die Frage war fast überflüssig; auf kriminellem Gebiet waren die beiden eine vereinigte Herz- und Seelenlosigkeit.

"Klar! Eine Liquidation. Sebastian weiß zu viel. Da nützen keine Drohungen oder Wegeänderungen. Das Wissen muss dort ausgemerzt werden, wo es sitzt. Ich tippe auf Fury oder Herbie. Am besten macht es diesmal einer allein. Auf seine Tour, auf seine persönliche Verantwortung hin. An wen denkst du?"

Hawlik reagierte anders, als sie gedacht hatte. Sie hätte den Intelligenteren der beiden gewählt. Aber Hawlik hatte so seine eigenen Vorstellungen bezüglich der Intelligenz: "Wir nehmen Fury. Der macht sich nicht so viel Gedanken. Zumindest kümmert er sich nicht um die Zusammenhänge, in denen seine Arbeit steht. Das überlässt er bereitwillig mir. Damit fährt er recht gut."

"Das sehe ich auch so." Saskia akzeptierte die Argumentation ihres Chefs. Sie fand sie ziemlich einleuchtend: "Soll ich ihn rufen, Chef."

"Ich bitte darum."

Fury war nicht schwer zu finden. Er bevorzugte nur wenige Aufenthaltsorte, meistens Kneipen, in denen es unverbindlichen Anschluss und gegebenenfalls Ruhe gab. Er kam gleich. Endlich war wieder was los. Er hasste aktionsfreie Zeiten. Für seinen Auftrag musste man ihn nicht lange instruieren; Motivation brachte er von sich aus mit. Wie schön ist es doch, wenn ein destruktiver Mensch seine Destruktivität sinnvoll einsetzen kann und dabei noch Genuss empfindet; in welchem Beruf ist man so wenig entfremdet! Weg und Methode hatte er selbst zu finden und zu wählen. Seine Brötchengeber warteten nur noch auf die Vollzugsmeldung.

Jetzt verstehen wir uns. Die Politik kommt rein. Herr von Wohllebsau. Seine Insignien sind kein Zufall. Es ist doch immer wieder erschreckend, was wir von Menschen, die wir eigentlich für vorbildlich halten, erleben. Gerade Herr von Wohllebsau. Da redet er von Verantwortung und einer Weltpolitik, die den Frieden als Ziel und als Mittel hat; aber in dem Augenblick, wo ihm, dem Herrn aus der Wissenschaft, konkrete politische Verantwortung angetragen wird, kneift er. Nein, das sollen dann doch andere machen. Deren Weg kann er ja dann wieder vollmundig aufs Korn nehmen. - Bist du auch so ein Herr von Wohllebsau? Nein, denn du liest diesen Krimi und liebst den Frieden am Feierabend. Überhaupt, Tagebuchrevolutionäre wie wir beide sind nicht korrumpierbar. Das sollte mal jemand versuchen!

Ach, wär das schön. Das ließe ich mir eine Persönlichkeitsänderung kosten. Wenn das Angebot dem Preis entspräche.

17 Ein Kommissar ist ein schlechter Kunde

Da er nicht verdeckt ermittelte, erübrigte es sich für Wolfinger, zur Tarnung bei Willy eine Zeitschrift zu kaufen. Kunden ließen sich nicht blicken. So sprach er den Verkäufer direkt. "Guten Tag! Inspektor Wolfinger, Kripo. Dürfte ich Ihnen ein paar Fragen stellen?"

Der Mann war verblüfft. Er blickte nicht schuldbewusst oder ertappt, sondern nur irritiert: "Ich verstehe nicht. Ist etwas passiert? - Äh, können Sie sich ausweisen?" Irgendwie traute er der Sache nicht ganz.

Damit hatte er Recht. So einen Scherz konnte sich jeder erlauben. Wolfinger seufzte, aber er identifizierte sich.

Willy gab ihm den Ausweis zurück: "Sie entschuldigen, Herr Inspektor, aber ich habe erst gedacht, Sie wollen mich verar... äh, auf den Arm nehmen. Natürlich helfe ich Ihnen. Worum geht es denn? Bankraub? Anschlag auf den OB geplant?"

Der Ton, in den Willy verfiel, mit einem leicht schnippischen Klang, ein wenig motzig, wie ein Arbeiter gegenüber dem Chef, der den Herrn herauskehrt, dieser Ton gefiel Wolfinger gar nicht. Aber man begegnete nicht nur so beflissenen Menschen wie Frau Meihofer. So ließ er sich etwas rauer auf das Gespräch ein: "Nichts dergleichen. Reine Routine."

Der Mann blickte ihn ungläubig an, als wollte er sagen: ‚Mich kannste nich verarschen; du führst doch was im Schilde...' Also musste Wolfinger Tacheles reden.

"Herr..."

"Pfister, Willy Pfister", stellte sich der Zeitungsverkäufer vor.

"Herr Pfister, es geht wirklich um eine Routineuntersuchung, zu der wir verpflichtet sind, im Rahmen des Freitodes ihres Bekannten."

"Christian?" Willy schien überrascht. "Was hat denn die Kripo mit Christian zu tun? Hat er Gold geschmuggelt? Oder chinesische Antiquitäten?"

"Wie kommen Sie denn auf chinesische Antiquitäten?"

"Ach, nur so... Er kam doch erst letzte Woche aus China zurück. Aber das war eine reine Vergnügungsreise, die er sich mit Sebastian geleistet hatte. Für die beiden eine Schnapsidee; für meinen Geldbeutel ein bisschen zu teuer..."

"Wie kommen Sie auf Schmuggel?"

"Ach, vergessen Sie das, Herr Inspektor. Ich schau zu viele Krimis an. Das war eine dumme Idee. Ich hätte genauso gut Menschenhandel oder Banküberfall sagen können."

"Geschenkt", Wolfinger ließ das Thema fallen, aber er merkte noch an: "Manchmal steckt ja hinter spontanen Bemerkungen eine Wahrheit, die man selbst gar nicht bemerkt. - Aber ist schon Okay. Nein, der Grund, weshalb wir tätig werden, ist einfach, dass wir

Fremdverschulden ausschließen müssen. Eine kurze Routineuntersuchung, damit dann auch der Leichnam zur Bestattung freigegeben werden kann. Ich wollte Sie einfach nur fragen, ob Herr Krug nach ihrem Eindruck irgendwelche besonderen Probleme hatte, die ihn in der letzten Zeit bedrückten..."

Er schien das Vertrauen des Mannes gewonnen zu haben, oder zumindest hatte sich das Misstrauen verflüchtigt.

"Schlimme Sache, Herr Inspektor. Liebeskummer, sagt Frau Meihofer. Wegen Saskia. Kann ich nicht glauben. Vor vier Tagen war alles noch in Ordnung. Nach der Rückkehr aus China gingen sie ins Kino – sie holten sich bei mir einen Tipp. Liebeskummer, der zum Selbstmord führt? Wegen einem kleinen Krach bringt man sich nicht um. Christian schon gar nicht. Der hatte nicht mal eine Waffe. Woher kam die übrigens, Herr Inspektor? Von ihm ist sie nicht, nicht mal als Souvenir aus China."

Wolfinger wusste es, durfte es aber nicht weiter sagen. Krug hatte sie unmittelbar vor der Chinareise erworben und angemeldet. Dies brachten Routineanfragen zu Tage. Auch dieser Punkt machte ihn misstrauisch. Die beiden einzigen Menschen, die ihm bisher persönlich Auskunft gegeben hatten, halfen ihm da nicht weiter. Den Namen Sebastian nannten allerdings beide. Er könnte eine Quelle sein. Eine gemeinsame Reise kann informativ sein. Auch den Name Saskia erwähnten beide. Die junge Frau würde auch Interessantes erzählen können. Nur fehlten ihm noch Familiennamen und Adressen. Da konnte er bei Willy zumindest in einem Fall fündig werden.

"Herr Pfister, Sie machen mich auf etwas Auffälliges aufmerksam. Aber was wollen Sie damit sagen?"

Willy Pfister dachte einen Augenblick nach. Wolfinger fragte sich, was in dem Mann wohl vorging. Es ja eine seltsame Situation: An einem Regentag kommt ein Inspektor an den Kiosk und fragt nach einem Suizidanten.

Dann schien Willy einen Entschluss gefasst zu haben: "Wissen Sie, Herr Kommissar, ich traue mich kaum, es zu sagen, und gerade bei

Ihnen möchte ich nicht irgendetwas Falsches sagen, aber mir ist die ganze Sache nicht geheuer. Natürlich kann man von kaum jemand sagen: Das ist der Typ Selbstmörder. Und wenn, dann hätte man wohl meistens nicht recht. Aber bei Christian kann ich es mir absolut nicht vorstellen. Es passt nicht. Aber wenn es nicht so war, und wenn es kein Unfall war - einen Unfall mit einem Abschiedsbrief gibt es doch nicht, oder? -, dann kann man doch nur auf einen Gedanken kommen..."

Er machte eine Pause und wartete darauf, dass der Kommissar ihm die Antwort abnehmen würde; aber Wolfinger tat ihm den Gefallen nicht; er wollte seinen eigenen Verdacht noch aus dem Mund einer weiteren Person hören. Willy senkte die Stimme.

"Herr Kommissar, dann bleibt doch nur noch die Erklärung, dass es jemand anders getan hat. Dass jemand..., also, um es einfach zu sagen: Dass ihn jemand umgebracht hat. - Sie können mich steinigen, aber ich werde den Gedanken nicht los."

So, nun war es heraus. Willy schien erleichtert. Zugleich blickte er Wolfinger hilfesuchend an. Die Polizei war sonst nicht sein Fall, eher sein Feindbild. Aber es gibt Situationen in unserem Leben, da wünschen wir sie uns auf unsere Seite. Da wird der Bulle nicht nur zum Freund und Helfer, sondern zum Herrn Kommissar, der die Sache doch irgendwie in den Griff kriegen müsste. Mit der Kirche ist es ja ähnlich: "Ich bin ehrlich, Herr Pfarrer, ich renne nicht jeden Sonntag in die Kirche. Aber ein guter Christ bin ich trotzdem..." Und nachdem es vielleicht möglicherweise eventuell ein höheres Wesen gibt, das sich durch seine Bedeutungslosigkeit im Alltag auszeichnet, soll Gott in einer Notsituation dann doch rettend eingreifen. Natürlich, ein Polizist ist kein Gott, aber für beide muss es etwas Befremdendes haben, wenn ihnen plötzlich eine Erwartung entgegenschlägt, wo vorher bestenfalls kühle Ignoranz herrschte.

Wolfinger kannte das. Aber schließlich wurde er auch durch Willy Pfisters Steuern mitfinanziert. So durfte dieser, was immer vorher gewesen war, mit seine Aktivität rechnen.

Wolfinger seufzte - das konnte er manchmal nicht unterdrücken: "Wir müssen immer mit so etwas rechnen. Aber um wirklich entscheiden zu können, ob ein Selbstmord vorliegt oder nicht, brauchen wir Fakten. Dazu brauchen wir Ihre Mithilfe. Motive, mögliche Feinde, Informanten, die weiterhelfen können. Sie erzählten vorhin von seinem Reisebegleiter. Wie kann ich ihn denn finden? Stammt er aus der Nachbarschaft oder arbeitet er in der Gegend?"

"Was er genau macht, kann ich Ihnen nicht sagen, Herr Kommissar. Wir kennen uns seit der Schulzeit, aber in den letzten Jahren habe ich das nicht mehr mitbekommen. Er wohnt bei uns im Stadtteil, hat eine kleine Wohnung. Ich kann Ihnen die Adresse aufschreiben. - Aber er hat bestimmt nichts damit zu tun. Wir zwei waren seine einzigen Freunde, wenn er überhaupt welche hatte. Seine Arbeit ging allem anderen vor. Ab und zu trafen wir uns zum Kartenspielen. Aber das war's dann auch. Da lachten wir über alte Zeiten, oder ratschten über Politik oder Sport. Das letzte Mal ging es über die spannende Reise. Sebastian war total fasziniert. Ein Jugendtraum! sagte er immer. Marco Polo! Der Abenteurer in ihm lebte auf... Aber das hilft Ihnen auch nicht viel weiter. - Na gut, hier haben Sie die Adresse. Wenn Sie Unterstützung oder gedruckte Neuigkeiten brauchen: Ich bin da."

Ein Scherz zum Abschied war immerhin eine Anerkennung. Wolfinger blickte zum Regenhimmel, dann hüllte er sich tiefer in den Mantel und machte sich auf den Weg zurück zu seinem Wagen, um den dritten Mann aufzusuchen. Der brachte hoffentlich tragfähigere Hinweise.

Wie würdest du reagieren, wenn dich einer von der Kripo anspricht? Es ist schon seltsam. Da lebt man so in den Tag hinein, und plötzlich...
Ich gehe zu weit. Krimi im Alltag? Ein Traum, wenn wir nicht die Opfer sind. Willy ist so ein Typ, mit dem man sich mal kurz identifizieren kann. Hast du nicht auch schon davon geträumt, Zeitungsverkäufer zu werden. An einem sonnigen Tag an einer belebten Straße hinter dem Kiosk zu stehen und die Leute beim

Schlagzeilenlesen zu beobachten. Ganz abgesehen davon, welche Typen welchen Mist kaufen. Leider ist dein Angebot zu umfangreich. Du musst doch manches verkaufen, hinter dem du nicht stehst. Aber wenigstens die Nationalzeitung, die gibt es bei dir nicht. Die TAZ kauft leider keiner, sonst gäbe es sie. Aber Angebot und Nachfrage, wir wissen schon...

18 Fury bei der Arbeit

Fury konnte zeigen, was in ihm steckte. Diesen Auftrag hat er solo erhalten. Ein Zeichen, dass sie ihm was zutrauten, und der Beweis, dass sie ihn für fähiger hielten als Herbie. Leistung lohnt sich eben. Er wusste zwar nicht, was er Außergewöhnliches geleistet hatte, aber irgendwie trug ihn doch das todsichere Gefühl, etwas Besonderes zu sein. Seine Fähigkeiten ahnte er mehr, als dass er sie kannte. Anders ausgedrückte: Er träumte davon, der Größte zu sein, ohne auch nur die geringste Voraussetzung dafür mitzubringen. Nicht einmal der Tödlichste konnte er werden. Bei seinem Abgang, ob das morgen oder in siebzig Jahren war, würde er immer noch der Meinung sein, dass der Größte diese Erde verlassen hätte, er hätte eben nur noch nicht die große Chance gehabt, es zu beweisen.

Aber Denken war weniger Furys Sache. Er verlegte sich lieber auf Action. Zunächst musste er einen schlauen Inspektor spielen, der Sebastians Adresse rauskriegt. Die Internetrecherche ergab wenig. So erklärte sich „Inspektor Fury" kurzerhand zum Vertreter für physikalische Gerätschaften - damit hatte der Verblichene schließlich zu tun gehabt. Mit diesem genialen Inkognito tauchte er bei der ahnungslosen Frau Meihofer auf. Ihre Mitteilsamkeit ließ er über sich ergehen und ersparte ihr seinerseits Details über seine Produkte. So war beiden gedient und er konnte wieder abziehen mit einer Adresse im Gedächtnis.

Bachs Wohnung war zu Fuß zu erreichen, was ihm die lästige Parkplatzsuche ersparte. Einen Strafzettel kann man sich in manchen

Berufen einfach nicht leisten. Als Krimineller kommen für dich Verkehrsdelikte nicht in Frage. Viel zu riskant...

Ins Haus gelangte er ohne Umstände. Er stieg bis in den dritten Stock und klingelte unbefangen an der Wohnungstür. Als niemand öffnete, sann er über Alternativen: Er konnte in der Wohnung auf ihn warten oder aber vom oberen Stockwerk aus die Türe beobachten. Er entschied sich für das obere Stockwerk, obwohl Nachbarn vorbei kommen könnten. Aber wer wusste, ob Bach allein zurückkäme oder in Begleitung. Diesem Risiko musste er sich nicht aussetzen.

Er brauchte nicht lange zu warten. Es dauerte keine Stunde, bis ein Mann die Treppe herauf kam und die Wohnungtür aufschloss. Das konnte nur Bach sein. Er war alleinstehend. Kein zweiter Name stand an der Tür. Also musste es der Wohnungsinhaber sein.

Fury schob sein schwarzes Käppi nach oben, eilte leichtfüßig zur Wohnungstür, öffnete sie mit langjähriger Berufserfahrung blitzschnell, schloss sie ebenso schnell und stand einem völlig verdatterten Mann gegenüber. Auf lange Erklärungen ließ sich der Killer nicht ein. Er richtete seine Pistole auf das Herz des anderen. Der setzte nicht einmal zu reden an. Er schrie auch nicht. Er war einfach bloß erstaunt. Der Blick wanderte von Furys Gesicht zu dessen Händen und wieder zurück. Er schien überhaupt nichts zu verstehen.

Fury sagte keinen Ton. Man konnte gerade noch das Klicken hören, als er abzog. Der andere fasste sich ans Herz. Fury beobachtete ihn, als er die Hände wieder wegnahm und anstarrte. Völlig fassungslos stierte er auf das Blut, das sich auf seinen Händen gefangen hatte. Er schaute auf Fury, er schaute zur Decke. Dann kippte er um. Verständnislos für das, was geschehen war.

Fury spürte nichts von der Tragik, die in diesem brutal abgebrochenen Leben steckte, nichts von den Hoffnungen, die damit erloschen waren, nichts von der Trauer über versäumte Möglichkeiten... Fury hatte überhaupt kein Gespür. Für ihn war das Arbeit. Er war ein Arschloch. Doch das würde selbst bei seiner Beerdigung niemand öffentlich sagen.

Ungerührt ging er zu seinem Opfer und fühlte nach der Halsschlagader. Kein Puls mehr. Der Schuss ins Herz war exakt gewesen. "Gute Arbeit", lobte er sich heimlich. Da, wo bei anderen Leuten das Gewissen ist, war bei ihm eine Schutthalde. Bei Menschen wie ihm wünscht man sich, dass es eine Hölle gibt. Und für seine Opfer wünscht man sich eine ausgleichende Gerechtigkeit. Irgendwo in dieser Welt, oder in einer jenseitigen.

Fury war diese Welt ebenso egal wie die jenseitige. Nachdem er sich vergewissert hatte, dass er ganze Arbeit geleistet hatte, schlich er sich zur Türe zurück, überprüfte, ob niemand auf dem Gang war und verließ die Wohnung so schnell und geräuschlos, wie er sie betreten hatte. Er hatte saubere Arbeit geliefert. Hawlik würde zufrieden sein.

Das war Mord! In unserem schönen beschaulichen Krimi ein so brutaler Mord. Und so exakt beschrieben. Hast du nicht Anspruch auf einen dezenteren Krimi? Müssen es diese billigen, blutigen Effekthaschereien sein? - Aber im Ernst, alter Junger: Genauso stellst du dir das doch vor. Du kannst dich sogar in die Rolle des Opfers versetzen. Mitsamt deiner heimlichen Todesangst. Du weißt: Ich will leben, ich will noch viel erleben, nein, mein Tod käme jetzt zu früh. Prima! Dann lies gleich weiter. Denn das Leben geht weiter; immer weiter, egal, über wie viele Leichen.

Hast du übrigens schon mal was über die Entstehung des Lebens auf dieser Erde gelesen? Hochinteressant. Sehr kompliziert. Wie einfach, wie unglaublich einfach ist dagegen die Zerstörung des Lebens! Denk daran, wenn du dich nachher ins Auto setzt!

19 Zwei Männer und ein Toter

Müde stieg Sebastian die Stufen zu seiner Wohnung hoch. Mühsam hielt er seine Aufmerksamkeit wach, schaute hinter sich, als er das Haus betrat, achtete auf Bewegungen im Treppenhaus, prüfte, ob die Wohnungstür gewaltsam verändert worden war. Er war müde; er hatte alles satt; er wollte ausspannen; er wollte raus aus dem Getriebe, am besten raus aus dem ganzen Trouble. Könnte er irgendwohin reisen, wo es keine düsteren Geschichten gibt? Nur die Geschichte mit Kathy, die sollte weitergehen. Der Gedanke an sie vitalisierte ihn.

Er schloss seine Wohnungstür auf und trat mit dieser nervtötenden Vorsicht ein. Fast wäre er umgekippt. Regungslos lag jemand mitten im Zimmer, den Blick zur Decke gerichtet, starr. Er sprang hin und kniete sich neben dem Körper nieder; behutsam nahm er die Hand und fühlte den Puls. Sein eigener Puls raste, obgleich ihm fast das Herz stehengeblieben war. Da würde kein Arzt mehr helfen können. Er sprang zum Telefon. EinsEinsNull.

"Hier ist ein Mord geschehen", sagte er.

„Name, Adresse?"

„Sebastian Bach – nein, das ist kein Scherz, ich heiße wirklich so." Er gab alles an. Dann legte er auf, ging ins Bad und kotzte.

Den Polizisten in Zivil, dem er wenig später öffnete, hätte er nie für einen gehalten.

"Kommissar Wolfinger." Der Inspektor ließ flüchtig seinen Ausweis sehen.

„Herr Bach?" Sebastian nickte. "Sie haben einen Mord gemeldet?"

Sebastian gab ihm die Hand und ließ ihn ein. Wolfinger schaute sich rasch um, musterte ihn, den Raum und ging ohne Zögern auf die leblose Person zu. Er kniete sich neben ihm nieder.

"Tot." stellte er fest. "Der Arzt wird noch kommen. Aber er wird nichts tun können, als den Tod festzustellen."

Er wandte sich Sebastian zu: "Herr Bach, ich darf Sie bitten, mir zu erzählen, was vorgefallen ist?"

Sebastian war erleichtert, wie direkt der Mann vorging. Ohne Umschweife zur Sache zu kommen, das brauchte er jetzt.

"Herr Kommissar, ich kann Ihnen nur wenig sagen. Mir gehört diese Wohnung hier. Als ich vor einer halben Stunde nach Hause kam, war die Tür ganz normal verschlossen. Ich trat völlig ahnungslos ein. Dann sah ich das Malheur. Ich dachte, vielleicht könnte ich was tun, aber:

hin; er war tot. Kein Puls, kein Zweifel. Dann rief ich die Polizei und ging ins Bad."

Wolfinger schaute ihn fragend an. Sebastians Stimme klang trotzig entschuldigend: "Ich musste mich übergeben. Sie sehen vielleicht in Ihrem Beruf öfters so etwas. Ich nicht."

"Schon gut", Wolfinger war bemüht, keine peinliche Stimmung aufkommen zu lassen, "Das ist nur natürlich. Wer total abgebrüht ist, hat nicht mehr viel zu bieten. Offen gesagt, selbst mir geht bei aller Berufserfahrung der Tod immer noch nahe. Ich habe mich meist im Griff, aber ich bin in aller Regel vorbereitet auf das, was ich sehe. Andererseits bleibt doch was hängen. Dafür brauche ich Freunde, bei denen ich mich auskotzen kann."

Wolfinger schaute den anderen offen an. Sebastian tat es gut, dass er ihm seine menschliche Seite so schnell zeigte. Da konnte er einfacher auch seine Schwäche eingestehen. Doch der Profi kam auch ebenso schnell wieder zur Sache zurück.

"Als Sie ihre Wohnung verließen, war niemand mehr drin?"

Sebastian schüttelte den Kopf. "Das heißt, der Mord geschah während Ihrer Abwesenheit (eine dumme Bemerkung, aber so bodenlos richtig). Was ich wissen möchte: Wie kam der Tote, wie kam der Mann nach Ihrer Meinung in ihre Wohnung? Hatte er einen Schlüssel? War es ein Einbrecher?"

Sebastian schaute ihn irritiert an: "Einbrecher? Willy ist mein Freund. Er hat einen Schlüssel; als ich im Urlaub war, hat er die Blumen versorgt und nach der Post geschaut. Was er jetzt wollte, weiß ich nicht. Er hatte sich schon bei meiner Vermieterin gemeldet; nur konnte ich noch nicht zurückrufen. Eigentlich benutzte er den Schlüssel nur, wenn ich wirklich verreist war."

Wolfinger blickte kurz auf: "Ich denke, er kam, weil ich bei ihm gewesen war. Ich hatte nach Ihnen gefragt."

"Nach mir?" Sebastian war sehr irritiert; was hatte der Polizist mit ihm zu tun; natürlich... die Sache mit Christian könnte es sein.

Wolfinger winkte ab: "Darauf kommen wir noch. Bleiben wir bei Ihrer Wohnung. Herr Pfister konnte problemlos ins Zimmer. Wollte er hier auf Sie warten? Kann es sein, dass sein Mörder ein Bekannter ist, jemand, der auch einen Schlüssel hat, oder jemand, der klingelte, und dem er öffnete?"

Wolfinger verunsicherte ihn durch diese Fragerei, aber andererseits war er genau so ein Typ, wie Sebastian ihn jetzt brauchte. Er spürte, dass er zu diesem Profi instinktiv Vertrauen fasste, fast wie zu einem Seelsorger. Er merkte: Bei dem kannst du dich auskotzen. Nicht nur körperlich, das war ja schon geschehen, sondern bei dem kannst du einfach mal loswerden, was sich in dir aufgestaut hat. Die Trauer, die Verdächtigungen und vor allem die Angst: Da könntest auch du liegen. Das ist kein Spiel; hier geht es nicht um Strategien. Es geht um dein Leben. Und von Wolfinger kannst du Hilfe erwarten.

Der Kommissar war der Fachmann; er garantierte professionelle Hilfe in einem Fall, der für einen Privatmann mehrerer Nummern zu groß ist. Don Quichotte hatte alles allein getan; er hatte sich dabei das, was er mit seinen äußeren Augen sah, mit seinen inneren Augen selbst neu gestaltet. Aber Sebastian war wild entschlossen, nicht vor sich selbst als ein hirnloser Narr dazustehen.

Inspektor Wolfinger schaute sich Sebastian genau an: Das war der Mann, nach dem er gesucht hatte. Er hatte sich von selbst gemeldet. Er hatte bisher mit einer Offenheit geredet, die Hoffnungen weckte. Konnte er ihm vertrauen? Das würde sich in den nächsten Minuten zeigen. Wolfinger vertraute seiner Menschenkenntnis. Er war zwar von Berufs wegen vorsichtig, aber nicht grundsätzlich allen Menschen gegenüber misstrauisch. Es gibt viel Böses in der Welt, aber deswegen ist noch nicht jeder ein Schurke, nicht einmal jeder, dem ein Gesetzesverstoß nachzuweisen ist. Wolfinger war vielen Schurken begegnet und vielen Menschen, die versuchten, auf gute Weise mit dem Leben klar zu kommen. Er rechnete damit, sein Gegenüber richtig einschätzen zu können und so ließ er ihn einfach erzählen.

Und Sebastian erzählte. Davon, wie er in die Wohnung gekommen war, und davon, was er vor kurzem in der Im Klausenstück erlebt hatte, von dem Selbstmord, an dem er Zweifel hatte, und von seinem Verdacht, dass die beiden Todesfälle zusammen gehörten, von der Angst, die ihn überall hin verfolgte.

"Wissen Sie, Herr Wolfinger, ich weiß nicht, was dieser Mord hier sollte. Aber ich weiß, warum man Christian an den Kragen wollte."

Wolfinger schaute ihn aufmerksam an; jetzt war er nicht nur ein kleines Stück weitergekommen, Sebastian bot ihm nicht nur eines von tausend Puzzlesteinchen, er wollte offenbar einen ganzen Bildteil ausfüllen. Aber er schien Angst dabei zu haben.

Dass Christians Tod mit dessen Beruf in enger Verbindung stehen könnte, hatte Wolfinger schon geargwöhnt. Aber selbst in der Weltstadt waren diese Zusammenhänge doch eine ziemlich große Nummer. Sebastian erzählte ihm bestimmt keine Schauerstory; auf seine Aussage war eindeutig Verlass. Hier ging es nicht um irgendein Kapitalverbrechen, sondern es war eingebunden in komplexere Zusammenhänge.

"Alles ist vernetzt", hatte der komplizierte Vereinfacher Capra als Hohepriester des New Age verkündet. Aber man braucht kein Jünger des Neuen Zeitalters zu sein, um zu wissen, dass vielfältige und unübersehbare Zusammenhänge in jedem Lebensvorgang bestehen. Was Sebastian anbot, war ein Verbrechernetz. Kein Wunder, dass die Spinne auch als Symbol für die Dunkelmänner dieser Erde gilt: Sie spannen ihre Netze und fangen ihre Beute. Hier ging es um spaltbares Material. Wolfinger begriff bald die Bedrohung, die für alle Beteiligten bestand. Zu diesen Beteiligten gehörte aber nun nicht nur Sebastian, sondern auch er selbst. Auch er musste nun vorsichtiger agieren als dies bei seinen Routinefällen geschah.

Plutoniumhandel mit Russen über China, ein Mittelsmann bei der deutschen Botschaft in Beijing und ein Bote aus Polen, das klang gigantisch. Die Geschichte gehörte nicht in eine Vorabendserie, sondern ins Freitagabendprogramm. Auch wenn es wahrscheinlich um einen überschaubaren Personenkreis ging, so war es doch ein weitgespanntes Netz. Die Frage war nur: Wer ist die Spinne, die in der Mitte sitzt? Sebastian kannte den Personenkreis lediglich am Rande. Immerhin konnte er wenigstens drei Namen anbieten.

Saskia nannte er als erste, denn für sie sprach am wenigsten. Er glaubte, sie schnell ad acta legen zu können. Wolfinger notierte sich, was er hörte und pflichtete Sebastians Einschätzung bei. Die Frau hatte ihre Beziehungen. Sie gehörte zum Typ der Absahnerinnen, eine kriminelle Karrierefrau mit Augenmaß. Sie würde ihren Teil zum Planen beitragen und konnte schmutzige Aufgaben delegieren. Ein Typ wie sie würde, so gut es ginge, abkassieren, aber sie würde vermeiden, den Bogen zu überspannen. Und sie würde vermeiden, eine Anklage wegen Mordes zu riskieren. Selbst eine Anstiftung würde sie mit Mitteln betreiben, die juristisch nicht verfolgbar waren. Für Gerechtigkeitsfanatiker war sie der Typ Kotzbrocken; aber auf deren Einschätzung würde sie keinen Wert legen. Ärgerlich, aber wahr. Den Namen Saskia würde sich Wolfinger sehr gut merken.

Dr. Hawlik war der nächste. Bei ihm wurden die Angaben nebulöser. Was dieser ehrenwerte Herr trieb, worauf seine Erfolge basierten, war nicht eindeutig nachzuvollziehen. Ein Geschäftsmann, ein honoriger, der bei Empfängen so manche Hand schütteln durfte, mit dem man in einer Ecke bei einem Glas Sekt-Orange plaudern konnte und gerne einen Kontakt anbahnte; ein Mann, den sein kaufmännisches Geschick adelte; Geldadel ist noch nicht degeneriert. Das macht ihn so wichtig. Christian ließ sich durch Geld nicht beeindrucken. So hatte Wolfinger keine Schwierigkeiten, zu vermuten, dass die Fäden der dunklen Plutoniumgeschäfte bei Hawlik zusammen liefen. Und dieser hatte auch Handlanger, die die Drecksarbeit machten.

Die beiden Freunde kannten keine Namen. Lediglich einmal hatte Christian bei einem belanglosen Gespräch etwas gehört: Lassie; aber das war ein Spitzname. Oder war es Fury? Auf alle Fälle war es ein Tier mit einer ausgesprochenen Ausnahmebegabung. Freilich zählten Lassie und Fury zu den edelsten Vertretern ihrer Rasse, während der

Träger dieses Pseudonyms eher den Abschaum seiner eigenen Rasse repräsentierte. Wobei Sebastian sich nicht sicher war, ob es mehr Abschaum oder mehr klares Wasser gibt... Doch auf eine Diskussion darüber wollte sich sein kompetentes Gegenüber nicht einlassen, jetzt zumindest nicht.

Sebastian kam zum dritten Verdächtigen: "Ich weiß schon, was ich jetzt sage, werden Sie ohnedies nicht glauben. Aber Christian war davon überzeugt, dass hier schmutzige Geschäfte vom Adelsmäntelchen bedeckt werden. Ich selbst fand den Mann schon etwas früher unglaubwürdig. Das ist noch kein Motiv für einen Mord; aber für ein Komplott durchaus; auch Geld kann sich `von' schreiben."

"Zur Sache", Wolfinger wurde unruhig. Schwafelige Vorreden konnte er nicht ausstehen. Manchmal musste er sie sich geduldig anhören, aber bei diesem Gesprächspartner brauchte er sich nicht extrem zurück zu halten.

"Ich verzichte auf Vorurteile. Nennen Sie Namen, nennen Sie Gründe, nennen Sie Fakten. Das ist das einzige, was mich beeindruckt."

Wolfinger täuschte sich in sich selbst, denn als Sebastian den Namen nannte, hielt Wolfinger den Atem an.

"Herr von Wohllebsau? Jetzt machen Sie aber mal 'nen Punkt!" sagte er bestimmt. "Für Vorurteile gegen Adel und Geld ist bei unserem Job kein Platz. Wir hatten in unserer Republik schon ganz andere Adelige, die in Gelddingen kriminell wurden. Auch ein „Graf von" kann zum Verbrecher werden. Das wissen wir. Und es wurde auch verfolgt!"

Sebastian konnte sich bei aller Anspannung eines Grinsens nicht erwehren: "Natürlich, Herr Kommissar", sagte er fast schon verletzend spöttisch, "Unnachsichtig war die deutsche Justiz stets; konsequent und unbestechlich, nicht nur im Umgang mit den Juristen des Dritten Reiches und der DDR. Dabei waren die Herren Richter immer so gerecht, dass der politischen Karriere der zu Verurteilenden dann nichts mehr im Weg stand."

Wolfinger seufzte. Der Mann hatte ja Recht; das wusste er doch selber; das wusste jeder; das wussten am besten alle Beteiligten.

Aber der Vertreter der Exekutive sagte: "Lassen wir die Politik; sie bringt nur Hader und Verdruss. Herr von Wohllebsau hat einen ausgezeichneten Ruf. Auch international ist er eine anerkannte Kapazität. Sein fachliches und moralisches Ansehen ist unbestritten ehrlich erworben."

Sebastians Überraschung hielt sich in Grenzen; was hatte er denn anderes erwarten dürfen; CF-der Ahnungslose verfügte eben über eine tiefgegründete Reputation.

Doch er blieb am Ball: "Herr Wolfinger, Sie haben sich so geschildert, als wären Sie unvoreingenommen. Aber stimmt das wirklich? Überlegen Sie: Wir sind an der gleichen Sache interessiert. Weshalb sollte ich Ihnen etwas so Unglaubwürdiges erzählen, wenn ich mir von Ihnen etwas erwarte? Das ist doch keine Pressekonferenz, bei der sich jemand um jeden Preis profilieren will, sondern wir tauschen Informationen und Vermutungen aus. Da kann ich doch keinen Verdacht zurückhalten, nur weil derjenige bisher unverdächtig war. Ich bin gegen Vorverurteilungen, aber bei meinen Verdachtsmomenten und vor allem dem Ausmaß des Verbrechens muss man der Sache sicher nachgehen."

Was sollte Wolfinger zu sagen? Wenn alles immer so klar und eindeutig wäre wie bei Ladendiebstählen... Aber dort herrscht mehr Gerechtigkeit und Strafverfolgung als bei Kapitalverbrechen; zumindest gibt es erstaunliche Strafzuteilungen, wenn politische oder wirtschaftliche Interessen in den Fall hineinspielen.

Sebastian blieb am Ball. Er wusste, dass es nicht um irgendwelche lokalen Angelegenheiten ging, für die der Schutzmann am Straßeneck als mythische Figur zuständig war, sondern um einen großangelegten Fall.

"Herr Wolfinger, Sie wissen doch: das sind nicht nur ein paar Million hinterzogener Steuergelder, was schlimm genug wäre. Nein, hier geht es um internationale Kriminalität mit radioaktivem Material. Geht es nicht auch um zwei Morde. Wenn man weiter bohrt, bleibt es vielleicht nicht dabei. In so einem Fall würde ich von Ihnen schon mehr Direktheit erwarten. Ich habe meinen Verdacht auch nicht öffentlich geäußert. Ich weiß selbst, dass er noch zu vage ist, dass die Verdächtigungen noch auf schwachen Füßen stehen; aber ich weiß auch: Wenn ich erst einmal mit der Öffentlichkeit in Kontakt komme, riskiere ich mehr, als nur ausgelacht zu werden; ich riskiere, für immer zum Schweigen gebracht zu werden. Und diese Risiko gehe ich bestimmt nicht aus Jux und Dollerei ein!"

Wolfinger schwieg. Er musste erst mit sich selbst ins Reine kommen. Es ist auch ein Unterschied, ob man einen meuchelnden betrogenen Ehemann aufgrund eindeutiger Beweise verhaftete oder einen weltweit renommierten Wissenschaftler aufgrund einiger loser Vermutungen eines Verbrechens beschuldigte. Er ging also in sich.

"O.K. Sie haben es gesagt. Ich nehme es zur Kenntnis und verspreche, es ernst zu nehmen. Für mich bleibt es allerdings vorerst eine bloße Vermutung. Sie haben selbst einen guten Grund genannt, weshalb es einstweilen unter uns bleiben muss."

Sebastian war nicht doof. Mit leichtem Ärger blickte er Wolfinger an: "Bleiben Sie wachsam, Herr Kommissar! Und denken Sie daran: Das war schon der zweite Mord, wie der Beginn einer Serie. Es war bestimmt keine Lust- oder Raubmord. Die Motive könnten auch mich betreffen."

An seiner Reaktion merkte Wolfinger, dass er auch nicht mehr die Ruhe selbst war. Es tat ihm auf der Stelle leid, wie er reagierte, aber auch bei ihm schlug sich ein aggressiver, schnippischer Unterton nieder: "Keine Sorge. Ich habe auch ansonsten nicht mit Ladendiebstählen zu tun."

Die beiden sahen sich an. "Ich Idiot!", dachte jeder für sich. Sebastian fand schneller wieder Worte. Er war ja der Privatmann, sein Gegenüber hingegen aus beruflichen Gründen hier.

"Tut mir Leid, Mensch. Ich hab eigentlich schon Vertrauen zu Ihnen. Aber ich fühle mich unheimlich elend. Ich möchte traurig sein, weil zwei Freunde von mir tot sind, und ich muss mich um etwas ganz anderes kümmern. Ich..."

Er wusste nicht, wie er sein Anliegen formulieren sollte. Am liebsten hätte er gesagt: Stellen Sie mich doch als Assistenten ein. Aber das war ein Unsinn. Wolfinger ahnte ungefähr, was in ihm vorging. Er wusste um die Grenzen, die durch seinen Beruf gegeben waren. So machte er ein Angebot: "Sie wollen am Ball bleiben; sie wollen dabei sein oder dazu beitragen, dass den Burschen das Handwerk gelegt wird. Ich kann das gut verstehen. Sie wissen auch: Sie sind kein Polizist. Ich kann Sie nicht einmal zum Hilfssheriff ernennen. Ich bin kein US-Präsident und der wilde Westen ist weit. Aber selbst dort wird ein Cowboy eher Präsident der Vereinigten Staaten als ein Inspektor oder auch nur Assistent."

Sebastian ärgerte sich, aber er rief sich selber wieder zur Ordnung. "Jaja, ich verstehe das ja schon. Aber ich will etwas tun. Ich will mitmachen. Ich kann mir nicht vorstellen, dass ich zuhause sitze und Däumchen drehe, während anderswo Dinge laufen, die mich angehen. - Und außerdem: Ich bin mittendrin."

Wolfinger stimmte ihm zu: "Sie sind mittendrin. Ich denke, wir beide sehen es ähnlich: Der Anschlag galt Ihnen. Der Mörder hat Sie gemeint. Eigentlich müssten Sie jetzt da liegen." Sebastian schauderte; er hatte es nicht wissen wollen. Der Mord war schlimm genug; aber dass es ihn hätte treffen sollen, war unheimlich.

Wolfinger ließ ihn nicht zur Ruhe kommen, sondern er setzte den Gedanken fort: "Wenn es so ist, dann ist klar: Der Mörder kannte sie nicht. Herr Pfister wurde von vorne erschossen. Der Mörder sah ihn von Angesicht zu Angesicht. Das war ein Profi, denn ein Amateur wäre weggelaufen. Aber es war ein Profi, der einen Fehler machte, denn er hatte sich nicht versichert, wem er gegenüber stand. Er hatte nur den unzureichenden Schluss gezogen: Wer den Schlüssel zu dieser Wohnung hat, ist der Bewohner. Und das sind Sie."

Sebastian nickte. Er spürte seine Angst und sie klang aus seiner Reaktion: "Die haben einen Killer auf mich angesetzt. Wie in einem billigen Krimi. Aber es geht um mein Leben. Ich weiß nicht, was ich machen soll. Am liebsten würde ich weglaufen. Aber das geht nicht."

Wolfinger sagte ihm etwas, was er inzwischen durch seine Mitarbeiter erfahren hatte: "Ihr Freund Krug versuchte es mit einer Lebensversicherung. Er kaufte sich kurz vor seinem Tod, genauer, kurz vor dem China-Trip einen Revolver. Mit diesem Revolver wurde er erschossen. Der Schuss ging sozusagen nach hinten los."

"Trotzdem, Herr Kommissar, ich muss Ihnen sagen, ich habe auch schon daran gedacht. Mit einer Waffe würde ich mich sicherer fühlen. So mit bloßen Händen dieser Mafia gegenüber komme ich mir vor wie ein Ochse, der auf den Schlachthof geschleppt wird." Wolfinger überraschte dieser drastische Vergleich. Aber er konnte ihn gut verstehen. Er war ausgesprochen bildhaft.

"Ich verstehe das. Sie wollen etwas tun können. Sie können uns wahrscheinlich auch helfen. Aber hoheitliche Aufgaben kann ich Ihnen nicht übertragen. Sie dürfen nicht offiziell für uns tätig werden. Ich darf Ihnen nicht einmal Informationen zukommen lassen. Sie direkt einzusetzen, könnte ich auch persönlich nicht verantworten. Ich kann mir aber vorstellen, dass wir uns einfach hin und wieder unterhalten. Derweilen könnten Sie Ihre Kontakte zum Hawlik-Clan aufleben lassen. Da jemand von uns einzuschleusen ist sehr langwierig. Das wird schon bei Ihnen problematisch genug, da Sie in der Schusslinie sind. Ich denke aber, dass das nicht alle wissen. Also lassen Sie Ihre Phantasie spielen. Wenn Sie etwas Neues haben, treten wir in einen kreativen Gedankenaustausch. Offiziell gehe ich freilich bei unseren Begegnungen dem Mord in Ihrer Wohnung nach..."

Sebastian war zufrieden. Mehr konnte er von offizieller Seite einfach nicht erwarten. Die Sache mit der Waffe überlegte er sich noch einmal. Da wollte er nicht sofort klein beigeben. Die Vorstellung, schutzlos in eine Mündung zu blicken, beunruhigte ihn doch sehr.

Da sind wir also endlich an der richtigen Adresse. Du wolltest doch schon immer mal Columbo spielen. Der ist so herrlich kombinativ -

der Traumjob für dich. Sebastian kommt dazu wie die Jungfrau zum Kind. Gut, dass wir uns gleich mit ihm identifiziert haben. Und das Polizistenimage hat er nicht, und vielleicht bahnt sich ein Happyend an. Alles spricht für uns. Wenn wir dabei noch einen adeligen Politiker zur Strecke bringen, sind wir voll zufrieden. Wir wissen doch, wo unsere Feinde sitzen!

20 Nairobi

Der Flug dauerte lange. Solange können Nerven gar nicht angespannt sein. Man hatte sich fast schon an die Entführung gewöhnt. Nur die Journalisten waren permanent gestresst.

Boris tat seinen Job; auch Neuberg tat seinen Job; nur die Passagiere hatten keinen Job, aber selbst für sie hatte sich das Leben "normalisiert". Sogar der Ausnahmezustand wird einmal zum Status Quo. Der Adrenalinspiegel sinkt mit der verfließenden Zeit... Und doch, wenn Neuberg zu dem Entführer hinüberschaute, streute die Nebennierenrinde ihr Wachsamkeitshormon aus. Diese Pistole konnte jederzeit, und das hieß: im nächsten Augenblick, auf ihn gerichtet sein. Er war das erklärte erste Ziel des Erpressers.

Die anderen an Bord mochten ruhiger geworden sein. Neuberg hatte in vollem Bewusstsein erfahren, wie die Angst vor dem Tod ist, diese in die Tiefe der Gefühle dringende Angst vor dem vorzeitigen Lebensende, eine Ahnung des Wissens darum, dass es nun keine Zukunft mehr gibt und die endgültige Frage, ob er dazu stehen konnte, wie er sein Leben gestaltet hatte, was er getan und was er unterlassen hatte. Ab und zu glitzerte es auf seiner Stirn. Angstschweiß hatte er bisher nicht gekannt. Er hatte Leute verachtet, bei denen er auch nur inneren Angstschweiß vermutete. Wie hätte er sich wohl verändern, wenn er aus dieser Situation unbeschadet heraus käme? Der Revolver blitzte in der Sonne. Neuberg fühlte wieder den Pulsschlag in seinem Bauch...

So weit nach Süden waren bisher die wenigsten gekommen. Der phantastische klare Blick auf Kreta, das sie langsam überflogen, entlockte so manchem einen bewundernden Ausruf. Neidische Blicke kamen von der Mittelreihe. Manche standen mit der Zeit doch auf, um einen Eindruck zu erhaschen. Noch großartiger war der Anblick des Nils. Das Delta sah aus fünf Kilometern in der Höhe fast so aus wie im Atlas, und das grüne Band des Flusses, das sich schmal durch die graugelbe Wüste wand, wirkte irreal. Die Wüste ohne den Nil hätte ein Stück vom Mond sein können. Wadis gaben der Oberfläche eine skurrile Zeichnung.

Allmählich wurde das Land grüner. Eine bizarre Vulkanlandschaft bot sich den Augen der Reisenden. Wie verstreute Pyramiden standen die Krater in der Landschaft... Man konnte sich mit etwas Phantasie vorstellen, wie es hier vor ein paar Millionen Jahren gequalmt hatte, wie selbst in der Nacht noch glühende Landschaften den Horizont erfüllten. Die Vorstellungskraft fügte noch ein paar bombastische Dinosaurier dazu. Es war wirklich eine andere Welt - auch ohne die Zutaten der Imagination. Grenzen durch Menschenhand waren auf diese Entfernung nicht zu erkennen.

Grenzen sah man nicht. Inzwischen flog die Maschine über kenianisches Gebiet. Der beschauliche Flug näherte sich dem Ende. Als die Landevorbereitungen angekündigt wurden, wurde es manchem, der gut abgeschaltet hatte, doch wieder mulmig. Niemand ahnte die Angst des Piloten, die unterdrückte Rebellion seines Körpers, niemand sah einen Mündungslauf auf sich gerichtet, aber manche Gespräche verstummten plötzlich; und manche Passagiere mussten die innere Anspannung nach außen hin abführen.

Der distinguierte Herr etwa setzte die substanzlose Plauderei fort, die irgendwo über dem Mittelmeer zur Erleichterung seines Nachbarn eingeschlafen war. Er wusste zu berichten, was für ein phantastisches Land Kenia gewesen war - trotz des westafrikanischen Sozialismus, gar nicht so übel. Der Kenyatta hatte viel geleistet. Aber dann kam der Billigtourismus, Ethnokunstramsch (ich habe noch eine Originalmaske), der Minikapitalismus, die Kriminalität (nachts darf man sich als Weißer nicht aus dem Hotel wagen!) und natürlich Aids (die Frauen waren früher schnuckeliger, und sooo anspruchslos...). Wenn das nicht ein breitgefächertes Themenangebot an seinen Mitreisenden war; eben ein mitreißendes Angebot. In jedem Themenbereich gab sich der distinguierte Herr fachkundig - wie üblich den Fachidioten, die damit ihr Geld verdienten, natürlich meilenweit überlegen. Sein Nachbar dachte sich, was für katastrophale Auswirkungen für die afrikanische Kultur der Kontakt durch solche Typen bereits zur Kolonialzeit gehabt haben musste und sah schwarz für den dunklen Kontinent. Es war eine passende Einstimmung.

Noch sorgte der Entführer dafür, dass dieses europäische Kulturgift einige Zeit im Bauch des fliegenden Wales zurückgehalten wurde. Auch im Cockpit ging die ereignisarme Zeit zu Ende und es wurde hektischer. Neuberg hatte Funkkontakt zu Nairobi aufgenommen; endlich gab es etwas zu tun; die Aktion lenkte ihn von der unmittelbaren Bedrohung ab. Auch wenn er hin- und wieder blitzschnell zum Revolver schauen musste, taten ihm die Routinemaßnahmen gut. Seine Aufmerksamkeit erforderten zudem eine Summe von Randproblemen, denn trotz des neokolonialistischen Tourismus war das Englisch, mit dem er über Funk zu kämpfen hatte, miserabel. Bei den Stellenbesetzungen schienen nach wie vor die familiären Bindungen die Hauptqualifikation zu bedeuten, und Sprachkenntnisse werden bekanntlich nicht genetisch transportiert. Die Vorinformationen, die in den letzten Stunden gelaufen waren, hatten immerhin gewisse Vorbedingungen geschaffen.

Von "höchster Stelle" bekam er eine Landeerlaubnis. Es waren Vertreter der deutschen Botschaft am Airport. Polizei oder Militär - wer kennt Afrikas Wege genau? - zeigten Präsenz. So konnte trotz mangelhafter Verständigung der Landevorgang als Routinesache eingeleitet werden. Es war für europäische Verhältnisse unglaublich, aber Afrika ist Afrika. Wer das nicht akzeptieren will, muss ja nicht hin. O! Das ist wohl in diesem Zusammenhang ein delikater Denkfehler. Manchmal muss man Wege gehen, die einem nicht passen. Manchmal fliegt man an einen unpassenden Ort. Manchmal fliegt man auf die Nase. Neuberg war bereit, sich dem Unerwünschten zu stellen und auf das einzulassen, was nun kam. Es würde von Vorteil sein, dass er die eine oder andere Erfahrung auf einem afrikanischen Basar gesammelt hatte. Kommunikation ist eben alles...

Der Flughafen kam in Sicht mit seiner phantastischen Kreisform, die nur aus der Vogelperspektive so richtig imposant wirkte. Eine Architektur, die mit ihrer geometrischen Ausrichtung das moderne Afrika symbolisierte, sollte die Reisenden beeindrucken. Nach der Landung würde der Kontrast umso herber sein. Afrika ist anders als dieses am Reisbrett entstandene Kunstwerk eines Planungsbüros. Fasten-your seat-belts; no-smoking; der Flug wurde unruhiger durch das Abbremsen; mancher Passagier begann den Augenblick zu verfluchen, wo er sich auf eine Flugreise eingelassen hatte. Aber wer in die Luft geht, muss auch mal wieder auf den Boden kommen. So oder so. Also lieber so.

Die Erde kam näher, einzelne Häuser waren zu sehen, verstreut zwischen Bäumen und Äckern, meist Wellblech, mit Stroh waren die wenigsten gedeckt. Ein Erfolg der Zivilisation - Blech als ein Statussymbol, das ist fast schon in sich symbolisch; zwei Straßen sahen die Passagiere, dann die Gebäude, das Flugzeug raste auf die Landebahn zu, der Pilot bremste. Man spürte es in der Kabine. Dann setzte die Maschine auf, wilde Erschütterungen gingen durch das Flugzeug.

"Der hat die Piste verpasst!" zischte der flugerfahrene distinguierte Herr in seinen nicht gewachsenen Bart. Er schien nicht mehr total gefasst. Die Contenance war verflogen, seine Coolness ruckartig geschmolzen. Offenbar war eine Notlandung auf dem Acker notwendig geworden. Sie rasten an schwarzen Landarbeitern vorbei, die sich die Ohren zuhielten. Fünfzig Meter vom Flugzeug entfernt musste der Lärm höllisch sein. Nach diesem Flugzeug würden die Bauern ihr Land weiter bestellen. Mit Holzpflügen wie ihre Väter, aber wohl nicht mehr ihre Kinder. Der Kontrast konnte nicht stärker sein...

Nein, der Pilot hatte keine Notlandung gemacht, er war auch nicht auf den Acker ausgewichen. Das war die Piste. "Mutter Erde, du hast uns wieder..."

Leider war ans Aussteigen nicht zu denken. Der kleine Revolver in der sicheren Hand setzte auch der Bewegungsfreiheit des Piloten Grenzen. Was wäre jetzt unter anderen Umständen angesagt gewesen! Safari-Urlaub in Kenia, ein Traum für alle Billigreisenden mit ihren gezückten Videokameras, mit dem Blick für die Wirklichkeit durchs Schwarzweißokular. Ein Traum für alle Kleinhändler, die am Straßenrand einen Kaufhaussaum aufgestellt hatten, ein Alptraum für die kommenden Generationen dieses Landes, die sich mit dem Reisemüll herumschlagen muss, wenn sie nicht an der modernen Reisekrankheit ausstirbt. Aids gibt es auch im Mutterbecken der Menschheit. Aber dies war kein Urlaub, dies war eine Entführung, und nun begann die heiße Phase Teil III. Mit wem könnte der Entführer hier reden? Wären Vertreter Deutschlands dabei? Wie sähe das Verhandlungsangebot der Bundesregierung aus? Käme er mit der afrikanischen Mentalität zurecht? Hätte Berlin den Trittbrettfahrern in Nairobi etwas anzubieten?

Auf dem Flughafen war die Hölle los. Die herrliche Betriebsamkeit, die sonst hier immer herrschte, hatte an Herrlichkeit zugenommen. Korrespondenten aus der Stadt hatten sich eingefunden. Natürlich kamen sie ab und an hierher, wenn ein Staatsgast eintraf. Der ritualisierte Bombast war aber schon lange nicht mehr interessant. Jetzt hatte sich die Sache geändert. Kaperung eines Passagierflugzeugs? Das war eine Story nach ihrem Geschmack. Die Kollegen in London würden sie beneiden; da wäre mancher gerne in die Bonaparte eingestiegen, um livehaftig dabei zu sein. Aber Fortunas Füllhorn ist unberechenbar.

Kameras waren aufgebaut. Kommentatoren standen Mikrophon bei Fuß. Fotoapparate waren in Anschlag gebracht. Das Netz war überlastet. Reuter und ap würden was rüber bringen. Bei anderen musste sich bisherige Vorarbeit in Beziehungskisten auszahlen. Den Notgroschen musste man opfern oder auch ein wenig mehr. Der

Ellenbogen dienste als Kampfinstrument oder schlussendlich hat der Letzte eben auch die allerneuesten Informationen - wenngleich mit etwas weniger Brisanz im Vergleich zu den ersten. Aber erstmal: Hauptsache, dabei.

Das sahen auch die Verhandlungsvertreter so. Der Botschafter war persönlich erschienen. Pflichtbewusst, wie man Diplomaten kennt. Nur misstrauische Menschen oder gute Menschenkenner würden behaupten, dass er lediglich das Interesse der Weltöffentlichkeit nicht an sich vorbeigehen lassen wollte. Im Übrigen erwartete man ein Flugzeug aus London via Frankfurt in einer halben Stunde, mit einem Vertreter der Bundesregierung und der Fluggesellschaft. Dann müsste er ohnedies ins zweite Glied zurücktreten.

In der ersten halben Stunde geschah wenig. Neuberg, dem die Bedrohung vor Augen stand, hielt Funkkontakt. Er schloss die Landung formal ab. Die Maschine konnte schließlich nicht auf der Rollbahn stehen bleiben. Neuberg steuerte sie auf Anweisung des Towers in die Nähe der Hangars. Der Abstand zu den Gebäuden musste groß genug sein, um das ganze Gelände im Blick zu haben. Boris wollte kein Risiko eingehen. Auch sonst war niemand in der Maschine, der an einem zusätzlichen Nervenkitzel Interesse gehabt hätte. Der Schreck in Heathrow hatte allen Beteiligten gereicht. Entsprechend wurden die Reporter auf Abstand gehalten.

Freilich mussten die Parteien erst mal die Kompetenzen abklären.

Neuberg wandte sich äußerlich ruhig an Boris: "Wir sollten uns informieren lassen, wer die Verhandlungspartner sind."

Boris, der andere Gründe für seine innere Unruhe hatte, sah dies auch so. Mit leicht angespannter Miene erklärte er: "Ich will keine zweite Garnitur. Wer redet, soll auch entscheiden. Die Bedingungen sind klar. Sie hatten Zeit genug, alles in die Wege zu leiten."

Neuberg sah sich in zwei Rollen: bedroht durch Boris und zugleich dessen Partner auf Zeit, solange die Waffe auf ihn gerichtet war.

Er nickte zustimmend und sprach in sein Mikrophon: "Hier ist Flugkapitän Neuberg. Wir sollten die Angelegenheit beschleunigen. Wer führt redet und entscheidet?"

Drüben wollte natürlich jeder mitreden. Alle stellten ihre Kompetenz unter Beweis. Es glich Turmbau zu Babel und dessen Ausgang. Wer Afrika kennt, weiß, dass es an fachkundigen Menschen nie mangelt. Die verbale Bewältigung von Problemen ist eine der Lieblingsbeschäftigungen auf dem schwarzen Kontinent. Das gilt auch für internationale Vereinbarungen. Umsetzung und Geradestehen für die Ergebnisse sind eine ganz andere Sache. Aber das ist wohl kein typisch afrikanisches Phänomen.

Im Ver- und Beantwortungsgerangel setzte sich der Sprecher der Botschaft durch. Er brachte wenigstens nicht die kenianischen Hierarchien durcheinander. Außerdem konnte man ihm Fehler folgenlos anlasten, mangelnde Zuständigkeit ankreiden und auf die Effizienz der eigenen leider nicht berücksichtigten Vorschläge hinweisen.

Neuberg hörte also eine vertraute Sprache, als sein Gegenüber sich meldete: "Wir haben von unserer Regierung die Vollmacht, mit Ihnen zu verhandeln. Die Bedingungen erscheinen der Bundesregierung unangemessen. Das Leben der Passagiere hat oberste Priorität. Aber der Entführer muss seine Forderungen doch auf ein realistisches Maß bringen. Mit einem angemessenen Angebot können wir die Zustimmung der Regierungen einholen."

Neuberg spürte Ärger in sich hochsteigen und bemerkte, wie Boris unruhig wurde; eine tiefe Furche zeichnete sich auf seiner Stirne ab, die Hand umklammerte den Revolver stärker. Aggression war das letzte, was sie jetzt brauchen konnten. Arrogante Diplomatenschnösel waren für eine so delikate Angelegenheit einfach unbrauchbar.

Neuberg sah die Waffe, die über sein Leben entscheiden konnte und wählte für seine Reaktion keine Diplomatensprache, sondern artikulierte klar seine Interessen zu: "Was zum Teufel soll das heißen? In London wurde uns eindeutig zugesichert, dass alle Bedingungen erfüllt werden. Jetzt macht ihr Sperenzchen? Wir sind hier in keinem Botschaftskaffeekränzchen. Wollt ihr Kabinettssitzungen abhalten, während wir hier schmoren?"

Der Botschaftssprecher war indigniert. Ein solcher Ton war in seinen Kreisen nicht üblich; zumindest in der Öffentlichkeit nicht. Da galt es, Form zu bewahren. Die Form ist entscheidend im öffentlichen Leben, doch das wusste dieser Prolet von Pilot natürlich nicht. Selbstverständlich behielt er gerade in dieser Situation die Form; das Ganze könnte man noch nachtarocken, wenn die Öffentlichkeit wieder woandershin blickte. "Beide Regierungen haben einen Krisenstab einberufen. Da werden Entscheidungen rasch und unbürokratisch gefällt. Wir haben alle ein Interesse an einer baldigen und friedlichen Lösung."

„Unbürokratisch? Ist das eine Drohung?" Nein, das sagte der Kapitän nicht. So ein Botschaftsparvenü hat das Urteil der Öffentlichkeit und die eigene Karriere im Blick.

Neuberg sagte ganz gegen seine Empfindungen: "Ich habe verstanden. Der Entführer, Herr Boris hat seine Bedingungen genannt. Wo liegt die Schwierigkeit, sie zu erfüllen?"

Jetzt begannen Diplomatenspielchen, Spielchen mit seinem Leben! Seinem Leben und der Karriere dieses Schnösels! O, wie er das hasste. Boris offenbar auch. Er ließ Neuberg keine Antwort abwarten. Während er die Waffe keineswegs immer ruhig hielt, diktierte er dem Kapitän in Kurzform: "Das Geld, ein vollgetanktes Auto, freies Geleit. Wann sind Sie so weit?"

Diese prägnanten Worte waren für die andere Seite voll verständlich. Trotzdem antwortete der Botschaftsangehörige nicht mit einer klaren Zusage, sondern wand sich in diplomatischen Pirouetten: "Wir versuchen unser Bestes. Natürlich hat weder die Botschaft noch die kenianischen Regierung so viel Bargeld bereit. Das dauert seine Zeit, selbst für Regierungen. Immerhin können wir bis zwölf Uhr etwa achthunderttausend Dollar bereitstellen."

Boris war ohnedies schon geladen, jetzt aber lief er rot an. "Achthunderttausend?" schrie er in Richtung Mikrophon. "Sind Sie verrückt! Ich weiß doch, wie das läuft: zwei Millionen kriegen sie locker, und den Rest schaffen Sie auch noch her. Plus tausend Dollar in heimischer Währung! Zahlbar high noon! Sonst beginnt der Showdown. Sie kennen doch die Szene, oder? Das hier ist kein Film!" Er machte eine kurze Pause und reif dann: „Aber eure Presse wird es zum Film machen! Das kann dann jeder im Internet sehen!"

Im Cockpit war es totenstill, als der Ausbruch verhallt war. Auch von drüben hörte man nichts. Offenbar konnte der Sprecher bei aller Beredsamkeit nicht spontan reagieren. Mit dem weltweiten Publikum hatte er nicht gerechnet.

Erst nach einigen nervenaufreibenden Minuten meldete sich der Diplomat wieder. Er sprach nicht direkt zum Entführer, sondern wandte sich an den Flugkapitän: "Hallo Bonaparte. Wir setzen natürlich alle Hebel in Bewegung und lassen nichts unversucht..."

Neuberg lachte höhnisch, bei abgeschaltetem Mikro, versteht sich; aber die Blicke, die sich die Crew zuwarf und die Mimik des Erpressers sprachen eine ähnliche Sprache. Das Misstrauen solchen Personen gegenüber steigt offenbar mit deren Position; dafür wird es eine Menge Gründe geben, von denen jeder einzeln und ausführlich widerlegt würde; nur das Gefühl: Die verarschen uns doch, lässt sich mit langatmigen, fein gedrechselten Erklärungen nicht besänftigen.

Der Diplomat ahnte nichts von dem Hohn und der Ungläubigkeit, die seiner Aufrichtigkeit entgegengebracht wurden und deutete eine gewisse Nachgiebigkeit an: "Das ist hier in dieser Kürze völlig unrealisierbar. Wir versuchen, was wir können. Doch wir brauchen Zeit. Wir könnten uns vorstellen, bis etwa ein Uhr die vom Entführer genannte Summe zusammenzubekommen. Wir haben hochgerechnet: knapp eineinhalb Millionen wären äußerstenfalls flüssig zu machen. Es würde aber eben eine Stunde länger dauern..."

Die geschäftsmäßig engagierte und einnehmende Stimme sprach der Situation Hohn. Boris lachte herb und traf sicher den richtigen Ton:

"Sag dem Arschloch: In einer halben Stunde drei Millionen, oder ein Passagier weniger und die Summe steigt." Neuberg atmete tief durch. Dann gab er es weiter, leicht gefiltert. Aber das Mikrophon hatte er schon vorher eingeschaltet.

Der Botschaftssprecher hatte den rüden Ton mitbekommen. Er fasste ihn zu Recht als Drohung auf. Eine Drohung, der mit diplomatischen Mitteln nicht zu begegnen war. Was sollte er nun tun? Seine Stimme klang - o, wie ihn das ärgerte - piepsig und unsicher.

"Das geht nicht. Das schaffen wir nie. Zwei Millionen sind das äußerste. Selbst da müssten wir den letzten Pfennig zusammenkratzen..."

Boris rief so laut, dass Neuberg sich fragte, ob er ihm nicht gleich das Mikrophon geben sollte. Da blieb nichts mehr übrig, um es weiterzusagen: „Es geht hier nicht um Pfennige, Herr Plappermaul. Wir sind im 21. Jahrhundert. Ich will amerikanische Währung. US-Dollar. Ihre Cents können Sie sich sonst wohin stecken. Im Übrigen bleibt es bei der Zeit. Wir sind hier nicht auf dem Basar."

Dann wandte er sich an den Copiloten und brüllte ihn an: "Mach das Fenster auf!" Erschrocken befolgte der Mann den Befehl. Blitzschnell hob der Entführer seine Waffe. Ein Schuss ertönte. Danach war es totenstill.

Dann schrie der Pirat in Richtung auf das Mikrophon: "Das ist meine Sprache! Das ist meine Uhr! Habt ihr das verstanden?"

In der Zentrale wurde es hektisch. Ein Schuss? Was war passiert? Die Blicke richteten sich auf den Diplomaten, der in der fremden Sprache die Verhandlung geführt hatte. Er war zusammengezuckt, nun zuckte er mit den Schultern.

"Der Entführer hat einen Warnschuss abgegeben: Keine Verhandlungen. Die Forderungen sollen diskussionslos erfüllt werden."

Damit löste er eine Menge Diskussionen aus. Drüben bei der Presse waren alle hellwach. Ihr Blicke und Kameras richteten sich starr auf das Flugzeug. Ein Schuss? Da tat sich was. Im Cockpit? Hatte es den

Piloten getroffen? Hatte der Entführer seine Drohung ernstgemacht? Jederzeit konnte etwas passieren. Handys wurden gezückt. Liveschaltungen. Doch das Netz war immer noch überlastet. Zugleich tat sich etwas anderes: Der Lärm eines Flugzeuges. Eine zweite Maschine kam in Sicht, dicht über der Rollbahn. Sie setzte zur Landung an. Die Räder waren ausgefahren. Der Pilot machte die übliche Ackerlandung. Ein Linienflug? Jetzt? Nein.

Die Landung verfolgte man auch aus der gekaperten Maschine heraus. Die Passagiere schauten neidisch. Den Schuss hatten sie offenbar nicht gehört: Die da drüben erleben jetzt was und sind in Sicherheit. Aber wir?

Zum Glück war in der Passagierkabine weder vom Schuss noch etwas von dem würdelosen Feilschen gedrungen, das Boris zurecht an einen afrikanischen Basar erinnerte. Nur ging es um Menschenleben statt um Bananen und Orangen. Ob der Unterschied allen Beteiligten klar war, musste man nach dem letzten Wortwechsel bezweifeln.

Die Fluggäste hatten sich auf eine längere Verhandlungsdauer eingestellt. Erfahrungen mit einer solchen Situation hatte keiner. Aber man wusste aus Presseberichten, wie lange sich so etwas hinziehen kann. Die Stewardessen servierten immer wieder Kleinigkeiten für das leibliche Wohl, eine Aufmerksamkeit der Crew, und die Passagiere versicherten sich gegenseitig mit recht gleichlautenden, inhaltslosen Argumenten, dass alles ein gutes Ende nehmen würde und sie dann sicher einen entspannten Urlaubstag mitten in Afrika erleben würden. Man wollte eine Entschädigung für die Aufregung.

Das Lösegeld konnte kein Problem sein. Am Materiellen konnte die Befreiung nicht scheitern; das wäre anders gewesen, wenn der Entführer versucht hätte, einen politischen Häftling freizupressen. Da gab es üble Geschichten. Irgendjemand bemühte immer die Frage, ob eine Regierung erpressbar sein dürfe. Natürlich nicht! Härte zeigen, Standhalten, oder welche Parole welcher Falke auch ausgab. Aber bei der Entführung der Bonaparte ging es nur um Geld. Das möchte jeder haben, und der Staat ist sowieso hochverschuldet - was an allem

Möglichen, aber bestimmt nicht an der gegenwärtigen Regierung liegt! Doch Leben aus Gründen der Sparsamkeit zu opfern, als Aktivposten des Haushaltsplanes? Zumindest würde das niemand so offensichtlich wagen wie in dieser Situation, nicht nur aus humanitären Gründen.

Das soeben gelandete Flugzeug rollte in Sichtweite aus. Es schienen nicht viele Passagiere an Bord. Die kleine Gruppe wurde sofort von Militärfahrzeugen abgeholt. In der außerplanmäßigen Maschine befand sich ein deutscher Regierungsangehöriger. Ein Vertreter der Luftfahrtgesellschaft begleitete ihn. Man brachte sie in die Zentrale, wo sie kurz informiert wurden. Wie während des Fluges vereinbart überließ Rötsch dem anderen die Verhandlungen, während Kerling sich bei der Pressekonferenz zurückhalten würde. Jeder spielte die erste Geige auf dem Terrain, das ihm am besten lag.

Kerling spielte seinen Part hervorragend. Er gewann durch seine offene und direkte Art Boden zurück, den der Botschaftsschnösel verloren hatte. Das Geld war wirklich ein Problem. Andererseits ließ er ein geeignetes Fluchtauto organisieren und erhielt binnen kurzem vom Einsatzleiter der Polizei, also der staatlichen Hoheitstruppe die Zusage freien Geleites. Heldentum profilierungssüchtiger Frontleute musste man freilich immer einkalkulieren.

Boris ging die Sache ruhiger an. Kerlings Verhalten zeigte ihm, dass er nicht verschaukelt wurde. Neubergs Nerven waren nahezu in Normalform, der Adrenalinspiegel auf das übliche Maß gesunken.

Es war Kerlings Verdienst, dass er dem Luftpiraten schon nach kurzer Zeit mitteilen konnte, dass eine zwar etwas niedrigere Summe ausgehändigt würde, dafür in Kürze.

Das Fluchtauto wurde ins Flughafenareal gebracht - zur Freude der Presse, die endlich andere Motive ablichten konnte. Als es in Boris Blickfeld kam, akzeptierte er es sofort: "In Ordnung. Der Wagen ist voll aufgetankt?"

Kerling bestätigte die Anfrage. Boris ging die kurze Checkliste durch:

"Das Geld liegt in einer Aktentasche auf dem Rücksitz?"

"Ja."

"Die Polizei lässt mich unbehelligt durch und verfolgt mich auch nicht?"

"Ich habe das mit dem hiesigen Polizeichef so vereinbart; diese Vereinbarung gilt zwei Stunden ab Verlassen des Geländes."

Boris dachte kurz nach; eine Einschränkung hatte er zwar nicht erwogen. Aber er musste ohnedies damit rechnen, dass sein freies Geleit nur kurze Zeit galt. Erpresste Rechte sind nicht einklagbar. Hier hatte Kerling sogar ein Stück Arbeit für ihn übernommen. Das machte ihn noch vertrauenswürdiger. Nun konnte er die Modalitäten seines Abzuges im Einzelnen klären.

"Wir können jetzt mit der letzten Phase beginnen. Das Auto kommt. Die Tasche kommt ins Cockpit, wird von einem Crewmitglied geöffnet und dann von mir untersucht. Wenn alles in Ordnung ist, soll der Fahrer zum Gebäude zurücklaufen. Ich übernehme das Fahrzeug und behalte den Piloten zur Sicherheit bei mir. Dann öffnen Sie die Tore und wir fahren aus dem Gelände. Der Pilot wird steuern und ich habe den Revolver in allernächster Nähe auf ihn gerichtet. Also keine Sperenzchen."

"Halt!" Kerling hatte eine Korrektur anzubringen. Das war schwierig, das wusste er. Aber er war es seiner Position schuldig, sich selbst für seine Mitarbeiter einzusetzen.

"An dieser Stelle möchte ich eine Änderung vereinbaren. In Frankfurt sagte mir Christian, dass Sie..."

Boris unterbrach ihn: "Christian? Sie haben zu Krug Kontakt? Woher weiß er, dass ich hier bin?"

Kerling war irritiert. Wer war Christian Krug? Ein Komplize? Ein Gegner? Sollte er den Faden aufgreifen? Konnte das hilfreich sein? Er entschloss sich für den kürzesten Weg. Sie mussten hier vor Ort zurande kommen. Den Namen konnte man sich ja merken.

"Sie haben mich falsch verstanden. Ich meinte unseren Mann in Frankfurt, Christian Kreuzer. Er hat schon in Frankfurt mit Ihnen verhandelt. Wir gingen davon aus, dass Sie alle Geiseln freilassen würden, inklusive Crew."

Boris lachte herb: "Glauben Sie, ich spinne? Ich mach doch nicht so eine Action, um dann freiwillig in die Falle zu gehen. Nein, eine Geisel brauche ich schon noch, um mit Sicherheit rauszukommen. Sie wissen, dass ich ein fairer Partner bin. Der Geisel passiert nichts, wenn mir nichts passiert. Ich lasse ihn dann nach Ihren zwei Stunden frei."

Kerling überlegte noch einmal kurz, dann aber stand er zu seiner Verantwortung: "Ich möchte nach Möglichkeit meine Mitarbeiter nicht einer solchen Gefahr aussetzen, wenn es zu vermeiden ist. Wären Sie bereit, **mich** an der Stelle des Piloten zu nehmen?"

Ein stellvertretendes Opfer? Ein Christus des einundzwanzigsten Jahrhunderts? Bestimmt nicht. Aber Kerling war ein Mann mit Prinzipien. Er verstand es, sich beruflich durchzusetzen, aber er hatte seine Grundsätze, und die waren ihm so wichtig wie sein Einkommen. Er wollte zu sich stehen können; das bedeutet Leben für ihn. Und in diesem Fall hieß sein Grundsatz: Für deine Untergebenen stehst du ein.

Boris überlegte: Könnte das eine Falle sein? O.K., der Mann klang vertrauenswürdig, aber man konnte sich auch täuschen. Er hatte sich schon manchmal in Menschen getäuscht. Hawlik fiel darunter, und der noble Herr von W... Andererseits: Kerling war nicht irgendjemand. Er hatte eine hohe Position. Der würde nicht so schnell geopfert werden. Er war kein Polizist. Von ihm war nicht unbedingt etwas zu befürchten. Wahrscheinlich traute er ihm.

Dann war es ein kalkuliertes Risiko. Das konnte Kerling mit den anderen abgesprochen haben. Damit war er relativ sicher. Boris entschloss sich, das Angebot anzunehmen. Es würde sicherlich den Fortgang beschleunigen.

"In Ordnung", antwortete er und konnte Kerlings bedrückte Erleichterung nicht wahrnehmen, "Ich lasse mich auf den Tausch ein. Aber keine Ferkeleien, klar?! Sie fahren das Auto selber her und bleiben am Steuer. Ich komme mit dem Piloten runter, und sobald ich neben Ihnen sitze, kann er gehen."

Er hörte Neubergs unterdrücktes Aufatmen. "Ihr Mann scheint ziemlich erleichtert!" Boris lachte hart, aber verständnisvoll. "Sie können kommen."

Bald bewegte sich etwas am Auto drüben. Die Presse richtete ihre volle Aufmerksamkeit und ihre Objektive auf den Herrn im Anzug, der sich nun ans Steuer setzte und eine Aktentasche auf den Beifahrersitz legte. Dann fuhr der Wagen zum Flugzeug. Die Übergabe erfolgte rasch. Der Inhalt der Tasche hielt Boris Prüfung stand. Neuberg und der Entführer verließen die Maschine. Boris deckte sich mit dem Kapitän ab, stieg ins Auto ein, schloss die Tür und ließ einen total erschöpften, aber unheimlich erleichterten Piloten zurück. Neuberg fühlte sich wie neugeboren und hätte sich am liebsten gleich ins Bett gelegt, um einfach nur auszuspannen. Er setzte sich auf die unterste Stufe der Gangway, nahm den Kopf in die Hände und...

Wahrscheinlich weinte er. Lass nur die Anspannung aus dir raus, Junge, sagte ihm eine innere Stimme, und sie hatte recht. Der Wagen fuhr auf das Gate zu. Es öffnete sich. Die Kameras hielten jeden Meter fest, die Journalisten prägten sich jede Bewegung ein. Das gäbe einen Höhepunkt ihrer Reportage. Action braucht man eben auch einmal. Für Kerling war die Aktion alles andere als prickelnd. Zum ersten Mal sah er den Entführer. Er entsprach nicht dem Bild, das er sich von ihm gemacht hatte. Ein Mann um die Vierzig, wie ein ehrlicher Familienvater, vielleicht Inhaber eines mittleren Handwerksbetriebes, mit wechselnden Stimmungen. Wenn niemand Mist baute und den Helden spielen wollte, würde die Sache für ihn glimpflich ausgehen, dachte Kerling. Die Sache mit dem Geld war nicht seine Sorge. Das Entscheidende war passiert: Die Geiseln und die Crew waren frei. Er freute sich ehrlich für sie, und hatte das Gefühl: Es hat sich gelohnt, dass du dich eingesetzt hast. Das war es wert.

Freilich war die Sache noch nicht ausgestanden. Er kannte die Ziele des Entführers nicht. Die Forderungen waren erfüllt, aber was er ausgerechnet in Kenia machen wollte, verstand Kerling nicht. "Ich glaube, das Gröbste ist überstanden", sagte er mit einem Blick nach rechts. "Was soll ich nun tun? Kennen Sie sich hier aus?" Nein, Boris kannte sich hier auch nicht aus. Zumindest nicht besonders gut. Er war schon einmal hier gewesen, vor nicht allzu langer Zeit. Eine grobe Orientierung von der unübersichtlichen Stadt konnte er sich damals verschaffen. Mit einem Händler hatte er einen Deal vereinbart: Nach einigen Kilometern wartete ein Fahrzeug zum Wechseln.

Damit würden die Verfolger nicht rechnen; und wenn, wüssten sie nicht, was er täte. Er wirkte wie irgendein Tourist, und sie konnten nicht alle Touristen abfangen. Mit dem Jeep, in den sie umsteigen würden, käme er sicherlich gut bis zur nächsten Grenze. Solange müsste Kerling noch mitspielen. Dann würde er ihn irgendwo auf der Piste freilassen; nach ein paar Stunden fände ihn sicher jemand, und bis dahin hätte er die grüne Grenze überwunden. Er wusste schon, wo. Sein Timing war perfekt. Selbst wenn sie sein Ziel ahnen würden, könnten sie ihn nicht finden. Er würde Kerling zum Schein einweihen. Es war oft hilfreich, falsche Fährten zu legen.

"Also, um es kurz zu machen: Wir wechseln den Wagen. Das ist vorbereitet. Dann geht es nach Uganda. Ich habe versprochen, Sie freizulassen. Das dauert noch ein wenig, bis wir in die richtige Richtung weit genug gefahren sind; dann dürfen Sie eine Safari zu Fuß machen, und währenddessen nutze ich die Vorteile des Autos kombiniert mit ein wenig Devisen, um die Grenze zu passieren. In Uganda kriegt mich keiner mehr. Das wissen Sie auch. Also, alles paletti? Nehmen Sie die Straße hier nach Nordwesten ins Zentrum. Das Zentrum ist der Inbegriff von Chaos. Dort bleibt uns keiner auf den Fersen..."

Wunderbar. Endlich in Afrika. An der Wiege der Menschheit. Nur diese dummen Diplomaten, die schießen doch immer quer, richtige

Querscheißer. Alles nur für die Karriere. Naja, ein anständiger Mensch wird sowieso nicht Diplomat. Dafür sorgen schon die Diplomaten. Hab ich nicht Recht? Ich habe Recht. Besser gemeinsame Vorurteile als überhaupt keine Feinde.

Und jetzt kommt noch die Safari dazu. Endlich mal Aug in Auge mit dem Leuen, und hier und da ein paar malerische Eingeborene mit der unverfälschten Gastfreundschaft. Dass wir keine Handykamera dabei haben, ist irgendwie schon schade.

21 Ein Chef ist skeptisch

Fury war stolz auf sich. Er hatte den Job allein gemacht. Diesmal gab es nicht einmal Herbie als Zeugen. Diesmal gäbe es keine Auffälligkeiten. Der unangenehme Typ war ausgelöscht. Der Einzige, der Krugs Informationen mitbekommen hatte, hatte die ewige Ruhe gefunden. Ewige Ruhe ist ewiges Schweigen. Und die besten Zeugen sind immer noch die Toten. Aus Furys Sicht zumindest verhielt es sich so.

In der freien Wirtschaft hätte er mit einem Bonus oder Beförderung rechnen können. Leider war er nicht gewerkschaftlich organisiert und innerhalb ihres Betriebes herrschten andere Gepflogenheiten als in den üblichen Firmen. Er hatte weder einen Arbeitskontrakt noch eine angemessene Altersversorgung. Was die Lohnfortzahlung im Krankheitsfall betraf, war er wie ein Selbständiger eingestuft. Your win, your risk. Freilich machte er sich um seinen Lebensabend wenig Sorgen. Das war bei seiner Tätigkeit auch nicht sonderlich sinnvoll. Jetzt handeln, jetzt kassieren, jetzt ausgeben, war seine Philosophie, und wenn er sich damit auch an keiner geisteswissenschaftlichen Fakultät habilitieren konnte, effektiv war sie allemal.

Natürlich hätte Fury seine Gedanken niemals so formuliert. Er besaß das, was die Sprachforscher einen restringierten Code nennen. Man könnte es treffend als Comic-Sprache umschreiben. Nein, Fury hätte es nie so formuliert, aber Dr. Hawlik . Der war ein gebildeter Mann, zumindest, was sein Wissen betraf; die Bildung seiner Moral war irgendwo unterbrochen worden und hatte sich dann völlig atypisch für die menschliche Spezies weiterentwickelt. Überlassen wir es den Psychologen, dafür Erklärungen zu finden. Seine Opfer brauchten keine Erklärungen mehr, und auf seine Verfolger wirkten psychologische Deutungsmuster wie unangebrachte Entschuldigungen. Er war ein erwachsener, zurechnungsfähiger Mann. Für seine Taten sollte er sich verantworten, und für seine Befehle ebenfalls.

Das hatte er gar nicht im Sinne. Verantworten sollte sich jemand ganz anderes, nämlich Fury, der den letzten Befehl ausgeführt hatte. Diesmal fluchte Hawlik nicht "Bin ich denn von lauter Idioten umgeben?", sondern wusste es ganz präzise: "Fury ist ein Idiot. Ein guter Killer, aber ein Idiot."

Saskia blickte ihn zwar nicht befremdet an, dazu kannte sie ihn zu gut, aber immerhin fragend. Seine Verärgerung musste einen triftigen Grund haben. Der war nicht in Furys Allgemeinbildung oder Geisteszustand zu suchen, sondern in dessen Taten.

"Was ist los, Chef. Hat er Mist gebaut?" Auch ihre Sprache hätte gepflegter sein können. Aber sie blieb wenigstens verständlich.

"Und ob er Mist gebaut hat! Weißt du, wen ich ausschalten wollte?"

Natürlich, Saskia hatte es ja mitgeplant: "Aber über Sebastians Beseitigung waren wir uns einig. Hat er es nicht geschafft? Ein Profi wie macht keine Fehler, hinterlässt keine Spuren. Ich kenne ihn doch, der hinterlässt eher zu wenige als zu viele Spuren..."

"Profi, dass ich nicht lache!" Hawlik lachte wirklich. Es klang wie Joe Cocker, der sich an einem Pfefferstreuer vergriffen hat. "Profi! So nennen sich diese Versager alle. Gibt es da eine Prüfung? Kriegt man einen Meisterbrief, ein Zertifikat? Hat Fury Referenzen vorgelegt, als er sich um seine Vertrauensstelle bewarb? Profi! Der hat einen Pfusch geliefert, wie er nicht schlimmer sein könnte..."

Saskia schaute ihn irritiert an. Hawlik drückte sich zwar drastisch aus, aber seine Wut zeigte ihr, dass er nicht übertrieb. Natürlich, Fehler sind menschlich, man muss sie in gewisser Weise einkalkulieren. Aber wenn er sich derart aufregte, musste Fury einen kapitalen Bock geschossen haben. Doch bevor sie unnötig Zeit vertrödelte, fragte sie lieber in ihrer charmant direkten Art: "Was ist los? Willst du ein Quiz veranstalten oder warum rückst du nicht gleich mit der ganzen Geschichte raus?"

"Weil ich so wütend bin!"

"Das häuft sich aber in letzter Zeit, Chef."

"Ja, und die Fehlleistungen meiner Mitarbeiter häufen sich auch!!! (Seine Ausrufezeichen stapelten sich.) Das kann ich mir einfach nicht leisten. - Also, pass auf..."

Und Saskia passte auf. Und auch Saskia war der Meinung, dass so eine Dummheit polizeilich verboten gehört; da aber der Polizei nicht so viel zuzutrauen ist, muss man eben selbst für die Einhaltung gewisser Intelligenzgrenzen sorgen. Oder mit Darwin: Entwicklung ist Auslese durch Mutation und Selektion. Mutieren konnte Fury nicht mehr. Der war dumm und würde dumm bleiben. Allerdings nicht mehr lange. Denn nun müsste die Selektion greifen; die letzte Lektion, die ihm erteilt würde. Hätte er nur damals in Biologie besser aufgepasst. Aber er beschäftigte sich lieber mit den Reaktion von Käfern auf die Erfahrung ausgerissener Beine oder der Reaktion von Kätzchen, wenn sie mit einem Stein am Halsband auf Tauchstation gingen. Er war eben ein Praktiker und Gefühlsmensch. Oder sind sadistische Gefühle etwa keine Gefühle? Sogar auf beiden Seiten. Hahaha! Seine Seite war immer die richtige gewesen. Bisher.

Saskia überlegte nüchtern, dass Hawlik einen Mitarbeiter, der zweimal so unzuverlässig gearbeitet hatte, nicht länger mittragen würde. Ein entlassener Mitarbeiter bleibt ein Sicherheitsrisiko. Gerade wenn er die heiklen Aufträge zu erledigen hatte, konnte er sich in den Kopf setzen, seinen alten Arbeitgeber zu erledigen; und zwar auf eine relative legale Art: ans Messer der Polizei liefern. Es gibt Situationen, da bist du als Informant gut dran. Wenn die Polizei etwas von dir will, ist es gut, wenn du ihr auch was geben kannst. Es kann auch mal was anderes sein, als sie eigentlich von dir wollen...

Hawlik seufzte: "Diese völlig überflüssige Arbeit hasse ich. Als ob es nicht schwierig genug wäre, den Stoff über all diese komplizierten Grenzen zu bringen. Da musst du Geld locker machen, da musst du mit Drohungen locken... jetzt auch noch Versager in der eigenen Mannschaft. Von Pavel ganz abgesehen, da kann auch noch was auf uns zu kommen."

Dieses Problem wollte Saskia vorerst ausklammern. Ihr reichte das naheliegende. "Das wird nicht einfach, Chef. Wir müssen Sebastian aus dem Weg schaffen, nachdem es Fury nicht geschafft hat, und Fury darf nicht zum Sänger werden können. Im Klartext: Wir brauchen über kurz oder lang einen neuen Mann. Woher nehmen und nicht stehlen... Nicht, dass ich moralische Vorbehalte gegen Stehlen hätte, aber wir brauchen einen qualifizierten und zuverlässigen Mann."

"Das lass mal Herbies Problem sein. Der kennt sich in der Szene aus. In der letzten Zeit ist das Reservoir größer geworden. Durch die Grenzöffnung sind ein paar andere Grenzen geöffnet worden. Bekanntlich birgt der Konkurrenzdruck Chancen für Arbeitgeber. Nein, erst muss Fury ausbezahlt werden (Hawlik lächelte über die gelungene Formulierung; diabolisch, würde ein Schauspieler sagen) und dann muss Herbie ran. Wir können bei Sebastian nicht mehr lange warten. Der überflüssige Mord hat die Polizei geweckt.

Er ist der einzige, der weiß, worum es geht. Wenn er es nur noch nicht verquatscht hat. Aber ich glaube es nicht. Zu den Bullen hat er seit seiner linken Jugend eine gestörte Beziehung. Auch wenn er eigentlich die Politiker verantwortlich machte; aber vor Augen stehen dann doch die Armeen der Freunde und Helfer... Am liebsten wäre es mir, du würdest den Job übernehmen. Du kennst ihn, du kommst am unauffälligsten an ihn ran, und es gäbe keinen weiteren Mitwisser. Diesmal muss die Sache totsicher sein. Du darfst dieses Wort wörtlich nehmen!"

Saskia ärgerte sich. Jetzt war sie doch in der Defensive. Sie wollte sich einfach nicht kompromittieren. Das hatte sie mit ihrem Chef gemeinsam. Wie aber lässt sich das formulieren?

"O.K., Chef, ich mach mich an ihn ran. Das wird schwierig sein. So, wie ich ihn habe abblitzen lassen, sind einige Hürden zu überwinden. Außerdem könnte er misstrauisch sein. Er weiß von Christian und mir. Er stand der Sache von Anfang kritisch gegenüber. Er spürte, dass wir nicht zueinander passen, und bei der Harmlosigkeit von Christian musste er eine Hinterhältigkeit meinerseits vermuten. Damit lag er auch nicht schief."

Hawlik gestand die Schwierigkeiten zu. "Da lässt sich sicher regeln. Aber du brauchst Zeit. Ein Strip reicht da nicht."

Er hätte sich ohrfeigen können. Jetzt war er einen Schritt zu weit gegangen. Er hatte eine unausgesprochene Vereinbarung gebrochen. Er hatte eine unsichtbare, aber festgezogene Grenze übertreten. Saskia funkelte ihn an, mit tödlichen Blicken.

"Ihre schmutzigen Phantasien können Sie bei Ihren Flittchen ausleben. Mich lassen Sie damit in Ruhe. Verstanden?!"

Natürlich, Hawlik hatte verstanden. Sie hätte gar nicht da sein müssen, sie hätte gar nichts sagen müssen, er wusste es schon während des Redens, dass er einen riesigen Fehler machte. Wenn er nur nicht dafür bluten musste. Er kannte sie. An irgendeiner Stelle würde er sich einmal als schwach erweisen. Dann würde sie sich rächen; und wäre es nur, dass sie mit zuckersüßem Lächeln Salz auf irgendeine offene Wunde streute und sagte: Da sind viele Nährstoffe drin; und was brennt, desinfiziert.

Was war bloß los?! Die Mitarbeiter machten Fehler; nun machte er selbst einen Fehler. Der Wurm war drin zurzeit. Es wurde Zeit, diesen Wurm zu erledigen.

"Lassen wir das", sagte er beruhigend. "Es tut mir wirklich leid. Es war eine unbedachte und dumme Äußerung. Aber wir sollten uns dadurch nicht von dem ablenken lassen, was unter den Nägeln brennt. Ich werde Herbie instruieren, und du kannst schauen, wie wir an Sebastian rankommen. Lass dir die Zeit, die du brauchst. Aber du weißt, sobald die Polizei im Spiel ist, wird unser Spielraum enger. Die Zeit wird knapp."

Natürlich hatte sich Saskia wieder beruhigt. Wenn sie derart von ihren Emotionen abhängig gewesen wäre, wäre dieser Job nichts für sie gewesen. Freilich würde sie das Gedächtnis ihres inneren Elefanten bemühen, wenn es sich ergäbe. Irgendwann würde Hawlik bluten müssen. Jetzt aber galt es, an Sebastian ranzukommen; vielleicht sogar mit einem Strip. Aber das hatte nichts in Hawliks Phantasie zu suchen, geschweige denn in seinen Äußerungen. Wie sie Sebastian kirre machte, war allein ihre Sache.

Hättest du das gedacht? Personalprobleme im Kriminellenmilieu. Führungsqualitäten und Führungsstil als Thema nicht nur in der Wirtschaft, sondern auch bei Dunkelmännern? Vielleicht sind die Jobs gar nicht so unterschiedlich. Das hattest du schon immer geahnt. Gut, dass es mal jemand so klar ausspricht und gleich noch ein Beispiel liefert. Ein fiktives Beispiel, zugegeben, aber immerhin ein anschauliches. Andererseits: Was war jetzt eigentlich los?

22 Die Wiege der Menschheit

Der Zustand der Straße forderte Kerling einiges ab. Die Wege waren passagenweise mit Löchern übersät, ein optischer und haptischer Prototyp für Schweizer Käse. Langsam fahren und die Löcher ausgleichen oder schnell fahren und die Löcher überfliegen... das waren die Alternativen, die er sich immer wieder überlegte, und er neigte jeweils der Theorie zu, die er gerade nicht praktizierte. Das Verkehrsverhalten der Autofahrer, Radfahrer und Fußgänger war alles andere als diszipliniert. So hatte er sich erheblich zu konzentrieren. Die Stoßdämpfer waren in besonderer Weise gefordert.

Boris diktierte ihm eine relative einfache Strecke. Sie mussten ziemlich ins Zentrum. Dort orientierte er sich an einigen markanten Gebäuden, bis sie nach der Barclays Bank die Kreuzung Kimanti Street - Kenyatta Avenue erreichten. Bald ließ Boris seinen Fahrer in eine Seitenstraße einbiegen, die einem ausrangierten Acker glich.

"Stopp!", befahl Boris. "Umsteigen!" ordnete er an.

Am Acker stand ein Jeep bereit. Er war auch noch nicht in seine Einzelteile zerlegt. Das lag wohl an jener malerischen Gestalt an der Straßenecke, die gemütlich zum Auto geschlendert kam und von Boris einige Scheine in Empfang nahm. Es gab kein besonderes Gepäck, das umzuladen gewesen wäre; aber auf dem Rücksitz des Jeeps entdeckte Kerling eine pralle Reisetasche. Boris hatte vorgesorgt.

Kerling klemmte sich hinter das Steuer. Sie starteten. Die zwei Stunden Vorsprung neigten sich dem Ende zu. Aber Boris machte sich ohnedies keine Sorgen. Eine disziplinierte Verfolgung war unter den üblichen Umständen nicht zu erwarten. Auch nicht durch die Luft. Einen Peilsender einzubauen wäre aufgefallen. Dafür gab es Detektoren. Die Unübersichtlichkeit der Stadt tat das ihre dazu.

Boris dirigierte Kerling in Richtung Nakuru. Die Geisel hatte sich den Plan angesehen. Auf einer Landkarte wirkten diese Straßen freilich täuschend normal. Doch er merkte schnell, dass er dem konkreten Straßenzustand Rechnung zu tragen hatte. Unter den Rädern des Jeeps schien sich etwas anderes zu befinden, als er von bundesdeutschen Autobahnen oder auch nur Landstraßen gewohnt war. So verschätzte er sich enorm, was die tatsächlich möglichen Geschwindigkeiten betraf. Doch obwohl sie nur relativ langsam vorwärts kamen, hatten sie schon bald die Suburbs hinter sich gelassen. Straßensperren schienen nicht errichtet worden zu sein; die Verkehrsregeln waren relativ einfach und ohne besonders ausgeprägten Schilderwald war das Fahrverhalten selbst für Ortsfremde eindeutig. So erübrigten sich Geschwindigkeitsbegrenzungen durch natürliche Unebenheiten. Kerling hätte die Fahrt in der exotischen Umgebung gerne unbeschwerter genossen. Aber Boris trug eben immer noch jenes kleine Instrument, mit dem er diesem Ausflug ein tragisches Ende setzen konnte.

Mit der Zeit kamen sie doch in ein Gespräch, das heißt, vor allem Kerling teilte seine Gedanken mit, denen er nachging, während er durch dieses Gebiet fuhr, diese Landschaft. Dies hier war "die Wiege der Menschheit". Die Gegend sprach ihn unheimlich an. Er hatte das Gefühl, dass in diesem fremden Land etwas Heimatliches steckte. Ganz tief in ihm schlummerten Erinnerungen, die wach wurden. War das bloße Einbildung, oder trug er tatsächlich in sich Ahnungen an die Zeit, als die Menschheit hier entstand? Vielleicht gibt es so etwas wie das Gedächtnis der Menschheit, unabhängig vom Lebensschicksal und den Erfahrungen eines einzelnen Menschen.

Er wandte sich an Boris: "Ich finde das schon irre: Wenn ich es mir so überlege: Dort drüben ist der ostafrikanische Graben. Auf der anderen Seite davon haben sich die Menschenaffen entwickelt, dort aalen sich die Gorillas in den Bergen von Ruanda, und hier lebten unsere allerersten Vorfahren. Da haben sie ihre ersten Erfahrungen als Menschen gemacht, zig Jahrtausende haben sie gebraucht. Und irgendwann einmal sind einige nach Norden abgewandert, bis hoch zu uns sind sie gekommen. Im Museum von Dares-Salaam steht eine Vitrine mit einem der ältesten menschlichen Schädelknochen dieses Planeten. Ein Stockwerk höher ist ein Stück der tansanischen Flagge, das bereits auf dem Mond gewesen war; amerikanische Astronauten haben es mit hoch genommen. Ist das nicht faszinierend: Der Mensch, der sich mühsam sein Feuer entfachte neben einem Stück Stoff, das ein anderer Mensch bis hoch zum Mond transportierte? Von hier stammen wir alle, wir alle stammen von Afrikanern ab..."

Boris ließ sich auf das Gespräch ein, aber es beeindruckte ihn weniger: "Stimmt vielleicht schon, aber was ist denn aus denen hier geworden? Älteste Kulturen, meinen Sie? Aber sie haben nichts daraus gemacht. Bei uns gibt es Technik und Fortschritt! Die Ägypter bauten sogar Pyramiden. Aber hier? Lehmhütten! Im einundzwanzigsten Jahrhundert."

Kerling entwickelte eine Antwort, die er mal aufgeschnappt hatte: "Hier gab es keine besonderen Herausforderungen durch die Natur. Schauen Sie sich um: Wie im Paradies! Alles wächst und gedeiht das ganze Jahr über. Hier können Sie leben, zwar nicht als Gourmet, aber ums Essen brauchen Sie nicht zu fürchten. Das war in anderen

Gegenden ganz anders. Ägypten: Umgeben von Wüste. Der Nil brachte nur manchmal fruchtbaren Schlamm. Da brauchten die Menschen Technik, um zu überleben."
"Warum blieben sie nicht hier, im Paradies?" Boris lachte spöttisch. Kerling nickte, aber auf den Einwand war er vorbereitet: "Das ist die Frage. Aber es gibt eine Antwort: Sie werden merken, dass die Menschen hier nicht sehr alt werden. Viele sterben früh, meistens an Infektionskrankheit. Nicht nur Menschen, auch Krankheitserreger können hier sehr gut gedeihen. Vor diesen Krankheiten flohen unser Vorfahren in kühlere Gebiete, in gesundere Gegenden..., und zu neuen Problemen. Aber wer sich einmal aufmacht, zeigt schon Initiative. Es waren die aktiven Leute, die aufbrachen. Sie setzten sich dann kreativ mit den neuen Anforderungen auseinander. Vielleicht erwartet uns dieses Phänomen in Mitteleuropa auch in den nächsten Jahrzehnten. Eine Völkerwanderung hat ja schon eingesetzt."

"Genau", Boris lachte heißer: "Ich zum Beispiel bin ausgesprochen initiativ und kreativ. Und ich bin erfolgreich; nur liegt das alles nicht so total in Ihrem Interesse." So waren sie doch wieder im Hier und Heute und vor allem bei sich gelandet... Kerling wurde schweigsamer.

Sie waren etwa dreißig Kilometer gefahren, als Boris den Fahrer in einen Seitenweg dirigierte. Hier waren die Vorzüge eines Jeeps gefragt; anders als auf Frankfurts Straßen, wo Schickimickijeeps den ohnedies unübersichtlichen Verkehrsfluss unnötig behindern, stellte dieser Holperweg Ansprüche an ein motorisiertes Gefährt, denen auf Dauer nur ein stabiler und flexibler Wagen gewachsen war. Die Meter schlichen jetzt nur noch. Nach gut fünf Kilometern durch das unwegsame und unübersichtliche Gebiet musste Kerling anhalten. "So, Herr Kerling, unsere gemeinsame Zeit ist abgelaufen. Ab hier können Sie sich wieder frei bewegen. Es dauert einige Zeit, bis Sie den Weg zurück in die Zivilisation geschafft haben, dafür aber muss ich Sie nicht fesseln oder so. Ich denke, die Lösung ist in beiderseitigem Interesse. Und bitte, falls Sie vorzeitig gefunden werden, machen Sie keinen unfairen Gebrauch von Informationen, die ich Ihnen zufällig gegeben haben könnte. Sie haben bisher gut mitgespielt, Sie sollte es auch weiterhin tun."

Kerling war nicht total überrascht. Mit einer ähnlichen Lösung konnte er rechnen. Aber so mitten in der Wildnis in Afrika ausgesetzt zu werden, dass verursachte in ihm ein mulmiges Gefühl. Er wusste, dass Verhandlungen keinen Sinn hatten. Aber eine Information wollte er nun doch noch bekommen, wenn es möglich wäre.

"Okay. Sie sehen mich begeistert!" Der ironische Ton in seiner Stimme war so volksschauspielermäßig dick aufgetragen, dass es auch einem unsensiblen Typen wie Boris deutlich werden musste, wie er es meinte. "Ich muss mich ab hier also allein durchschlagen. Gibt es Proviant?"

Boris machte eine ausladende Bewegung und beschrieb mit dem Arm einen Halbkreis: "Hier wächst überall Proviant. Wie Sie sagten: Hier ist das Paradies. Das ist noch niemand verhungert...."

"Ich wüsste aber gerne noch etwas", Kerling klopfte vorsichtig auf den Busch. "Sie erwähnten im Flugzeug einen Namen. Was hat dieser Mann mit unserer Geschichte zu tun? Das könnten Sie mir sozusagen als Abschiedsgeschenk noch erklären."

Boris schaute ein wenig irritiert, dann verstand er die Frage. "Meinetwegen, das kann ich Ihnen schon sagen. Es spielt für unsere Geschichte keine Rolle. Der Mann ist Physiker und ist dunklen Geschäften in Deutschland auf die Spur gekommen, Plutonium. Mit mir hat das nichts zu tun, aber ich habe es mitbekommen. Da stecken ein paar noble, und sogar ein sehr nobler Herr mit drinnen. Also, wenn Ihnen damit gedient ist? Ich denke, das wäre sowieso rausgekommen, noch bevor Sie in Deutschland angekommen sind. Aber das war es dann schon als Abschiedsgeschenk. Gehen Sie dort drüben hin bis zu dem großen Baum. Das erspart Ihnen Kurzschlusshandlungen und mir unnötigen Stress." Kerling wusste, wann er was zu tun hatte. So tat er es.

Der Wagen setzte sich in Bewegung und war bald von einer Staubwolke eingehüllt. Kerling fluchte erst einmal. Als der Staub sich wieder gesetzt hatte, machte er sich auf den gleichen Weg. Bis zur Hauptstraße würde er eine gute Stunde brauchen. Dann per Anhalter in die Stadt zurück, das war unabsehbar. Vielleicht käme ein Buschtaxi vorbei. Reizvoll wäre das, aber leider nicht der schnellste Weg. Außerdem hatte er kein kenianisches Geld bei sich. Aber Dollars täten es wohl. „Was soll's", dachte er und trabte los... ungeachtet aller Gefahren, die von Schlangen und Löwen, Hyänen und Elefanten drohten. Denn die schlimmste aller Gefahren für den Menschen ist immer noch der Mensch...

Boris fuhr zurück zur Hauptstraße. Er hoffte, dass Kerling seine Finte nicht durchschaute, oder wenn, dann zu spät, und bog Richtung Nairobi ab. Auch diesmal dauerte es lange, bis er die Hauptstadt erreichte. Dort fuhr er über die Straße der Unabhängigkeit, den Uhuru-Highway Richtung Zentrum und bog dann gen Südwesten ab.

Er war verblüfft, dass absolut keine polizeiliche Aktivität zu sehen war. Was taten die wohl jetzt? Naja, ihm sollte es recht sein. Bei Namanga erreichte er das Grenzgebiet zu Tanzania. Der Hauptstraße traute er nicht mehr. Zwar würde hier draußen keine Straßensperre errichtet sein, wenn schon in der Hauptstadt nichts lief, aber die Grenze konnte durchaus schärfer kontrolliert werden als sonst. Das hatte er vorher schon in Rechnung gestellt. Deswegen verließ er die Hauptstraße. Nach einigen Kilometern konnte er auf einer Dreckpiste querfeldein fahren. Immer wieder sah man Hütten, meistens mit kleinen Vorhöfen und Zäunen. Dann erreichte er eine Ansammlung von Lehmbauten, ein Dorf offenbar. Er hielt an und sein Auto fand sofort Interessenten. Aber er erlebte keine Aggressionen. Das war nicht überall mehr so. Ein bisschen Englisch konnte trotzdem immer irgendjemand. So schickte man bald einen Jungen los, der zur nahegelegenen Lodge eilte. Dort arbeitete ein geländekundiger Führer, zu dem Boris vor einiger Zeit Kontakt aufgenommen hatte.

Der Junge kehrte relativ rasch mit dem Führer zurück, für afrikanische Verhältnisse blitzschnell. Boris ließ ein gutes Trinkgeld springen, dann startete er mit dem Guide Richtung tansanische Grenze. Safari hieß das Stichwort.

Ob der Führer es ihm abnahm oder nicht, er machte eine Safari und Bestandteil dieser Safari sollte der berühmte Ngorongoro sein. Leider liegt dieser Krater eines erloschenen Vulkans in Tansania. Da jeder Guide weiß, wie ärgerlich das Beantragen von Visa ist, war die grüne Grenze mittels monetärer Überzeugungsarbeit leicht überquerbar. Boris spielte seine Rolle als gut bemittelter Tourist. Er nahm seine Eingewöhnungszeit ernst. Er legte Wert auf eine unverdächtige Touristenidentität.

Bis zum Krater mussten sie durch die knallende Sonne hoppeln. Leider lag bei ihrer Ankunft der Ngorongoro im Nebel. Schade, er hätte gerne hineingesehen, denn den Safariangeboten hatte er entnommen, dass an keinem Ort der Welt die Fauna so vielfältig, so ursprünglich und so fellnah auf einem kleinen Fleck versammelt ist wie hier in Ostafrika. Nur die Giraffen hatten es erstaunlicher Weise nicht geschafft, den Kraterrand zu überwinden und das geschützte Tal zu erreichen. Aus dem Nebel tauchten einige Massaifrauen auf. Perlengeschmückt boten sie sich als Fotomotiv an... Boris lachte, gab ihnen einige Münzen und machte zwei Schnappschüsse. Die Fahrt durch den Nebel brachte ihn um die Orientierung, aber es gab ohnedies keine Abzweigungen, nur begann die Straße leicht abzufallen.

Plötzlich lichteten sich die Nebel und ein weites Tal breitete sich unter ihm aus. Umgeben von einer langen Bergkette lag der Krater da. Die Wolken säumten seinen Rand und so verstand er, weshalb er durch den Nebel gekommen war. Ein sensibleres Gemüt wäre hier mit wachsender Euphorie durchgefahren. Eine hässliche Hyäne reckte jenseits eines Tümpels den Hals empor, ein buntgefleckter Schakal trottete über die Piste, ein langer Zug von Zebras war auf dem Weg zur Kratermitte. Manche wälzten sich wie verspielte Hunde rückwärts über die sandige Straße und zappelten mit den schlaksigen Beinen in der Luft. Eine Gnu-herde weidete seelenruhig neben aufmerksam äsenden Antilopen. Wenig später begegneten sie einem der unförmigen Strauße. In der Ferne zeigte sich ein Nashorn. An einer Stelle hatten sich mehrere Touristenjeeps eingefunden und eifrige Fotografen waren ununterbrochen am Werk. Sie kamen näher und es war die erste Begegnung von Boris mit dem König der Tiere in freier Wildbahn; schnarchend ruhte er auf einem angefressenen Wild; als er gähnte, stank es bis ins Auto. Ein riesiger Schwarm von Flamingos erhob sich, als sie in die Nähe des großen Gewässers kamen. Sie flogen einen Halbkreis und ließen sich am anderen Ufer wieder nieder. Ein kleines Stück weiter ragten Nilpferdrücken und Nasenlöcher aus dem Wasser; auf eine direkte Begegnung legte der Besucher keinen Wert. Das war auch so, als sie eine kleine Herde Elefanten sichteten; da blieb er lieber auf respektvollem Abstand.

Allmählich war selbst dieser abgebrühte Mann beeindruckt; eigentlich suchte er nur zu Tarnzwecken dieses Touristenmekka auf, aber diese Fülle und Vielfalt exotischer Tiere rief selbst in ihm mystische Gefühle wach; er dachte an die Unterhaltung mit Kerling. Waren diese Tiere nur so faszinierend, weil sie so fremdartig waren, oder hatte er an einer kollektiven Erinnerung an Zeiten aus der Entstehung des Menschen teil? Waren die ersten Generationen der Menschheit von den Löwen derart beeindruckt, dass sie Urbilder der Seele wurden, sich tief in die Instinkte eingruben und zu den genetischen Informationen gehörten, die den Nachkommen weiter gegeben wurden? Boris beschränkte sich auf eine vage Andeutung dieses Gedankens. Aber die Nähe zu diesen fremdartigen und zugleich vertrauten Tiergestalten hinterließ seine Wirkung bei ihm.

Der kurzweilige Ausflug in den Tourismus fand sein natürliches Ende, als der Wagen den Kraterrand wieder erreichte. Der Weg führte hoch in die Nebel. Ein letzter Blick galt dem ganzen Tal, das Teil der Erinnerung auch dieses kriminellen Subjektes werden konnte. Außerhalb des Ngorongoros war die Landschaft immer noch reizvoll, aber ohne die fleischlichen Zutaten eben weniger imponierend. Ein zufällig über ein Feld stolzierender Strauß wirkte fast als Fremdkörper im eigenen Land.

Gegen Abend erreichten sie Arusha, jene Stadt, in der die Uhuru-Bewegung eine symbolische Mitte gefunden hatte. Hier war auch das große Denkmal der Unabhängigkeitsbewegung. Der Tourist und sein Guide nächtigten in einem der etwas teureren Hotels und am nächsten Morgen trennten sich ihre Wege wieder; freilich hatten vorher ein paar Dollari den Besitzer gewechselt.

Boris war nun auf sich gestellt und es würde sich zeigen, wie weit sein Englisch und seine Identität hielten. Der Weg nach Dares-Salaam führte ihn über Moshi. Er hatte sich ganz gegen seine Gewohnheit auf etwas Äußerliches gefreut: Er erwartete den majestätischen Bergriesen mit dem schneebedeckten Felsen, der über Afrika ragt. Aber der Kilimandscharo hüllte seinen Gipfel in Wolken. Schade, die Postkartenmotive waren so eindrucksvoll; besonders mit exotischen Tieren im Vordergrund. So reichte es nur zu einem kurzen Blick auf die Ausläufer jenes Geburtstagsgeschenkes von Queen Victoria.

Durch die Usambaraberge ging die Tagesreise und gegen Sonnenuntergang erreichte er die faszinierende und verrufene Stadt am Indischen Ozean. Als Weißer in der Nacht in Dar bist du deines Lebens nicht sicher, hatte er gehört. Selbst im Hotel lassen sie dich nicht in Ruhe, hatte jemand hinzugefügt. Er glaubte das. Ausnahmsweise war er nun einmal auf der anderen Seite des Gesetzes als potentielles Opfer.

Einen guten Rat befolgend fuhr er zu einem der Touristenhotelanlagen am Strand, zwanzig Kilometer außerhalb, aber dafür vermutlich sicher. Im Kinduchi-Hotel fiel er zudem als Europäer nicht auf. Das meinte er zumindest. Er ahnte nicht, dass am zweiten Tag nach seiner Ankunft ein Herr erschien, der die entsprechenden Unterkünfte der Gegend vorsichtig in Augenschein nahm und ein Zimmer ausgerechnet auf seinem Flur bezog. Dies war kein Zufall. Aber so, wie Boris niemandem auffallen wollte, fiel dieser Herr ihm selbst nicht auf. Das würde er noch bereuen.

Ist es nicht herrlich? Von hier kommen unsere Urahnen. Einst wanderten sie den weiten Weg nach Europa und heute reicht ein Flugticket, um zu den Wurzeln zurück zu kehren. Die Wiege der Menschheit! Du musst einfach wieder mal in den Zoo, um deine Archetypen aufzufrischen. Das kollektive Unbewusste stammt aus der Serengeti. Das hast du schon immer geahnt. Natürlich. Kollektiv unbewusst. Aber jetzt weißt du es.

23 Sturz der Gewalt

Fury stieg mit Herbie die Stiegen des Rohbaus hinauf bis zur obersten Plattform. Von dort aus hatten sie einen hervorragenden Blick auf das gegenüberliegende Bürohaus. Herbie hatte dies ausgetüftelt. Fury fand es als Kollege professionell. Die Angestellten hatten bereits Dienstschluss. Das war optimal für die Generalprobe, derentwegen Herbie Fury mit hergenommen hatte. Niemand konnte sie von hier aus beobachten.

Im Bereich des Erdgeschosses begegneten sie noch etlichen Arbeitern: Bei den vielen Fremdarbeitern, die an diesem Projekt beschäftigt waren, konnten sie leicht untertauchen, falls es Unruhe gäbe. Sie waren ausstaffiert wie Bauarbeiter, was für beide kein großes Problem war, denn in ihrer Jugend hatten sie Erfahrungen auf dem Bau gesammelt. Das schien interessanter als die öde Schule, und man bekam schneller und mehr Geld als bei einer Lehre. Als sie die Nachteile bemerkten, war es für etliches zu spät. Aber sie fanden ohnedies Leute, die ihnen lukrativere Jobs anboten. Man durfte es halt mit der Moral nicht so ernst nehmen. Das hatten sie schon in der Schulzeit geübt. Als die Hemmung zu überwinden war, einen fremden Menschen zu töten, weil es der "berufliche" Auftrag war, schien ihnen die Pflichterfüllung die höchste Instanz. Solange sie entsprechend entlohnt wurde...

Darum ging es auch diesmal. Herbie hatte Fury informiert, dass sie einen Bürokraten im Nachbarhochhaus schnell und unkompliziert um seine Wirksamkeit bringen mussten. Das sollte an seiner Wirkstätte geschehen, quasi als Abschreckung, eine durch politische Vorbilder legitimierte Strategie. Vorsichtig blickten sie von der Plattform zum Haus gegenüber. Sie mussten aufpassen, da keine Sicherungen angebracht waren - von wegen spielende Kinder! Die schützte ein Schild für die Eltern... Von unten konnte man meinen, ein Vorarbeiter erklärt einem anderen, wie der Bau weitergehen soll.

Das traf keineswegs zu. Herbie fragte Fury beiläufig: "Sag mal, wie hast du denn die Sache mit Sebastian geschaukelt. Wir wussten doch nicht, wer das ist und wo der ist. Wie bist du da bloß dran gekommen?"

Fury lächelte geschmeichelt - ein neutraler Beobachter hätte es als pferdeartiges Grinsen ausgelegt; aber manche Gefühle sind für Außenstehende schwer zu interpretieren - und erklärte nur allzu bereitwillig: "Köpfchen, mein Lieber, Köpfchen! Das brauchst du eben, wenn du weiter kommen willst. Ich war vielleicht nie Klassenbester; aber das waren einfach die falschen Aufgaben. Hätte mich der alte Müller damals gefragt: Wie killt man jemand, den man nicht kennt, dann wäre ich sicher Bester geworden. Schade, dass man die Schüler um solche lebenswichtigen Fragen bringt."

Er fand sich ungeheuer witzig. "Erst mal hab ich mir angeschaut, wo er wohnt. Das war nicht schwer rauszukriegen; das wusste sogar Krugs Vermieterin. Die hat das einem Vertreter für physikalische Instrumente erklärt - rate mal, wer der Vertreter war! Ich also nix wie hin. Der Zugang zur Wohnung ist ziemlich gut einzusehen. Der Rest war ein Kinderspiel. Der Mann ist alleinstehend. Also ist mit einer Frau nicht zu rechnen. Besser so. Er kommt die Treppe rauf. Ich halt mich bedeckt. Er öffnet die Tür und geht rein. Ich schleiche zur Tür; eine halbe Sekunde, um sie aufzukriegen. Er steht da und schaut mich blöd an. So ein offenes Maul habe ich noch nie gesehen. Mein Schalldämpfer ist Spitzenklasse, genauso gut wie der Verstärker von meinem Phonoturm. Nur das Gegenteil. Wie ein Stummfilm. Der Kerl kriegt keinen Ton raus. Er schaut noch immer blöd. Er fasst sich ans Herz. Er schaut seine Hände an. Die sind blutig. Er wird blass. Kann wohl kein Blut sehen... Dann kippt der Kerl doch einfach aus den

Latschen und starrt zur Decke. Ich fühl noch mal den Puls am Hals. Nix mehr los mit dem Knaben. Dann die Fliege gemacht. Wann sie ihn finden, ist Kommissar Zufall überlassen. Mich jedenfalls kriegen sie nie." Er blickte Herbie Beifall heischend an. Hatte er das nicht wunderbar spannend erzählt?

Herbie schaute ihn zweideutig an: "Nee, dich kriegen die bestimmt nicht. Dazu bist du einfach zu schlau. Superschlau. Oberschlau."

Fury schaute den Kollegen geschmeichelt an. Ironische Zwischentöne kamen bei ihm nicht durch. Das war nicht seine Wellenlänge, bei all den Witzen, die zu machen er sich berufen fühlte.

Der Kollege konnte noch vom ihm lernen, denn er fragte: "Und wie hast du rausgekriegt, dass es auch wirklich Sebastian war?"

"Mensch, Herbie, wer sollte es denn sonst sein? Der Kerl hatte doch den Schlüssel. Der Hausmeister war es bestimmt nicht. Nein, das konnte nur der Typ selbst sein."

"Und wenn nicht?" Herbies Stimme hatte so einen unangenehm ernsthaften Beiklang.

Fury wurde ein wenig unruhig. "Mensch, mach mich nicht schwach. Nee, das kann nicht sein. Das war der. Totsicher."

"Totsicher ist gar nichts. Weißt du, wer es wirklich war?"

Fury blickte ihn total verstört an. Aber Herbie klärte ihn schnell auf: "Das war der Zeitungshändler, sein Freund vom Kiosk. Der nach den Blumen schaute oder so. Du hast den Falschen erwischt!"

Fury schaute entsetzt: "Woher weißt du das? Wie kommst du auf die Idee?"

"Ich weiß es eben." Herbies Stimme war nüchtern. "Hawlik hat es mir gesagt. Ich sollte es dir sagen. Damit du auch weißt, weshalb du stirbst."

Während Fury noch nicht einmal alles gecheckt hatte, was er hörte, tippte ihm Herbie kollegial auf die Schulter, so kollegial, dass der Kollege das Gleichgewicht verlor und zu schwanken begann. In seiner Stimme spiegelte sich das nackte Entsetzen: "Nein, Herbie, nein!"

Der Baulärm und der Verkehrslärm sorgten dafür, dass es nur einen Ohrenzeugen gab. Dieser Ohrenzeuge verstärkte durch einen schnellen Hilfsgriff die Schwankung. Fury fasste nach einer Stange. Herbie stieß gegen sein Schienbein. Fury schrie auf. Er klammerte sich verzweifelt an die Stange. Beim Versuch, ihn vor dem Sturz zu retten schlug Herbie ihm auf die Finger. Fury ließ die Stange los, ruderte mit beiden Armen, schaute Herbie verständnislos in die Augen, kippte nach hinten um und verschwand in der Tiefe. Hatte er noch etwas gerufen? Gab es einen letzten Willen?

Der Arbeiter auf der obersten Plattform rannte zur Treppe und die Stufen hinunter. Unter den Bauarbeiter herrschte helle Aufregung. Die meisten drängten zu dem verunglückten Kollegen, andere versuchten, Hilfe zu holen, von der Straße schoben sich neugierige Passanten heran. Herbie mischte sich unter die Schaulustigen, sah Furys zerschmetterten Körper und drängte sich dann wie angewidert durch die Menge nach außen. Nein, diesem Mann sah man an, dass er einen solchen brutalen Anblick nicht aushielt. Ein sensibler Mensch, der sich unauffällig zur Seite hin wegschlich. Als die Sirene des Krankenwagens ertönte, war er drei Häuserzeilen weiter. Den Kollegen des verunglückten Arbeiters würde man vergeblich suchen, und seine Arbeitspapiere ebenfalls. Ein Schwarzarbeiter? Man weiß ja, wie das in der Baubranche ist...

Muss das wirklich sein? Reicht nicht Gewalt und Brutalität im Kinderfernsehen? Jetzt vergällt es einem auch noch die entspannende Lektüre eines harmlosen Buches. Hätten nicht Fury und Herbie Freunde bleiben können wie Winnetou und Old Shatterhand? Die haben sich damals doch nur bewusstlos geprügelt, bis sie Blutsbrüder wurden. Aber hier ist das etwas anderes. Wir sehen es ein. Der Autor muss die Wirklichkeit schonungslos schildern, wie sie ist. Das ist er sich und seinen kritischen Lesern schuldig. Unser aller Sadismus muss dabei auch einmal auf seine Kosten kommen, bevor wir wieder sanft werden. Nur die Detailschilderungen! Etwas krass. Und der

Sarkasmus? Ist er angesichts des Todes wirklich angesagt? Ist diesem Menschen denn nichts heilig? Hat er keine Scheu vor... Tiefbewegt lesen wir weiter und erhoffen uns Stärkung durch jenes Bibelzitat, das schon in der Überschrift steht.

24 Der Mensch lebt nicht vom Brot allein

Der Mensch lebt nicht vom Brot allein, steht in der Bibel. Aber essen muss selbst ein Kriminalbeamter einmal. Da es sich in Gesellschaft besser speisen lässt, hatte Wolfinger für Montagmittag mit Sebastian ein Arbeitsessen vereinbart. Sebastian freute sich auf die gemeinsame Zeit. Er fand den Polizisten ausgesprochen sympathisch, und in seiner Gegenwart fühlte er sich sicher; da würde sich niemand heranwagen. Und selbst wenn, würde ihn Wolfinger zu schützen wissen; zumindest versuchte Sebastian, das zu glauben.

Sinnigerweise verabredete man sich beim Chinesen. Dort gab es das berühmte preiswerte Mittagsmenü: mit den köstliche knusprigen Frühlingsrollen, dem leckeren gebratenen Reis und dem superben Konservencocktailsalat mit einer Litschi als Krönung.

"Der Mensch lebt nicht vom Brot allein", zitierte der gebildete Kommissar und betonte das Wort Brot ganz genüsslich als Kontrast zu seinem Wahlessen. Da ließ Sebastian konnte seine Bildung blitzen: "Sondern von jeglichem Wort, dass aus dem Mund Gottes kommt..."

Wolfinger ließ die Stäbchen sinken und schaute ihn entgeistert an. "So antwortet Jesus auf den Versucher, als der ihn auffordert, doch auf wundersame Weise die Steine der Wüste in Brot zu verwandeln, um etwas zum Essen zu haben. Kennen Sie die Geschichte nicht?" Sebastian schaute ebenfalls verwundert.

Wolfinger war immer noch verblüfft. "Äh, irgendwie schon. Aber..."

"Ich weiß schon, Sie rennen nicht jeden Sonntag in die Kirche... Ich renne ja auch nicht; aber ich gehe hin und wieder. Gestern war es für mich besonders wichtig. Ich brauchte irgendwie Ruhe und Geborgenheit. Wo finde ich das sonst als in einem Gottesdienst?"

Wolfinger erinnerte dies an Zeiten, die sehr weit in seiner Lebensgeschichte zurück lagen. Irgendwie fand er es gut, dass Sebastian darüber sprach, zudem erleichterte es ihn, dass endlich mal nicht ihr schwieriges Thema alles beherrschte. So konnte er sich mal ein paar Gedanken ganz alleine machen, bevor er es vielleicht einmal von sich aus anschnitt. Da gab es ein paar Fragen, die ihn bisweilen bewegten, wo ihm aber der Ansprechpartner fehlte. Sein Essenspartner hatte inzwischen das Thema dieser Tage aufgegriffen.

"Wissen Sie Näheres über diese Flugzeugentführung? Ich habe in der Zeitung gelesen, dass die Geiseln frei sind. Der Vertreter der Gesellschaft wurde wohlbehalten aufgefunden, während der Entführer spurlos verschwand. Weiß man in Ihren Kreisen mehr?"

Wolfinger schüttelte den Kopf: "Eigentlich wissen wir auch nicht viel mehr. Da gibt es nur wenige Insider, und deren Wissensstand scheint ebenfalls sehr lückenhaft. Ab und zu sickern ein paar Einzelheiten durch, aber nichts Spektakuläres. Den Kenianern wurden ein paar Sonderkonditionen von der Bundesregierung zugesagt, irgendetwas aus dem Entwicklungshilfetopf. Kerling, der Vertreter der Luftfahrtgesellschaft, kehrte auf abenteuerliche Weise zurück. Sie müssen sich das mal vorstellen: Der Mann wandert durch die Wildnis - immerhin eine Gegend, wo Schlangen an der Tagesordnung sind, wo es Raubtiere gibt - nicht nur auf malerischen Postkarten, wo Löwen vor dem Kilimanjaro posieren, sondern eben auch in freier Wildbahn; übrigens gibt es dort Baumlöwen. Das ist keine beruhigende Vorstellung, wenn man zu Fuß unterwegs ist. Er schlug sich mit einem Buschtaxi durch, mit einem Sammelfahrzeug, in das die Passagiere gequetscht werden und dessen Verkehrssicherheit einen deutschen Kfz-Mechaniker zur Verzweiflung bringen würde; ich lernte mal einen kennen, der erzählte Stunden allein vom Sammeltaxi, nachdem er einen Urlaub in Kenia hinter sich hatte. Aber Kerling kam zurück nach Nairobi und war noch am selben Abend am Flughafen; damit war der aktionsreiche Teil der Entführung abgeschlossen; jetzt kommt für die Kollegen die Knochenarbeit."

"Was wurde aus dem Entführer?"

Wolfinger nickte: "Das meine ich mit Knochenarbeit. Dem muss man jetzt auf die Spur kommen, was in der Quasi-Wildnis knifflig ist, und als Weiße können wir in Afrika auch nicht unauffällig operieren; aber das müssen wir, wenn wir ihn vorwarnen wollen."

Sebastian leuchtete das ein. "Weiß man inzwischen, wer der Entführer ist? In der Zeitung stand nur Boris. Das klingt russisch..."

Wolfinger verfügte über eine kleine Zusatzinformation: "Wir wissen nicht ganz genau, um wen es sich handelt. Wir vermuten, dass es kein Russe, sondern ein Pole ist, der überwiegend in Deutschland operiert; Boris scheint ein Pseudonym, sein üblicher Deckname ist Pavel."

"Pavel?" Sebastian klang überrascht.

Der Kommissar horchte auf, als er den Unterton dieser Überraschung wahrnahm: "Sagt Ihnen der Name etwas? Zu Deutsch hieße er Paul, auch kein seltener Name; in Polen schon gar nicht..."

Sebastian nickte und schüttelte den Kopf fast in einem: "Der Name sagt mir was; ich bin mir nicht sicher, ob es nicht eher ein tschechischer Name ist; umso auffälliger wäre es, wenn ein Pole so hieße. Christian sprach von einem Pavel. Saskia nannte ihn bei einem Telefonat im Zusammenhang mit dem Ahnungslosen und Dr. Hawlik. Pavel war für die direkte Ost-Schiene zuständig, nicht die neue Route über China, sondern die alte aus den 90ern, direkt über die "befreiten" Länder, deren inneres Chaos man sich zunutze machte. Aber im Zusammenhang mit der zunehmenden Aufmerksamkeit der Behörden bevorzugte man nach und nach den chinesischen Weg. Es sah so aus, als würde Pavel allmählich nicht mehr gebraucht."

Wolfinger war wie elektrisiert: "Könnte da ein Zusammenhang bestehen? - Aber was wollte Pavel in Afrika? Das ist beim besten Willen kein sinnvoller Weg für Plutoniumtransporte; für radioaktive Abfälle böte es sich unter Umständen an, aber der frische Stoff aus dem Osten braucht doch keinen Umweg über Kenia." Sebastian kam auch keine überzeugende Idee: "Wenn er es ist, braucht er vielleicht einfach mal Abstand und ein Land, in dem er relativ sicher ist."

Wolfinger grinste böse: "Sicher?! Der Idiot ist in Uganda untergetaucht. Dort ist man nur als Leiche sicher. Zwar drohen ihm nicht die üblichen Verfolgungen, die er hier zu erwarten hätte, von Polizei und ehemaligen Komplizen, aber in Uganda herrscht das Gesetz des Dschungels, um es poetisch zu formulieren. Da hätte ich Tansania bevorzugt: Das ist nicht so überlaufen wie Kenia und nicht so chaotisch wie Uganda."

Sebastian schaute ihn nachdenklich an: "Woher wissen Sie, dass er in Uganda ist?"

"Er hat es in einer Unterhaltung mit Neuberg bemerkt. Warum?"

"Und wenn das eine Finte war? Er konnte in Kenia bleiben, oder auch in ein anderes Land abhauen... Wenn er wieder aktiv werden will, braucht er einen Ort, von dem aus er etwas organisieren kann. Am besten wäre Nairobi. Aber wenn ihm da Pflaster zu heiß ist, könnte er auf Dares-Salaam ausweichen. Dort ist es für afrikanische Verhältnisse relativ stabil; Tansania ist im wirtschaftlichen Umbruch, da heißt man neue Firmen aus Europa willkommen, da setzt man auf private Investoren, nachdem der afrikanische Weg des Sozialismus gescheitert ist. In moralischen Fragen sind manche nicht sehr pingelig. Da wird kein polizeiliches Führungszeugnis zur Firmengründung verlangt, und wenn, lässt es sich auf finanziell erstellen. Sie sehen, ich habe überhaupt keine Vorurteile..."

Wolfingers Gedanken gingen ihre eigenen Wege. Für ihn tat sich eine Frage auf, die seinen Fall betraf: "Das kann man auch anders sehen. Aber ehrlich: Ich bin schon wieder bei unserem Fall: Was würde das denn bedeuten können, wenn dieser Entführer mit den Schiebern und Mördern zusammenhängt? Vielleicht hat er einen Coup gelandet, der ihn unabhängig macht. Wenn sein Bereich in der Organisation ins Abseits gerät, konnte er vielleicht eine eigene Organisation ins Auge fassen. Er kennt die relevanten Figuren im Spiel. Mit dem nötigen Kleingeld kann er den Stoff selber finanzieren, transportieren und weiterverkaufen. Wenn unser Pavel der Entführer ist, dann gibt er sich nicht mit dem Lösegeld zufrieden, sondern setzt es in ein aus seiner Sicht totsicheres Geschäft ein. Ich glaube, wenn ich diese Hypothese zugrunde lege, fällt mir eine Strategie ein. Die Kollegen müssen Pavel erwischen; dazu können wir nicht allzu viel beitragen, aber mindestens Kontakt aufnehmen und unseren Verdacht mitteilen. Über seine Aussagen kämen wir an Hawlik ran, und vielleicht an von Wohllebsau, wenn Ihre Verdächtigungen stimmen. Das heißt, wir müssen verdeckt ermitteln. Manche Infos kriegen wir nach einer Festnahme nicht mehr und manche Infos sind dann wertlos."

Das Essen schmeckte den Beiden jetzt hervorragend; endlich hatten sie eine Zielrichtung, endlich gab es etwas zu planen, und auch zu tun. Das betraf vor allem Wolfinger. Er führte ein paar weitreichende Telefonate; er sprach mit dem Leiter der Kommission, die für die Entführung zuständig war und erfuhr, dass ein Mann auf Boris / Pavel angesetzt worden war. Der Ermittler arbeitete in Ostafrika, hatte dort seine Beziehungen und war wahrscheinlich auf Boris gestoßen: In Dares-Salaam. Lange konnte der Flüchtige die Verfolger nicht an der Nase herumführen. Auch Wolfingers eifriger Assistent Martinez hatte etwas zu bieten. Schon am Montagnachmittag war er ziemlich stürmisch ins Büro gekommen, über beide Backen strahlend. Er glaubte, Erfolg gehabt zu haben. Der Chef würde es prüfen. Martinez war zuversichtlich; zu Recht, wie Wolfinger schnell feststellte.

"Chef, da gibt es ein paar Fakten, die gut zusammenpassen. Ich habe mich um Dr. Hawlik gekümmert. Es gibt ihn wirklich, und er hat einen exquisiten Job; er leitet ein florierendes Immobiliengeschäft und verbindet dies erfolgreich mit einem offenbar gutgehenden Antiquitäten- und Raritätengeschäft. Die Immobilien erfordern einen mobilen Makler..." Auf dieses Wortspiel war Martinez stolz, es würde seinem Chef gefallen.

Tatsächlich lächelte Wolfinger; auch deshalb, weil er ahnte, dass diese Infos etwas abwerfen würden: "Steckt da noch mehr dahinter?"

"Und wie, Chef! Natürlich verdeckt; bei seinen erheblichen finanziellen Transaktionen, die in dieser Branche selbstverständlich sind, kann er andere Geschäfte unerkannt mitlaufen lassen. Über die Antiquitäten und Raritäten hat er einen unauffälligen Draht in den Osten. Von dort her kann man viel beziehen, mehr oder minder Wertvolles. Gleichzeitig sind Transportwege erschlossen und Transporteure engagiert, mit denen sich auch anderes Material verladen lässt."

„Und man die Grenzer verladen kann..." brummte Wolfinger. Er war höchstzufrieden mit seinem Assistenten: "Martinez, das ist eine hervorragende Arbeit. Leistung lohnt sich wieder..."

Bisher allerdings lohnte es sich nur für die, die sich etwas Ungesetzliches leisteten. Die Story roch derart nach üblen Geschäften, dass hier Motive für die Morde zuhauf zu finden waren. Jetzt musste Wolfinger einen Durchsuchungs- und Haftbefehl erwirken, bevor der Gangster Lunte riechen konnte. Also begab er sich auf das unersprießliche Terrain des Kontaktierens mit den Juristen. Das war ein Job, bei dem er sich immer wieder fragte, ob er ihn nicht lieber seinem Anwalt überlassen sollte; aber das war leider in der Praxis völlig ausgeschlossen. Leider!

Hast du schon einmal mit Stäbchen gegessen? Ist echt lustig. Deswegen lächeln die Chinesen auch unentwegt. Als unsere Vorfahren damals aus China kamen, haben sie in der Aufregung ihre Stäbchen verschluckt. Deswegen laufen so viele Leute bei uns so stocksteif rum (eigentlich: stäbchensteif. Aber wer will das schon zugeben).

25 Flucht in Daressalam

Als Boris am nächsten Morgen erwachte, genoss er den pittoresken Blick durch den Palmenhain auf den indischen Ozean. Einige Fischerboote hatten am Strand angelegt und die Fischer brachten die Beute an Land; einige trugen Netze, um sie zu säubern oder zu flicken. Der Himmel war herrlich blau, die Sonne stand schon höher. Eine malerische Szenerie, wie eine Kulisse für ein Reiseprospekt.

"Und das alles haben uns diese Schweine vorenthalten!" fluchte Boris; er dachte an seine Herkunft hinter dem Eisernen Vorhang, und seine tiefsitzende Wut auf die Funktionäre und die Partei kam wieder in ihm hoch. Es war Jahrzehnte her, aber das Gefühl lebte noch.

Ihn erfüllte nicht der Zorn des Gerechten, aber die Wut auf die Ungerechtigkeit, die er und die Seinen hatte erleben müssen. "Das alles haben sie uns vorenthalten!" Und die im Westen konnten dies alles in vollen Zügen genießen. Dass die im Süden es keineswegs immer genießen konnten, übersah er geflissentlich; dass bis ins zwanzigste Jahrhundert noch Sklaven auf Befehl des deutschen Kaisers entlassen wurden, und es folglich bis dahin Sklaven in diesem Land gab, wusste er nicht oder wollte es nicht wissen. Aber dass es den meisten Menschen, die unter Palmen geboren wurden, schlechter ging als ihm, das konnte er mit eigenen Augen sehen. Sofern er seine Augen zum Sehen gebrauchte. Das ist ja nicht selbstverständlich...

Am Frühstücksbuffet traf er vorwiegend Europäer an, zumindest in der Überzahl hellhäutige Menschen. Er genoss den Komfort, der freilich nach der Anfangseuphorie in der Hotelgeschichte seit einigen Jahren fleckig geworden war. Die übrigen Gäste bildeten meist kleine Gruppen. Boris wollte noch zwei bis drei Tage hier bleiben, dann konnte er vorsichtig damit beginnen, seine Kontakte in der Stadt wieder aufnehmen. Vorher genoss er die Vorteile und Annehmlichkeiten eines Neokolonialisten. Als er am Strand lag, um sich den obligaten Sonnenbrand des hellhäutigen Neuankömmlings zu holen, sprach ihn ein junger Schwarzer an. Am Abend gäbe es im Fischerdorf frischen gegrillten Fisch mit Hummer für zehn Mark; das Essen, das Leckerbissen zu enthalten versprach, war billiger als im Hotel das Abendessen - und kostete den dreifachen Tageslohn eines Straßenarbeiters. Der Mann machte nicht einfach Werbung, er nahm Vorbestellungen entgegen. Boris fühlte sich nicht so souverän, wie er es sich wünschte. War das eine faire Sache oder sollte hier der unerfahrene Tourist geneppt werden? Sicherheit oder Risiko? Konnte er reingelegt werden oder wollte er etwas erleben und genießen?

Er war ein Tourist. Also musste er erleben und genießen. "O.K.", antwortete er, "ich will es mal probieren. Wohin muss ich kommen?" Der junge Fischer erklärte es ihm mit einigen Brocken Englisch und deutete zu den grauen, einstöckigen Holzhäusern, die wenige hundert Meter neben der monumentalen Hotelanlage standen. Bei Sonnenuntergang sollte er dort sein. Dann würde er abgeholt werden. Die Sache schien provisorisch aufgezogen, dafür hatte er den Eindruck, dass hier noch der ehrliche Frühkapitalismus herrschte. Schade, dass er allein war; mit einer Gruppe würde das sicherlich mehr Spaß machen. Er konnte es sich mit ein paar von den alten Kumpels aus seiner Jugend vorstellen; mit lustigen Liedern, wenn der Mond sich im Meer spiegelte, und mit männlichen Witzen...

Er sah, wie der junge Mann, von seinem Erfolg aufgebaut, zum nächsten Hotelgast ging; auch dieser schien ein Alleinreisender; vielleicht ein Geschäftsmann, der sich vorsichtig in den wandernden Schatten einer breitblättrigen Palme gelegt hatte; die beiden Männer diskutierten eine Weile. Der junge Mann deutete auf Boris. Der Weiße schaute abschätzende herüber. Er schien zu überlegen. Dann stand er auf und kam mit dem Fischer auf Boris zu.

Der Gast stellte sich in gutem, aber nicht akzentfreiem Englisch vor: "Heinhuber, (GTZ) ich bin geschäftlich in Dar und mache hier ein paar Tage Urlaub. Der Fischer machte mir ein verlockendes Angebot; er meinte, wir zwei könnten uns vielleicht Gesellschaft leisten und heute Abend ein Fischessen genießen. Sie hätten schon eine Bestellung bei ihm aufgegeben. Mich täte es schon reizen. Würde es Ihnen etwas ausmachen, wenn ich mich zu Ihnen geselle?"

Boris war irritiert. Damit hatte er nicht gerechnet. Er wollte zwar als Tourist auftreten, aber lieber für sich bleiben. Doch wie kann man so eine Anfrage abschlagen? Andererseits, alleine war es langweilig, und wenn der andere sich in Dares-Salam auskannte, ließe nebenbei noch Wissenswertes erfahren. Sein Kontakt zu dieser Stadt war oberflächlich geblieben, und die Vorbereitung mit Reiseführern bringt für das Geschäftsleben nichts.

"Natürlich nicht", log er höflich. "Ich finde es allein nicht so toll."

"Prima", sagte Heinhuber, "Ich liebe zwar meine Ruhe, aber manchmal nervt es, immer allein Essen zu gehen. Ich sage also zu." Er wandte sich an den Fischer und bestellte ebenfalls einen Hummer. Dann schaute er wieder zu Boris: "Ich will Sie nicht länger stören. Ich weiß, wie öde es ist, wenn man sich auf Ruhe eingestellt hat und plötzlich zur Kommunikation gezwungen wird. Treffen wir uns so gegen sechs hier und gehen dann gemeinsam hinüber. Da ist es noch hell. Ich nehme für den Rückweg eine Taschenlampe mit."

Sauber, dachte Boris, daran hätte ich jetzt nicht gedacht, es ist doch gut, wenn jemand dabei ist, der ein bisschen Erfahrung hat. Außerdem war er dem Mann dankbar, dass er so dezent mit der neuen Bekanntschaft umging. Leute, die Distanz halten konnten, waren ihm am liebsten. Der Abend könnte nett und doch unverbindlich werden.

Der Tag war herrlich. Als er merkte, dass die Sonne doch intensiver brannte, als er es bei dem leichten Wind spürte, der so angenehm über die Haut strich, war es schon zu spät. Die nächsten Tage würden scheußlich werden. Auf Sonnenbrand reagierte seine empfindliche mitteleuropäische Haut extrem stark. Dafür hatte er bei seiner Strandwanderung bei Ebbe eine hübsche Muschel und ein Stück Koralle gefunden. Jungenhafter Sammeltrieb erwachte in ihm und er spürte Seiten an sich, die er lange, lange hinter sich gelassen hatte. Die Lust an der Ferne, an der abenteuerlichen Fremdheit hatte ihn irgendwo in der Tiefe gepackt.

Für den Abend wählte er lange, leichte Hosen und ein lockeres, buntes Hemd. Allzu viel Bargeld nahm er sicherheitshalber nicht mit. Heinhuber traf kurz nach ihm ein. Boris hatte noch einen dummen Gedanken bekommen, als er sich überlegte, dass der Name und der Akzent deutsch waren. Aber das ließe sich beim Abendessen unauffällig klären. Es war klar, dass man sich über die Identitäten austauschte. Er war Tourist und zu Hause ein kleiner Geschäftsmann. Dieses Inkognito konnte er gut wahren.

Im Dorf waren sie nicht die einzigen Hotelgäste, aber sie hatten eine klapprige Holzhütte zum Essen für sich. Die Hummer kamen bald, auf Plastiktellern mit Plastikbesteck. Wer hatte das wohl organisiert? Über die Hygiene in den heimischen Küchenecken dachten sie lieber nicht nach. Inzwischen war es dunkel geworden und nur bei manchen Hütten brannten Petroleumlampen. Hier gab es noch keine Elektrizität. Lenins Gleichsetzung von Kultur und Elektrifizierung hatte in Tansania auch nach hundert Jahren noch nicht Fuß gefasst. Dafür war es romantisch.

Heinhuber freute sich, dass er mit der Urlaubsbekanntschaft deutsch plaudern konnte. Er war mit der GTZ in Dar. GTZ? Gesellschaft für Technische Zusammenarbeit, so eine Art Entwicklungshilfe. Da kann man ganz gut verdienen. Man ist halt im Ausland, das ist der Preis dafür, aber zugleich macht man auch tolle Erfahrungen. Er hatte es bisher noch nicht bereut. Die Arbeit war zeitlich begrenzt; irgendwann würde er in die Heimat zurückkehren. Den kleinen Geschäftsmann auf Urlaub beeindruckte die Erzählung anscheinend ziemlich. Er konnte nicht mithalten und ließ sich viel erzählen. Wenn auch Anglerlatein dabei war, so passte dies doch zur Umgebung...

Heinhuber war nicht aufdringlich. Das gefiel Boris. Der gebratene Fisch schmeckte herrlich; er war frisch, das war das Gute, und die diversen chemischen Verunreinigungen durch die Weltmeere waren zum Glück geschmackslos. Der Höhepunkt war der Hummer. Boris hatte noch nie Hummer gegessen. Aber dieses Essen, so dachte er, würde er nie vergessen. Zart, schmackhaft, einfach super. Dazu gab es Bier, das erst in der Hütte geöffnet wurde.

Heinhuber erklärte diesen Brauch: "Durch Gift sind schon viele Leute um die Ecke gebracht worden. Deswegen gibt man den Gästen immer ungeöffnete Flaschen. Es zeigt, dass man sicher ist."

Mit harmloser Stimme fügte er hinzu: "Dass vielleicht im Essen Gift sein könnte, spielt in dieser Sitte keine Rolle. - Also, guten Appetit." lachte Heinhuber trocken, und Boris schloss sich dem nichtssagenden Lachen an. So verging der Abend äußerst angenehm. Als sie sich trennten, waren sie keineswegs dicke Freunde, aber das macht die Beziehung ausgesprochen entspannt. Keiner hatte an dem anderen etwas Aufdringliches spüren lassen; und das ist bei Urlaubsbekanntschaften auch nicht selbstverständlich.

Boris ahnte nicht, dass Heinhuber seine freien Tage intensiv dazu benutzte, dem neuen Bekannten kräftig nachzuspionieren. Dabei konnte er auf Helfer zurückgreifen, die erfolgreich bemüht waren, unbemerkt im Hintergrund zu agieren. So wusste Heinhuber durch seine diversen Zuträgern bald, dass Boris sein Geld nicht im Kinduchi aufbewahrte - das wäre auch unvorsichtig gewesen; die Konkurrenz der Einbrecher ist groß; Gewalttätigkeiten sind nicht auszuschließen. Das Geld verteilte er auf fünf verschiedene Banken und gab jeweils eine Transportfirma als Kontoinhaberin an. Heinhuber erfuhr über sehr verwinkelte Wege, dass Boris telefonische Kontakte zu Osteuropa aufnahm und dort ins Plutoniumgeschäft zu kommen versuchte. Die ersten Schritte waren sehr erfolgreich, denn er kannte die meisten Ansprechpartner persönlich und überzeugte sie, dass er finanzielle Sicherheiten zu bieten hatte, die auch einen Firmenwechsel attraktiv machten.

Boris ahnte wohl nicht, wie leicht sein Handy abgehört werden konnte. Dabei hatte er extra auf das Tablet mit dem Internet verzichtet. In Dar hatte er von Deutschland aus ein Büro angemietet, einschließlich einer toughen, uneingeweihten, englischsprachigen Sekretärin. Vom Hotel aus war er schnell bei der Arbeit. Die Computer dienten jedoch nur scheinbaren Aktivitäten. Für die direkte Arbeit beschränkte er sich auf sein Prepaid-Handy. Inzwischen hatte er telefonisch drei kleinere Transporte umgeleitet; neues Ziel, neuer Preis, neuer Geschäftspartner.

Beachboy Boris war derart aktiv geworden, dass Heinhuber binnen einer Woche seinen ganzen Aktionsradius überblickte. Boris kostete dies so viel Zeit, dass er für zusätzliche Vorsichtsmaßnahmen keine Valenzen mehr frei hatte.

Heinhuber wusste: Wenn er jetzt zuschlug, hätte er die größte Effektivität erreicht, denn die Kontakte waren alle geknüpft, die Beziehungen und die Pläne lagen offen, die Finanzen und der Täter waren noch greifbar. So schlug er zu.

Boris saß in seinem Firmenbüro, als Heinhuber unerwartet auftauchte. Der Urlauber witterte keine Gefahr und hatte auch keine Zeit mehr, sich zu schützen. Heinhuber kam durch die unverschlossene Tür der glasbewandeten Chefnische. Die empörte Sekretärin bedeutete für den forsch auftretenden Mann kein Hindernis; er ging einfach mit kurzem Kopfnicken an ihr vorüber und betrat die Chefnische; dort baute er sich vor der Tür so auf, dass Boris sich jeden Gedanken an Flucht aus dem Kopf schlagen musste. Es brauchte keiner Worte, dass der Griff zur Waffe sich zunächst verbot. Heinhuber signalisierte alleine durch sein Erscheinungsbild eine Kriegserklärung.

"Pavel", sagte Heinhuber bedächtig und hart, "Wir müssen in Ruhe miteinander reden. Die Zeit ist da, klar Schiff zu machen. Wir wissen alles Notwendige über Ihre Aktivitäten. Ich nenne nur Warschau, Peking, Frankfurt und natürlich Nairobi. Und ich nenne das Stichwort Plutonium."

Boris schaute ihn an. Er musste sich immer noch sammeln. Der Überraschungscoup war seinem Bekannten voll gelungen. Er wollte Zeit gewinnen, und er war sich durchaus nicht im Klaren darüber, für wen Heinhuber arbeitete.

"Wir? Wer sind Sie? Die lächerliche GTZ wohl nicht, oder?"

"Nein", Heinhuber setzte zu einer äußerst knappen Erklärung an: "Die GTZ ist mein Beruf. Aber ich habe noch einen Job als Nebenverdienst: Ich arbeite mit der deutschen Kriminalpolizei auf internationaler Ebene zusammen."

Boris zuckte unmerklich zusammen; dann wurde er offensiv: "Sie wollen mich verhaften? Mit welchem Recht, mit welcher Vollmacht, in welchem Auftrag?" Er grinste, obwohl er wusste, dass juristische Bedenken in Deutschland wesentlich größere Rollen spielten als hier.

Heinhuber wurde ohnedies gleich deutlich: "Wir haben ein Interesse an Ihnen wegen der Plutoniumschiebereien und der Kaperung der Bonaparte. Aber wir haben ein noch größeres Interesse an der Freilegung des Schieberringes, an der Organisationsstruktur dieser Plutoniummafia. Ich habe ein ganz konkretes Verhandlungsangebot: Wir bekommen die Vollmacht für sämtliche Konten, also das Lösegeld zurück. Sie erzählen uns alles, was wir über die Organisation wissen wollen. Und Sie haben die Freiheit. Das Angebot ist unser Tagesmenü: Nur hier, nur heute. Dafür ist es sicher; wir halten Sie aus der Sache raus. Sie kriegen einen neuen Deckmantel. Der Rest ist Ihre Sache."

Boris dachte fieberhaft nach: Wie sollte er mit dem Angebot umgehen? Wie kam er hier am schnellsten raus? Er entschloss sich zu einer Finte... Er würde Heinhuber Material liefern. Aber bei der Informationsmenge, die er anbieten konnte, ließe irgendwann die Aufmerksamkeit des anderen nach. Solange musste er pulvern.

"O.K.", sagte er, "Ich stehe in der Ecke. Aber meinen Kopf riskiere ich nicht. Über das Geld können wir reden; über Hawlik ebenfalls; aber von Wohllebsau, den möchte ich rauslassen; die Nummer ist mir zu herb."

Heinhuber dachte kurz nach, aber er wusste, dass er am längeren Hebel war: "Manche Einzelheiten lassen sich klären, wenn Sie zeigen, wie kooperativ Sie sein können. Ich mache jetzt keine Zugeständnisse. Erst einmal müssen ein paar konkrete Fakten auf den Tisch."

Boris signalisierte Kooperationsbereitschaft: "Ich kann Ihnen einiges über Hawliks Organisation erzählen. Nicht alles, aber meinen Bereich kenne ich. Hawlik ist 1989 in das Geschäft eingestiegen. Er kam schon damals auf mich zu. Ich war im Transportwesen tätig. Es gab Umstellungen. Er hatte Kapital, mit dem er Strohmänner einsetzen konnte. Hier in der Schublade habe ich die Liste aller seiner Verbindungsleute im Korridor zwischen Russland und Deutschland. Über einen russischen Kontaktmann, Niko Wassilowitsch kam er an Mitarbeiter in Forschungsstätten für Kernenergie und Kernkraftwerke. Über von Wohllebsau, der von Haus aus den Bereich kennt, fand er

Abnehmer in der Energiewirtschaft, die gute Preise zahlten und bereit waren, regelmäßig Ware abzunehmen. Vor allem in Süddeutschland fand er gute Kunden, amigos, wie man auch zu sagen pflegt. Er war schnell ziemlich gut im Geschäft, und wer sich so auskennt, ist durch sein Mitwissen in einer sicheren Position. Als im Jahr darauf die Bundesrepublik die DDR kassiert hatte, fanden sich dort in kurzer Zeit hervorragende Mitarbeiter und willige Abnehmer - meine Abnehmer sind die Absahner, meint er immer..."

Plötzlich merkte Boris, was für einen kapitalen Fehler er gemacht hatte. Er hatte von Wohllebsau Rolle verraten. Das hieß: Er hatte sich in Lebensgefahr gebracht. Jetzt durfte er Heinhuber nicht mehr hinhalten, er musste hier raus. Lebend und allein.

Heinhuber interessierten die Fakten: "Das ist schon einmal etwas. Wir brauchen Namen und Strecken. Also, bitte die Listen und die Karten..." Er war sehr direkt. Meist war dies ein Vorteil, da die anderen spontan und schnell reagieren mussten, keine Finten planen konnten. Diesmal war es ein Fehler, auf dieses Aktionsfeld auszuweichen, denn nun wusste Boris, wie er reagieren konnte.

"O.K., ich denke, das ist ein Gegengeschäft wert. Darüber müssen wir reden; vor allem in Hinblick auf Herrn von Wohllebsau. Aber damit Sie zufrieden sind: Hier sind erst einmal die Streckenunterlagen für das Hawlikkartell..." Er ging zum Tisch, öffnete die oberste Schublade, nahm einen Schnellhefter heraus und schoss.

Der andere ging zu Boden. Doch irgendetwas musste ihn gewarnt haben, denn er war nicht gestürzt, sondern gesprungen und hatte er noch während des Fallens gefeuert. Der Sprung rettete ihm vermutlich das Leben, aber er verfehlte Boris.

Der Ganove hatte nur die Wand getroffen, jumpte aber sofort über den Stuhl zur Tür, schlug sie hinter sich zu, steckte schnell den Schlüssel ins Schloss und schloss zu. Dann rannte er los.

Die Sekretärin blickte wie von allen guten Geistern verlassen auf die Szene. Sie stierte dem davonrasenden Chef noch nach, als sie bereits einen harten Krach an der Bürotür hörte.

Boris trug seine wichtigsten Bankunterlagen aus Sicherheitsgründen immer bei sich; das würde sich jetzt im wahrsten Sinn des Wortes auszahlen, denn jetzt galt es, schnell zu handeln und dann erst einmal für lange Zeit von der Bildfläche zu verschwinden.

Heinhuber hob fluchend den Schreibtischstuhl hoch und schleuderte ihn gegen die Tür, wo er abprallte und zu Boden fiel. Filmreif die Türe mit der Schulter aufzubrechen wollte er sich nicht antun, also nahm er den Stuhl und schlug einfach die Scheibe zum Vorraum durch.

Die Sekretärin blickte immer noch verstört, als der weiße Mann durch das zertrümmerte Fenster stieg und durch den Vorraum hinaus auf die Straße rannte.

Boris verschwand in einer Seitenstraße. Heinhuber sprintete zu seinem Wagen ums Eck und nahm die Verfolgung auf. Boris sprang in ein Taxi gesprungen und schrie den Fahrer an: „Zum Kartir." Das war der Basar der Einheimischen. Ein schlechter Ort für Touristen. Besonders für ihre Wertsachen war er ausgesprochen riskant und für ihre Gesundheit bisweilen abträglich, nicht nur, wenn sie an einem der unzähligen kleinen Stände ungewaschenen Salat genossen...

Ein Taxi durch Dar zu verfolgen, ist ein Abenteuer für sich. Kriminell fährt ohnedies fast jeder; die Kunst besteht darin, der Kriminellste zu sein. Nur so kann man den Vorsprung ausbauen, wenn man auf der Flucht ist, oder den Vorsprung vermindern, wenn man der Verfolger ist. Heinhuber war sein eigener Fahrer. Das war zunächst sein Vorteil. Die Hupe hielt er auf Dauerton gedrückt, das Gaspedal ließ er nur unmerklich bisweilen nach, das Taxi vor ihm verlor an Vorsprung. Er kam näher; leider kam er auch auf Schussweite heran. Da rächte es sich, dass er selbst fuhr, sein Gegner aber einen Fahrer hatte. In einer Kurve hatte Boris gute Sicht auf seinen Wagen. Mit dem ersten Schuss ging Heinhubers Windschutzscheibe in Bruch. Ihm selbst passierte nichts. Er fluchte, stoppte, umwickelte sich die Hand und schlug ein Loch in die Milchglasscheibe. Die Sicht war wieder frei, wenn auch der Fahrtwind gefährlich war. Diese kurze Aktion hatte Boris einen immensen Vorsprung verschafft. Aber Heinhuber ahnte das Ziel.

Kurz vor Kartir, dem bunten Markt der Einheimischen, von dem man sich nicht unbedingt fesseln lassen sollte, kam das Taxi wieder in seinen Blick. Es war zu spät. Der Wagen hielt an. Boris hatte bezahlt oder würde es nie mehr tun. Geschmeidig sprang er heraus, blickte sich blitzschnell und gehetzt um, sah Heinhubers Wagen, duckte sich, zielte und schoss.

Heinhuber hatte gebremst und war in Deckung gegangen. Das war gut so. Die Kugel schlug in der Kopfstütze ein. Boris spurtete los und verschwand in einer der engen Gassen. Jetzt nützte selbst ein Ferrari nichts mehr; da waren die eigenen Beine gefragt und die Kondition. Heinhuber stieg vorsichtig aus. Dann lief er im Dauerlauf auf jene Gasse zu. Boris war verschwunden, wie vom abfallübersäten Erdboden verschluckt. Abfall zu Abfall, dachte Heinhuber ironisch, zugleich fluchte er; heute schon zum x-ten Mal. Er drang tiefer in das unsichere Viertel ein. Misstrauische Blicke verfolgten ihn. Gefährliche Blicke musterten ihn. Aber sein riskanter Einsatz blieb ohne Erfolg, bis er das Zentrum erreichte. Hier war kein Weißer mehr anzutreffen.

Er sah die Reihe von Scherenschleifern, die auf umgebauten Fahrrädern saßen und über die Tretkurbel ihr Schleifgeschäft verrichteten; er sah die gestapelten Reifen, die noch im gebrauchtesten Zustand Abnehmer finden würden, er ging in die große Halle, wo alles zu finden war, was man im Alltag brauchen kann - nur keine Gangster, die man verhaften wollte. Er roch die Gewürze, kam am Gemüse vorbei, an den Webwaren, an Töpfen und sonstigen Küchengeräten, aber das, was ihn sonst fasziniert hatte, ließ ihn völlig kalt; er hatte nur ein Ziel, und das hatte er aus den Augen verloren.

Er durchforstete beide Stockwerke, doch es war sinnlos. Selbst wenn Boris dort war, so konnte er ihn in dem Gedränge und den unübersichtlichen Ständen nur durch Zufall entdecken. Frustriert verließ er die Halle wieder. Er würde sich auf den Heimweg machen müssen, verärgert über sich selbst, dass er es dem Burschen so leicht gemacht hatte.

Da hatte er überraschenderweise doch noch Erfolg. Unter den Schleifern, die er vorhin nur flüchtig gemustert hatte, entdeckte er einen hellhäutigen Menschen. Boris! Er schob sich durch die Menge. Aber Boris hatte auch ihn bemerkt. Er stieß einen Fluch aus und verschwand in der nächsten Gasse. Das war das Letzte, was Heinhuber von ihm sah. Das war aber auch das Letzte, was noch von ihm zu sehen war. Auf die Konten erhob niemand mehr Anspruch. Das Büro wurde von irgendjemandem aus der Stadtverwaltung aufgelöst und niemand erschien mehr dort. Die Kontakte nach Osteuropa waren aufgedeckt worden, aber niemand versuchte, nochmals Kontakt aufzunehmen.

Boris war wie vom Erdboden verschwunden. Vermutlich hatte ihn der Teufel geholt. Oder anders ausgedrückt: Er hatte sich in eine gefährliche Gegend begeben. Hier waren keine Ganoven, mit denen man handeln konnte. Wer hier auf Verbrecher traf, tat gut daran, ein anständiges Leben geführt zu haben. Denn er konnte meist keinen Tag mehr hinzufügen. Boris war ein Weißer. Boris war einer, der offenbar Geld hatte, zumindest mehr als jener junge Mann, dessen Betriebskapital ein scharf geschliffenes langes Messer war. Boris hinterließ ihm nicht sehr viel. Vor allem die Bankunterlagen bedeuteten dem jungen Mann mit dem sauberen Messer gar nichts. Aber auch Boris Leben bedeutete ihm nichts.

Niemand außer dem Mörder bemerkte seinen Tod. Niemand trauerte um ihn, niemand war erleichtert über sein Lebensende. Aber es ist doch schlimm, wenn ein Leben so zu Ende geht. Und es ist schlimm, wenn der Rückblick auf dieses Leben deutlich macht: Es war verschwendet. Verloren war viel in der Kindheit und in der Jugend, verloren, ein trauriges Wort für Lebenszeit. Verschwendet war viel von der Jugend und der Erwachsenenzeit. Denn was zählt denn, wenn wir zurück schauen? Geld? Selten. Erfolg? Wenn wir ihn haben. Macht? Solange wir sie genießen können. Beziehungen? Da steckt wohl am meisten erfülltes Leben: Wenn wir lieben und geliebt werden. Armer

Boris! Du warst ein Schwein, und viele haben dir den Tod gewünscht, und etliche einen schlimmen Tod; aber du bist ein armer Kerl gewesen, denn es war nichts in deinem Leben, von dem man sagen könnte: Es bleibt. Denn es bleibt nur eines: Die Liebe. Armer Boris.

Glücklicher Heinhuber, kann man sagen. Die Sache war gut gelaufen. Er war nicht mehr bedroht. Er hatte das meiste von dem erreicht, was er angepeilt hatte... Vielleicht war es gut, dass Boris verschwunden blieb. So gab es keinen problematischen Handel. Er musste die wenigen, aber saftigen Infos nach Frankfurt übermitteln. Die Damen und Herren würden sich freuen. Wenn Boris, tot oder lebendig, verschwunden war, gab es einige Komplikationen weniger. Auch hinsichtlich der internationalen Komplikationen hatte sich Einiges erledigt. So genoss Heinhuber einige entspannte Tage im Kinduchi; er verzichtete auf neue Zufallsbekanntschaften und Kontakte mit Einzelreisenden; nächste Woche würde die GTZ wieder auf ihn warten, der Alltag...

Junge, das ist ein Traum, oder?! Heinhuber hat einen einträglichen Job. Bei der GTZ verdienst du nicht schlecht und hast mit den Problemen des Landes nichts tun als abzusahnen. Das klingt toll: Wir unterstützen einen armen Staat. Dabei schleusen wir überall unsere Leute und unsere Interessen ein. Das ist Kolonialismus Dot. Two und in der Heimat verkaufen wir es als selbstlose Hilfe. Zweitens erlebst du noch bezahlte Abenteuer als Privatdetektiv eines großen deutschen Unternehmens (Kripo). Herz, was begehrst du mehr? –

Na, du selbst hast es ja auch nicht schlecht erwischt. Da hockst du gemütlich auf deiner Couch und liest ein hervorragendes, spannungs- und niveauvolles Buch aus einem angesehenen, anspruchsvollen und zudem profilfreudigen Verlag. Wenn du Lust hast, kannst du dir noch schnell 'ne geile CD reinschieben und dann ist das Glück perfekt.

26 Finale furioso

"Chef! Ich habe eine Sensation!"

Wolfinger hatte es sich gerade am Schreibtisch gemütlich gemacht und aß sein belegtes Brötchen, als sein Assistenz hereinschneite. Der Kommissar lief knallrot an und begann schrecklich zu husten, als er sich wegen dieses plötzlichen Jubelschreis an einem Brösel verschluckte. Martinez stutzte und klopfte ihm kräftig auf den Rücken, so dass das Problem bald erledigt war; aber Wolfingers Gesicht blieb noch eine geraume Weile tief rot.

Er blickte seinen eifrigen Mitarbeiter vorwurfsvoll an: "Das sollten Sie nicht noch einmal machen! Ich krieg noch einmal den Herzkasper! Oder sind Sie scharf auf meine Stelle?!"

Martinez atmete auf: Der Chef war noch zu Scherzen fähig. Dann aber kam er zu dem, was ihn so hereinwirbeln ließ: "Chef, wir haben eine Superinformation."

Wolfinger schaute fragend. Noch wusste er nicht, worauf sich Martinezs Enthusiasmus bezog. Zwar schätzte er die Begeisterungsfähigkeit junger Mitarbeiter für ihren bisweilen anstrengenden Beruf, aber er schätzte ebenso klare und verstehbare Aussagen. "Was ist los? Hast du die Festplatte der Computermafia gefunden?"

Martinez schüttelte den Kopf: "Nein, Chef, aber ganz im Ernst, was Ähnliches. Die Plutoniummafia, die in den Physikermord reinspielt, hat eine undichte Stelle. Ein informeller Mitarbeiter unserer Kollegen in Ostafrika hat brandheiße Infos geliefert."

Wolfinger setzte sich auf: "Was? Ein Überläufer? Hat einer gesungen?"

"Kein Überläufer. Einer unserer Informanten hatte ihn am Wickel und konnte ihm ein paar Facts entlocken."

"Also bitte der Reihe nach: Wer, was, wie?"

Martinez zog sich einen Stuhl heran und legte los. Aus Dares-Salaam sei ein Fax gekommen mit knallharten Infos zum Hawlik -

Clan. Ein Mitarbeiter mit dem Namen "Palme" - eine sinnige Anspielung auf die südliche Flora - war dem Flugzeugentführer der Bonaparte auf die Spur gekommen. Er hatte ihn beschatten lassen und dabei seine Kontakte zu Osteuropa erkundet. In einem persönlichen Gespräch, bei dem Schnellfeuerwaffen eine unterstützende Rolle spielten, hatte er den Verbleib des Lösegelds erfahren sowie Einzelheiten über das Netz, dessen Spinne Hawlik zu sein schien. Er hatte eine Liste der Mittelsmänner, von denen das Plutonium beschafft wurde und die es transportierten. Er hatte auch eine Frankfurter Adresse, wo momentan eine erhebliche Menge Uranoxid zwischengelagert wurde...

Wolfinger war wie elektrisiert: "Was heißt das? Ist Hawlik die Spinne? Tauchen Namen auf, die bisher im Nebel verborgen sind?"

Martinez merkte, dass er seinem Chef eine echte Freude bereitet hatte. Er konnte noch mehr bieten: "Unser unfreiwilliger Informant hat sich anscheinend verplappert und dadurch in noch größere Gefahr begeben, als er ohnedies schon ausgesetzt war. Sie werden es nicht glauben, Chef, aber von Wohllebsau ist der Mann hinter Hawlik ; offenbar spielt er seine Beziehungen ehemaliger Physiker in den entsprechenden Kreisen aus; zudem agiert er als Hauptdarsteller auf dem internationalen Parkett, zugleich in einer Rolle, die immer auch in Distanz zu den direkten Verschiebungen steht."

Wolfinger war fasziniert. "Martinez, es gibt noch Zeichen und Wunder. Mit diesen Infos lässt sich wuchern. Jetzt aber nix wie ran an die Bouletten. Wir müssen zu Hawlik, das übernehme ich. Und Sie sichten ganz vorsichtig wie nachdrücklich die Spuren, die zu von Wohllebsau führen. - Was ist denn?"

Ärgerlich wandte sich Wolfinger zur Tür. "Ja, bitte?" Jetzt konnte er keine Störung gebrauchen.

Die Sekretärin wirkte, als hätte sie dringendste Neuigkeiten. "Herr Kommissar, Sie haben doch neulich mit den Kollegen gesprochen, die dieser Atombande auf den Fersen sind. Ich soll Ihnen sagen, sie wären auf einer heißen Spur, und wenn Sie dabei sein wollen, um alles vor Ort zu erleben, sollen Sie zum Fichtenhain kommen, Nummer 37."

Die Adresse sagte Wolfinger nichts; aber wenn die Kollegen einen solchen Ruf losließen, musste an der Sache für ihn etwas dran sein. "Danke", er war der Sekretärin wirklich dankbar. "Martinez, dann schiebt sich doch noch ein Auftrag dazwischen. Ich weiß nicht, was die Kollegen machen; aber bitte fragen Sie nach, welche Leute dort wohnen und wem das Haus gehört; dass Sie das mit unserer Akte abgleichen sollen, brauche ich nicht zu betonen."

"Nein", grinste Martinez, denn die Betonung war schon erfolgt. Sie verließen den Raum. Martinez ging zu seinem Zimmer, um die Infos abzurufen und Wolfinger warf sich seinen Mantel um.

Als er zum Fichtenhain kam, waren die Kollegen schon ausgesprochen auffällig eingetroffen. War das jetzt ein Einsatz oder drehte hier ein Serienautor für eine bundesdeutsche Fernsehanstalt? Blaulicht und Sirene! Wolfinger zweifelte manchmal an der Professionalität seiner Kollegen. Oder war er einfach kleinkariert. Nichts ist nerviger als ein Typ, der alles besser weiß. Und lief er nicht Gefahr, selbst so ein Typ zu sein? Also, halt deine Klappe, Mann, und zwar auch die innere, schnauzte er sich an.

Die Polizeiwagen standen zwar ohne Sirene, aber mit Blaulicht und hervorragend sichtbar vor dem mehrstöckigen Mietshaus. Das war nicht geschickt, aber vielleicht hatte es Gründe. Das Interesse von Passanten und Nachbarn hatten sie auf alle Fälle erfolgreich geweckt. Es tummelten sich auch beunruhigte Bewohner im Eingangsbereich. An einem Einsatzwagen entdeckte er Stör, den Kollegen, der ihn vermutlich benachrichtigen ließ.

Nicht immer klappt die Kommunikation so gut. Manche Kollegen arbeiten für sich allein und man hat den Eindruck, es gäbe nichts als die eigene Abteilung und vor allem nichts als die eigene Person. Jeder Kontakt wurde als Eindringen in unbefugtes Gebiet verstanden. Typen mit einem privaten eisernen Vorhang. Die lockerte höchstens ein Gorbatschow auf, ein Wodka natürlich - Wolfinger schmunzelte gerne über die eigenen Witze. Hier hatte er zudem einen äußerlichen Anlass, sich zu freuen. Es tat einfach gut, dass es bei manchen frustrierenden Erfahrungen auch Kollegen wie Stör gab...

Er begrüßte ihn: "Tag! Danke für die Meldung. Sie meinen, es betrifft auch mich?" Stör schüttelte ihm die Hand und wies bestätigend mit dem Kopf zum Haus: "Da drüben soll etwas von dem gesuchten Stoff drin sein. Angeblich eine Riesenmenge, vielleicht der Ertrag von ein paar Monaten; er sollte demnächst verteilt werden. Wir haben kurzfristige Infos bekommen. Ich lasse jetzt meine Leute rein gehen."

Der aufgeregte Mann, der zu ihm trat, entpuppte sich als Hausmeister: "Bei uns gibt es nichts Unrechtes. Ich muss den Herrn Doktor verständigen, Herr Inspektor. Der muss doch wissen, was in seinem Haus läuft..."

"Das hat Zeit", antwortete Stör.

Aber Wolfinger schob sich dazwischen. "Den Herrn Doktor?"

Der Hausmeister nickte: "Herr Doktor Hawlik. Das ist doch sein Haus. Er sollte herkommen."

Wolfinger schüttelte den Kopf und schloss sich seinem Kollegen an: "Das hat Zeit. Erst einmal wollen wir schauen, ob wir überhaupt etwas finden. Wir brauchen doch niemanden herzujagen, wenn nichts Sichtbares vorliegt."

Mit drei Beamten gingen Stör und er ins Haus. "In den Keller", sagte der Kollege. Er ließ den verwirrten Hausmeister vorgehen. Die Abteile waren namentlich gekennzeichnet. An einem war ein Name, den sie auf keinem Schild gelesen hatten.

"Paulsen?" las Stör und schaute den Hausmeister an.

"Herr Paulsen, Pawel Paulsen. Der wohnt nicht hier, aber Dr. Hawlik hat ihm einen Kellerraum gegeben, weil er oft auswärts ist und in seinem Apartment nichts lagern kann. Er kommt nur alle paar Wochen mal vorbei."

"Da wollen wir rein", sagte der leitende Kommissar mit Nachdruck.

Trotz des zaghaften Protestes des Hausmeisters öffnete ein Beamter das Schloss mit Gewalt. Sie traten ein. In einer Ecke unter Packpapier standen drei Kisten. "50,3 Oxfort" stand mit kraxeliger Schrift auf den Kistchen.

Stör grinste: "Eine kindische Verschlüsselung: Uranoxid 305, U305; wer weiß, was es sein könnte, erkennt es sofort. Für andere bleibt die englische Stadt ein böhmisches Dorf mit sieben Siegeln."

Der Hausmeister erstarrte: "Uran?"

Als Stör nickte, ging er sofort auf Sicherheitsabstand.

Der Kommissar beruhigte ihn: " Uranoxid. Für Sie ist es jetzt nicht gefährlich, so, wie es verpackt ist. Eine Gefahr für die Gesundheit tritt erst auf, wenn man es einatmet. Trotzdem müssen wir Vorsicht walten lassen. Unsere Fachleute werden es abtransportieren; dann wird das Haus sicherheitshalber dekontaminiert - schon der Presse wegen. Die könnten eine Panik auslösen, wenn sie eine Story wollen; die Dekontaminierer werden in einer guten Stunde eintreffen. Sie sind schon vorgewarnt. Wir gehen jetzt hoch und ich stelle Ihnen noch einige Fragen – im Übrigens: Bis auf weiteres: Kein Wort zu irgendjemandem. Sie sind jetzt Geheimnisträger!" Dann wandte er sich zu Wolfinger: "Für Sie ist das doch interessant, oder? Ich überlasse Ihnen die ersten Fragen. Kann sein, dass Eile das Gebot der Stunde ist."

Sie gingen in die Wohnung des Hausmeisters, der das alles nicht fassen konnte - nach dem Eindruck der beiden Kriminalbeamten war seine Überraschung und Verwirrung echt. Sein krimineller Horizont reichte über Geschwindigkeitsübertretungen, Fahrerflucht und Ladendiebstähle nicht hinaus. Er war nicht moralischer als die großen Kriminellen, aber er bewegte sich in einem Rahmen, der für ihn relativ ungefährlich war. Wolfinger steuerte schnurgerade sein Ziel an.

Der Hausmeister war über die äußeren Umstände erfreulich gut informiert. Mit seiner beruflichen Moral war Staat zu machen; er nahm seinen Aufgabenbereich ernst und sich selbst durchaus wichtig. Die beiden Kripobeamten ahnten, dass dies nicht immer zur Freude der Hausbewohner geschah. Macht ist Macht, und die Macht eines Hausmeisters ist manchmal einschneidender als die des

Bundeskanzlers. Wer hat diese Erfahrung noch nicht gemacht? Helmut Kohl und Gerhard Schröder vielleicht, aber damit wäre die Liste auch schon zu Ende – nein, Schröder schredderte seine eigene Partei.[1] Kohl aber schredderte seine Akten, bevor er nach Hause ging.

Der Hausmeister wusste eine Unmenge an Details. So erfuhr Wolfinger die drei wichtigsten Fakten: Pavel Paulsen kam regelmäßig in größeren Abständen ins Haus und brachte Kartons mit oder holte etwas ab. Den Verwaltungsauftrag für das Haus hatte Dr. Hawlik, der im Immobiliengeschäft tätig war. Besitzer des Hauses, der nie in Erscheinung trat und lediglich die Mieten empfing, war Claus-Ferdinand von Wohllebsau - nur zu gut erinnerte sich Wolfinger daran, dass Sebastian ihn den "Ahnungslosen" tituliert hatte. Die Aggression, die in diesem Beinamen steckte, schien ihre Berechtigung zu finden, nach dem eines seiner Häuser offenbar als Lagerplatz für den riskanten Stoff diente. Von Wohllebsau und Hawlik setzten die Leute hier keiner Gefahr aus - obwohl sie das wohl auch in Kauf genommen hätten als Station auf ihrem kriminellen Weg.

Wolfinger wandte sich an Stör: "Ich weiß jetzt, was ich wissen muss. Die Einzelheiten über die Geschäfte fallen in Ihre Zuständigkeit. Ich muss zwei Morde aufklären. Ich mache mich jetzt auf den Weg; mein Assistent wird zu mir stoßen. Nochmals ganz herzlichen Dank für die zügige Information. Ich werde mich bei Gelegenheit revanchieren. Wir zwei werden sicherlich noch voneinander hören..."

Er ließ sich vom Hausmeister Hawliks Telefonnummer und Adresse geben und ermahnte den Mann nochmals: "Was hier gelaufen ist, bleibt unter uns, bis alles unter Dach und Fach gebracht ist..."

Als der Mann ihn verständnislos anschaute, erklärte er: "Da laufen ein paar kriminelle Touren. Was wir nicht brauchen können, ist, dass jemand vorgewarnt wird, wer auch immer das sein könnte. Wir kennen noch nicht alle Beteiligten; deswegen sollen so wenig wie möglich Leute eingeweiht sein. Das gilt auch für Dr. Hawlik und Herrn von

---

[1] transitiv wie intransitiv, siehe Agenda 2010

Wohlebsau. Wir, das heißt Herr Stör lässt Sie wissen, wenn die Informationssperre aufgehoben ist. Dann können Sie die unzähligen Fragen beantworten."

Bei Hawlik wollte Wolfinger auf Sebastian zurückgreifen können; er sollte sich sicherheitshalber in der Nähe befinden, am besten in einem Restaurant, wo er ihn schnell herbeizitieren konnte. Zuhause erreichte er ihn nicht; aber bei seiner Bekannten hatte er Erfolg.

"Hier Wolfinger. Wir sind weitergekommen. Vielleicht muss ich auf Sie zurückgreifen. Könnten Sie sich bereithalten? In der Londoner-Straße ist das kleine Restaurant "Chez Pierre". Ich würde Sie dort kontaktieren und zu einer bestimmten Adresse bitten."

Sebastian war dabei. Er fieberte schon seit Tagen auf eine Entwicklung. Es tat sich zu wenig. Ihm ging alles zu langsam vorwärts. So war er erfreut, dass sich neue Aspekte ergeben hatten. Kathy wollte mit.

"In die Kneipe, okay. Aber dann - weißt du, es ist mir zu riskant; ich will dich nicht mit hineinziehen."

Kathy versprach, sich im Hintergrund zu halten, wenn es gefährlich würde. Aber sie wollte so nahe wie möglich am Geschehen sein, wenn es um Sebastian ging. Sie hatte in den letzten Tagen gemerkt, dass er nicht nur einfach ein Bekannter war. Sie fühlte etwas, das sie schon lange nicht mehr gespürt hatte; etwas, das mit ihren Jugendjahren und mit dem Frühling zu tun hatte...

Hawliks Appartement befand sich in einer hervorragenden Lage, was sich an der katastrophalen Parksituation zeigte. Wolfinger wählte die Maske des ermittelnden Kommissars, der bei einem Zeugen vorspricht.

Hawlik führte ihn in sein Büro. Es machte einen sehr kultivierten Eindruck; als würde er von hier aus einen Firmenkonzern leiten.

"Darf ich Ihnen etwas anbieten?" Er zeigte auf die eingebaute Theke.

Wolfinger schüttelte scheinbar bedauernd den Kopf: "Nein. Immerhin, ich bin doch dienstlich hier; da muss ich auf so etwas verzichten."

Hawlik verzichtete nicht. Dann setzten sie sich hin wie zu einem geschäftlichen Gespräch; gleich würde es um Lagen, Preise und Qualitäten gehen. Wolfinger konnte sich von seinem durchschnittlichen Gehalt ohnedies nichts aus Hawliks Immobilienangebot leisten. Aber das war nur Plauderei, wie beide wussten. Der Kommissar machte Hawlik nichts vor, was sein berufliches Interesse betraf. Er versuchte nur, Hawlik in die Rolle eines ungefährdeten Zeugen zu manövrieren.

Hawlik kannte aus überflüssigen Musestunden Inspektor Columbo. Die Masche "ach, was ich fast vergessen hätte..." kannte er. Dass Wolfinger sie überhaupt versuchte, war an sich schon lächerlich. Für Hawlik war sie das Signal, auf der Hut zu sein. Schon nach den ersten harmlosen Fragen, die im Zusammenhang mit dem Selbstmord eines Physikers vor kurzer Zeit standen, spürte er, dass die Untersuchungen nicht mehr im Vorstadium waren. Offenbar drohte Gefahr. Er konnte sich zwar nicht so recht vorstellen, woher Wolfinger präzisere Informationen haben sollte, aber in der letzten Zeit waren einige Dinge nicht ganz nach Plan gelaufen.

So spielte er den harmlosen Tölpel, den Verbrecher, der ahnt, wie sich die Schlinge zusammenzieht. Wolfinger nahm ihm diese Rolle ab. Das war ein Fehler, denn als Hawlik sich daran machte, ein paar Unterlagen zu holen - zunächst aus seinem Schreibtisch; das war unauffällig, dann aus dem Vorzimmer -, checkte er zu spät, dass sein Gegner sich auf dem Absprung befand.

Hawlik hatte die Tür zum Vorzimmer offengelassen, denn er wollte nur aus der Ablage der Sekretärin eine aktuelle Akte hereinholen. Als er jedoch ums Eck aus dem Blick war und eine Tür ging, erkannte Wolfinger seinen idiotischen Fehler. Er sprang auf und rannte in den Vorraum. Der Vogel war ausgeflogen.

Wolfinger raste hinaus. Hawlik hatte den Aufzug genommen; der Kommissar musste die Treppe nehmen. Er beschleunigte von null auf hundert in wenigen Sekunden, aber als er das Erdgeschoß erreichte, schloss sich gerade die Eingangstür hinter dem Verbrecher. Der

Verfolger sah ihn über die Fahrbahn rennen. Bei dem Verkehr ein tollkühnes Unternehmen. Aber auch Wolfinger hatte kein Blaulicht auf dem Kopf, als er ihm nachsetzte. Kurz vor der französischen Gaststätte am Eck stieß Hawlik gegen ein junges Paar. Er erkannte Sebastian erst auf den zweiten Blick, dann aber war seine Rechte in der Tasche und umschloss den Revolver. Mit der Linken packte er das Mädchen: "Los, mitkommen."

Er brüllte Sebastian an: "Du Arsch, hau ab. Wenn der Bulle mir zu nahe kommt, ist die Kleine alle..." Alles Kultivierte war von ihm abgefallen wie eine Dreckschicht, die in der Sonne getrocknet war.

Sebastian stellte sich Wolfinger in den Weg: "Er will Kathy umbringen, wenn Sie ihn verfolgen!!!" schrie er Wolfinger entsetzt an. Wolfinger zögerte, dann schob er den Mann beiseite.

Hawlik hatte Kathy am Handgelenk. Fünfzig Meter vor sich entdeckte er ein Auto, aus dem eine junge Frau stieg.

Saskia! Sie musste ihm jetzt den Fluchtweg freimachen! Er rannte noch schneller. Kathy kam kaum mit. Sie wusste nicht, wie ihr geschah. Sie konnte keinen klaren Gedanken fassen; sie hatte nicht einmal die Zeit, Angst zu haben. Die Ereignisse schlugen über ihrem Kopf zusammen wie Brandungswellen am Strand.

Als Hawlik Saskia erreichte, schaute er sich gehetzt um: Der Polizist war ihm gefolgt. Jetzt ging er in die Hocke und zielte mit beiden Händen. Auf diese Entfernung würde er bei einer guten Gelegenheit nicht verfehlen. Hawlik griff zu seinem menschlichen Schutzschild. Saskia schaute ihn desorientiert an: "Was ist denn los?"

Für eine Antwort blieb keine Zeit. Hawlik stieß Kathy ins Auto. Er war für einen Augenblick ungeschützt. Doch als der Schuss knallte, hatte er bereits Saskia zwischen sich und Wolfinger gebracht. Sie drehte sich langsam um und schaute ihn verwundert an. Ihre grüne Bluse färbte sich schwarz, dann wurde sie rot. Saskia blickte auf den Fleck; sie wurde blass und kippte um. Hawlik ließ sie fallen, riss ihr die Handtasche aus den verkrampften Fingern, holte zittrig den

Autoschlüssel, rannte um das Auto, stieg ein, startete und fuhr wie ein Verrückter los. Der zweite Schuss traf das linke Hinterrad.

Diese kurze Zeit hatte Kathy genutzt, um aus dem Auto zu springen. Sie ging hinter einem parkenden Wagen in Deckung. Doch Hawlik hatte ohnedies nur noch einen Gedanken: Weg hier.

"Sind Sie verletzt?" rief Wolfinger. Kathy tauchte wieder auf und schüttelte den Kopf. Der Kommissar hielt ein Auto an, zeigte die Dienstmarke und nahm die Verfolgung auf. Nach zwei Kreuzungen konnte er in ein Polizeiauto wechseln.

Kathy lief zu der jungen Frau, die schwer atmend am Boden lag. Sie schrie: "Ein Arzt!", und nahm Saskia in die Arme. Mit einem Stück der Bluse, das sie abgerissen hatte, versuchte sie, die Wunde zu verbinden. Sie presste einfach mit ihrer Hand darauf, damit es nicht weiterbluten konnte. Saskia schaute Kathy an. War es das gewesen? War das ihr Leben gewesen? Hatte sie es so gewollt?

"Es war wegen Christian!" sagte sie mit schwacher Stimme. "Wohllebsau hielt ihn für gefährlich. Ich sollte mich an ihn ranmachen. Ich sollte ihn für die Organisation gewinnen. Er wollte nicht. Und dann haben Fury und Herbie ihn umgebracht. Ich habe das nicht gewollt."

War das eine Lüge? Im Angesicht des Todes?

"Er durfte doch nicht alles gefährden. Er hätte bei seiner Arbeit bleiben sollen, der kleine Dummkopf!"

Jetzt war sie der Wahrheit etwas näher. Dann kam der Augenblick, wo sie ihrem Schöpfer gegenüber treten musste. Jetzt hatte sie für ihr Leben einzustehen.

Kathy hielt den leblosen Körper in ihren Armen. Sie konnte noch nicht fassen, was geschehen war. Sebastian beugte sich zu ihr hinunter...

Als er im Einsatzwagen war, wusste Wolfinger, dass er gewonnen hatte. Er dirigierte die nächsten Wagen so, dass Hawliks Auto bald in die Zange genommen war. Sie hatten eindeutig die Übermacht. Hawlik stoppte, sprang aus dem Wagen, ging in Deckung und gab einen Warnschuss ab. Die Einsatzwagen hielten ebenfalls.

Wolfinger schnappte sich ein Megaphon und brüllte: "Hawlik, es hat keinen Zweck. Sie kommen nicht mehr raus. Machen Sie Ihre Lage nicht noch schlimmer, als sie schon ist. Werfen Sie die Waffe weg. Ergeben Sie sich. Kommen Sie mit erhobenen Händen vor Ihr Auto." Wütend feuerte Hawlik zweimal Richtung Megaphon. Mehrere Schüsse erfolgten als Antwort. Er schaute sich um. Ein geschützter Fluchtweg? Überall waren einsehbare Passagen. Konnte er eine Geisel nehmen?

Die Passanten hatten sich in die Hauseingänge verdrückt. Sollte er ballern, bis sein Magazin leer war? Er lachte bitter: Jetzt war die Stunde gekommen, für die er sich immer Fluchtwege ausgemalt hatte.

Aber es gab nur noch einen Fluchtweg: Die bundesdeutsche Justiz. Sie ist die einzige Chance, der Gerechtigkeit zu entkommen. In die Stille, die der Schießerei folgte, schrie er: "Ich ergebe mich!" Welche Bedingung? Waffe wegwerfen und mit erhobenen Händen vorgehen? Die Bullen würden nicht schießen. Die hatte Angst vor der Justiz, selbst wenn sie im Recht waren.

Er schleuderte seinen Revolver in hohem Bogen Richtung Megaphon. Als kein Schuss folgte, erhob er sich langsam, streckte erst seine Arme über das Auto und ging dann nach vorne. Die Polizisten, die ihn in die Zange genommen hatten, verließen ihre Deckung, aber sie behielten die Waffen im Anschlag. Sie bewegten sich sehr bedächtig. Keiner schien es eilig zu haben. Angst vor der Hast? Wolfinger war der erste, der ihn erreichte.

"Strecken Sie mir Ihre Hände entgegen!"

"Du Arschloch!" zischte er zwischen den Zähnen, als er ihm die Handschellen anlegte. Das konnte nur Hawlik selber hören. Ein gerichtliches Nachspiel würde es nicht haben. So ungerecht ist diese Welt. Da wird ein Hawlik von einem Bullen beleidigt und kann sich nicht dagegen wehren! Wir leben eben in einem Polizeistaat!

Dabei trat Wolfinger ihm nicht in die Eier, obwohl er darauf brannte. Saskia war tot. War das gerecht? Hawlik lebte. War das ungerecht? Er hatte auf alle Fälle genügend Zeit, sich für die Gerechtigkeit einzusetzen. Er verfügte über genügend Geld, um Anwälte für sich einsetzen. Zum Glück gibt es in unserem Land immer noch Anwälte, deren Ziel es ist, ihre Mandanten vor den gerechten Strafen zu schützen. Das sind nicht immer die, die am schlechtesten bezahlt werden. Jeder Richter weiß dies und ist machtlos dagegen. Geld hat Wolfinger bis zu seiner Verurteilung ja in Menge (außerdem gibt es ein Ausland); und er hat einen guten Freund, den Ahnungslosen.

Natürlich war der Ahnungslose ahnungslos. Er ahnte nichts von dem Unheil, das sich zusammenbraute. Selbst als er die Tagesthemen anschaute, war ihm nicht klar, dass es ihm an den Kragen gehen könnte. Eine Schießerei in Frankfurt? Eine junge Frau war tödlich verletzt worden, von einem Polizisten. Da musste eine Untersuchung eingeleitet werden. Aber wir wissen, wie das ist: Unschuldige Menschen werden erschossen, und Polizisten werden nie zur Rechenschaft gezogen.

Der Ahnungslose hatte mindestens zwei ehrliche Meinungen dazu. Er war mit sich selbst nicht ganz im Reinen. Er hatte zwei Existenzen. Er glaubte seine hehren Worte, wenn es um die Zukunft dieser Erde ging, und Friede, Gerechtigkeit und Bewahrung der Schöpfung. Daneben beherrschte er die Gesetze dieser Welt, die Gesetze des freien Marktes und von Angebot und Nachfrage. Als aber der Name Dr. Hawlik fiel und ein Bild des Verhafteten gezeigt wurde, da war ihm klar, dass er jetzt einen guten Freund brauchen konnte, der juristisch bewandert war, und einen Ghostwriter, der ihm seine Ehrhaftigkeit als Understatement formulieren würde.

Christian, Willy und Saskia waren tot. War jetzt die Gerechtigkeit dran?

Du merkst, jetzt sind wir an der Frage, die uns eigentlich interessiert. Wer sorgt denn dafür, dass es Gerechtigkeit gibt? Du natürlich. Aber wenn du grade mal nicht da bist? Keine Angst, ich springe ein: In diesem Roman sorge ich an deiner Stelle dafür, dass das Gute gewinnt, - und zwar nachdrücklich. Da bin ich verantwortlich und ich will mir

auch nichts nachsagen lassen. Das bin ich meinem und deinem guten Ruf und natürlich auch dem meiner Kollegen schuldig.
Aber ansonsten? Gerechtigkeit, Gott und das Universum. Darum geht es erst nach Mitternacht. Vorher geht es um dich. Alles klar? - Kein Thema? - Dann brauche ich ja nichts mehr zu sagen.

27 Ein Minister meldet den Erfolg

Während der Tod in Frankfurts Straßen zuschlug und der dunkle Doktor vorläufig kapitulierte, wartete die Öffentlichkeit ungeduldig darauf, was sich aus der Flugzeugentführung ergeben würde. Entscheidend war für alle anständigen Menschen - denn sensationsgeile Gaffer gibt es nicht -, dass das Leben der Passagiere nie in Gefahr war - wie die Fluggesellschaft und der Vertreter des Krisenstabes mit impertinenter Glaubwürdigkeit versicherten. Jedermann war erleichtert, dass der Vertreter der Fluggesellschaft unbeschadet die Geiselnahme überstanden hatte. Jetzt musste die Presse der Ungeduld der Öffentlichkeit Rechnung tragen und Ergebnisse der Verbrecherjagd liefern. Hans Schmidt, Otto Meier und Peter Müller saßen bei ihren Frühstücken und studierten akribisch (wenn sie dieses Wort gekannt hätten) den Sportteil, als die Journalisten noch schwer an der Arbeit waren, der Entführung weitere spannende Details für Leser und Zuschauer zu entlocken.

Fotogen war die Ankunft Neubergs auf dem Flughafen in Nairobi: Der Botschafter schüttelte ergriffen Neubergs Hand. Herzbewegend war die Großzügigkeit der Fluggesellschaft: Den Passagieren wurde ein zweiwöchiger Urlaub in Kenia auf Kosten des Unternehmens spendiert. Zu Tränen rührten die Bilder vom Frankfurter Flughafen, wo die Angehörigen sich vor den Augen der Welt tränenumflort in die Arme fielen. Sebastian sprach gegenüber Wolfinger angesichts der Linsen der Pressekamera in Anspielung auf die biblische Geschichte von Jakob und Esau von einem Linsengericht moderner Art. Mütterherzen schlugen höher, als der stoppelbärtige Vater vor den ergriffen knipsenden Fotografen seine kleine weinende Tochter hochhob und küsste. So gingen die gefühlsstarken Stories zu Herzen und um die Welt; und wenn sie nicht gestorben sind, dann weinen sie noch heute.

Für Minister Rötsch war die große Stunde gekommen. Auch er hob ein Kind auf den Arm und lächelte gerührt in die Kameras. Er schüttelte mit verständnisvollem Blick die kräftige Hand einer befreiten Geisel. Er sprach davon, dass der Staat hart bleiben muss und nicht erpressbar werden darf, dass aber finanzielle Erwägungen bei Menschenleben keine Rolle spielen. Er hob hervor, dass er bereit gewesen war, sich gegen die Geiseln austauschen zu lassen. Verschwieg, dass der Gangster ihn als Muster, äh, Minister ohne Wert nicht akzeptiert hatte - so die heimliche Hitformulierung in der Kantine der Polizei. Er betonte, dass die deutschen Sicherheitsbedingungen die besten auf der ganzen Welt wären und dass so etwas in Deutschland nie passieren könnte. Als er bemerkte, genauer gesagt von einem dieser unsensiblen Presseleuten darauf hingewiesen wurde, dass Frankfurt doch in Deutschland läge, sank der Brustton seiner Überzeugung noch tiefer: Wir werden die Sicherheitsbedingungen, die ohnedies schon optimal sind, noch optimieren und dem Sicherheitsstandart von Kernkraftwerken angleichen. Es war seine große Stunde. Es war sein Auftritt. Es war einer der Auftritte, an denen einem Nichtpolitiker deutlich werden kann, weshalb es so etwas wie Politikverdrossenheit in diesem unserem Luftkorridor geben kann...

Dies berührte unseren verehrten notorisch ahnungslosen Adeligen nicht. Er konnte sich - so sagte er jedem, der es nicht hören wollte - gar nicht erklären, wie ein subalterner Frankfurter Polizeibeamter seinen Namen mit einem Skandal in Verbindung bringen konnte. Er hatte sich stets für den Frieden eingesetzt und für die Anständigkeit. Leider stieß er auf penetrant erfolgsgeile Journalisten. Sie hoben genüsslich jeden seiner Selbstwidersprüche hervor, sofern es nicht zu stark im naturwissenschaftlichen Bereich lag. Bekanntlich macht im Bereich der Quantenphysik selbst die Natur Sprünge...

Aber mit der Zeit merkte selbst C-F, der Ahnungslose, dass es ihm wie seinerzeit Herrn Waldheim aus Österreich ging: Er hatte jeden politischen Kredit verspielt. Gewohnte Einladungen blieben aus, unerwünschte Einladungen flatterten ins Haus. Er spürte: Ich bin eine persona non grata im eigenen Land und Lager. Dabei hatte er materiell keine Einbußen zu erleiden, oder er spürte sie zumindest nicht. Aber ein honoriger Mann wie er, der von der Öffentlichkeit, vom Ansehen, vom Applaus lebt, fand sich nur schwer in die Rolle des abgeschieden lebenden Ehrenmannes. Ihn traf eine Art sozialer Todesstrafe, wie seinerzeit den Kaiser. Manche Juristen, die an der eigenen Zunft verzweifeln, erfüllte eine nur zu gut erklärliche Genugtuung.

Dir geht es sicherlich wie mir: Das hat er verdient, dieser edle Herr. Wenn ich auch mit meinen sadistischen Bestrafungsgelüsten nicht voll auf meine Kosten komme: Er muss leiden, und das tut mir gut. Ich gönne ihm das Leiden, gegen das es keine Berufungsinstanz gibt.

Der letzte Satz ist nicht unwichtig: Juristen, die um der Gerechtigkeit willen ihren Beruf ergriffen haben, sind total enttäuscht von den Grenzen, die sich immer wieder auftun. Ich würde mich freuen, wenn sie dieses Buch hier lesen und mit neuem Schwung an die Arbeit gehen: Jungs, ihr seid nicht allein. Und wenn es euch total runterdrückt: Klingt in Facebook auf Valeria Szebinski. Da kriegt ihr Mut zugesprochen und habt jemand, der euch zuhört oder zumindest liest.

28 Die Liebe aber ist das Größte

Was soll diese Überschrift? Warnung: Es geht nicht um Sex. Wenn du den willst, dann kannst du jetzt aufhören und zum Kiosk gehen. Willy ist zwar nicht mehr da, aber du findest schon eine freundliche Frau, die dir ein paar Zeitschriften empfehlen kann, in ihrer bewährten, lautstarken Art... Wenn du mehr Wert auf Gefühle legst, dann schenk dein Glas noch einmal ein und lies weiter.

Sebastian und Kathy hatten es sich gemütlich gemacht. Eine Flasche Rotwein stand auf dem Tischchen, Knabbereien lagen bereit. Heute Abend würde eine Reportage über die kriminellen Geschäfte, mit denen sie zu tun gehabt haben, im Fernsehen gesendet werden. Es tat gut, Abstand zu dieser Geschichte zu gewinnen; und eine gut aufgebaute Sendung kann bei den einen Interesse wecken, während sie bei den anderen Distanz schafft. Außerdem war es gut, alles mal aus einer anderen Warte zu sehen, Perspektivenwechsel, Vergangenheitsbewältigung mit Unterhaltungswert...

Sie waren in Kathys Wohnung. Sebastian war vorübergehend bei ihr eingezogen. Er wusste nicht, ob er in seine Behausung überhaupt zurückkehren wollte. Die Wohnung, in der ein Mord an einem Freund geschehen war, barg für ihn furchtbare Erinnerungen. Bei Kathy fühlte er sich wohl und die gemeinsamen Erlebnisse hatten ein starkes Band entstehen lassen. Dann kam die Sendung. Beide waren aufgeregt. Dem Reporter war eine unterhaltsame Version gelungen. Für die Flugzeugentführung hatte er mit einigen Passagieren Innenaufnahmen gemacht; Kerling wurde auf kenianischem Hintergrund interviewt; ein kurzes Gespräch mit Sebastian ("Da bist ja du...", rief Kathy und fasste nach seiner Hand) fand in einem chinesischen Restaurant statt. So war Abwechslung und ein Hauch von Authentizität vorhanden. Sebastian und Kathy konnten den Report akzeptieren; er war verantwortlich gestaltet. Aber ob sie ihre Videoaufnahme davon noch einmal anschauen würden, wussten die beiden nicht.

Am Schluss der Sendung stand ein vernichtender Kommentar über den Ahnungslosen, seine Verstrickungen und seine Verlogenheiten. Mit einer satten Ladung von Zynismus kanzelte der Reporter die doppelte Moral des ehrbaren Verbrechers ab. Es tat Sebastian in der Seele gut: Eine öffentliche Genugtuung für Christian. Die war einfach nötig gewesen. Jetzt konnte dieser noble Herr nicht mehr distinguiert plaudernd seine wertvollen Ratschläge zur Weltverbesserung abgeben. Das nahm ihm niemand mehr ab. Er teilte Waldheims Schicksal; und das war gut so.

Sebastian blühte auf, es hielt ihn nicht mehr: "Kathy, jetzt muss eine Pulle Sekt aufgemacht werden."

Natürlich siegt nicht immer die Gerechtigkeit, weder im wilden Westen noch im braven Deutschland; aber die Reportage vermittelte doch den beiden das Gefühl: Das Unrecht hat sich nicht durchsetzen und behaupten können. Den Ahnungslosen hat eine Strafe getroffen, die ein irdischer Richter nicht aussprechen kann. Es war ein Sanktionsmittel, das aus der von CFW erforschten sozialen Verteidigung stammte: soziale Isolierung, Ostrazismus, sagte der Fachmann, das Scherbengericht der alten Athener in moderner Form.

Sebastian und Kathy hatten viel, über das sie reden konnte. Aber irgendetwas irritierte Kathy. Sebastians Stimme bekam einen artigen Ton, verstärkt durch seinen seltsamen Blick. Was kommt wohl jetzt? Er hob sein Glas zum zweiten Mal und sagte: "Lass uns noch einmal anstoßen, Kathy!"

Sie ahnte, was kommen würde, und sie sehnte es herbei. Sie wollte den Augenblick genießen; und sie genoss den Augenblick, als er fragte: "Wollen wir beisammen bleiben, Kathy? Ein Leben lang?"

Kathy antwortete langsam und ließ ihn ihre Antwort auskosten: "Ja, Basti, das will ich auch."

Selbst wenn tausend Untersuchungen belegen, dass die Zeit der Einehe zu Ende ist, für die beiden galt etwas anderes. Sie hatten sich eben gefunden.

Es war eine bewegende Trauung. Die Braut trug ein phantasievolles, farbiges Kleid. Sebastian erschien ungewöhnlich dezent. Die Trauung hatten sie mit Freunden sehr persönlich gestaltet. Selbst spröde Freunde übernahmen eine Lesung aus der Heiligen Schrift; drei Freundinnen formulierten ein Gebet für das Paar und die Welt, in der wir leben; ein Trio hatte sich auf seine Instrumente besonnen und brachte einen wohltuenden Hauch der Musik, die ihnen auch sonst gefiel. Mit dem Geistlichen hatten sie einen besonderen Trauspruch gewählt: "Nun aber bleiben Glaube, Liebe und Hoffnung; die Liebe aber ist die größte unter den dreien." Das entsprach ihrer persönlichen

Erfahrung. Es war gut, dass das Wetter mitspielte und sie anschließend im Freien Kaffee trinken konnten. Und wenn sie nicht gestorben sind...? Zumindest dieser Tag war märchenhaft für sie.

Was noch zu bemerken wäre? Als Trauzeuge fungierte Kommissar Wolfinger. Na, da kann doch nichts mehr schiefgehen...

Jetzt genieße dein Leben. Alles ist gut, alles ist happy, also, don´t worry. Und morgen geht er weiter, unser Kampf um Gerechtigkeit. Vielleicht erleben wir selbst unsere Abenteuer und erzählen sie am Abend weiter wie einst die Indianer am Lagerfeuer. Denn ein Indianer steckt doch in jedem von uns.

Indianer

Gestern ging ich wieder an dem alten Haus vorbei: Du
erinnerst dich, es ist schon lange her.
Da spielten wir Indianer, waren stolz und hehr und frei. Wir
sind manches noch, doch sicher das nicht mehr.
Die Indianer waren gut, und darum gingen sie auch drauf. Und
die Cowboys waren schlecht, so dachten wir.
Und allmählich geht mir der Vergleich mit heute glasklar auf:
Die Indianer, das sind wir, die Cowboys ihr.

Heute geh ich wieder an dem alten Haus vorbei und ich denke
an die längst vergang'ne Zeit.
Es lebt mancher noch von damals, und mischt Weizen neu mit
Spreu – und Vergessenheit frisst mein Indianerkleid.
Ihr da oben, wir da unten, Sklaven sind wir allemal. Lassen
uns von Reden treten, bleiben steh'n.
Lange Haare fallen und die Wahrheit wird banal, wenn wir
bald mehr schleichen als zu geh'n.

Morgen geh ich wieder an dem alten Haus vorbei – und
betrachte es wie ein verblich'nes Bild.
Ringsherum steh'n Trümmerhaufen, teuer und verteufelt neu –
mit der Fahrkarte der Zeit, die nicht mehr gilt.
Unsre Zeit; sie macht uns ein, wir machen sie und sie macht
uns – und so schnell erklingt bei uns kein neues Lied.
Unser Chef heißt nicht mehr Adolf: Jens und Lukas sind die
Jungs. Und wir stolpern zeitkonform in Reih und Glied...

Sebastian Bach

Valeria Szebinski, geb. 1967 in Buttenheim, verheiratet, ein Sohn, BWL-Studium in Berlin, Mitarbeiterin in einer regionalen IT-Firma in Offenbach. Veröffentlichungen: 'Die Diversität von IT-Engagement in der EU und die Chancen migrationsbedingter multikultureller Interaktionen', (München 2015), 'Hitzefrei' 2019.